Sie möchten keine Neuerscheinung verpassen?
Dann tragen Sie sich jetzt für unseren Newsletter ein!

www.ylva-verlag.de

Von Lola Keeley außerdem lieferbar

Skalpell, Tupfer, Liebe

Aus dem Englischen
von Anja Keller

EINE *Lady* MIT *Leidenschaften*

LOLA KEELEY

Widmung

Für Kaite, die es so leicht macht, sich jeden Tag wieder neu in eine vornehme Frau zu verlieben.

Kapitel 1

»Zieh aufs Land«, hieß es überall. »Freundliche Leute, wunderschöne Tiere und saftige grüne Felder so weit das Auge reicht.« So hatten es nicht nur die Broschüren und die Internetseiten versprochen, alle, denen Tess Robinson von ihren großen Plänen berichtet hatte, waren sich ebenfalls einig gewesen. Die vergangenen zwei Monate war sie als lebende Werbeanzeige für ihre brillante Lebensentscheidung herumgelaufen, die Großstadt hinter sich zu lassen und einen Neuanfang in der idyllischen schottischen Provinz zu starten. Es versprach eine dieser herzerwärmenden, inspirierenden Geschichten zu werden, wie sie mit Julia Roberts in der Hauptrolle verfilmt werden. Zumindest wäre das vor 15 Jahren noch so gewesen.

Nur war nie vorgesehen gewesen, dass das »Land« aus einem Feldweg mit mehr Löchern als einem Schweizer Käse bestand. Der Weg führte durch ein Feld, das weder saftig noch grün, dafür aber ausgesprochen braun und hier und da mit leeren Bierdosen oder weggeworfenen Plastiktüten verziert war. In der Luft hing der Gestank von Mist und der einzige Bewohner in der Nähe, der ländlichen Charme versprühte, war ein betagtes Schaf, das immer wieder gegen den Zaun rannte.

»Sie haben Ihr Ziel erreicht«, verkündete das Navi. Tess sah auf ihr Handy und fluchte leise, denn natürlich befand sie sich in einem Funkloch. Willkommen daheim. Während sie im Handschuhfach nach der hoffentlich noch darin liegenden Straßenkarte kramte, kamen ihr ernste Zweifel, ob London zu verlassen nicht doch ein riesiger Fehler gewesen war. Dass sie beim Nachdenken ständig ihre Haare wegpusten musste, die ihr ins Gesicht fielen, besänftigte ihren aufsteigenden Ärger auch nicht gerade.

Um dem Ganzen die Krone aufzusetzen, fing es nun auch noch in Strömen an zu regnen, wodurch die Welt auf ein graues, schlieriges Einerlei zusammenschrumpfte, welches kaum ein paar Meter über ihre Windschutzscheibe hinausreichte.

Die Karte nützte leider nicht viel. Am besten wäre es wohl, irgendwie zu wenden und zurück auf die nächste größere Straße zu fahren. Da der Feldweg jedoch äußerst schmal und zu beiden Seiten von Steinmauern eingefasst war, die kaum genug Platz für ihr Auto boten, war dies leichter gesagt als getan. Aber umzukehren, wenn das auch mehrmaliges Rangieren bedeuten würde, erschien Tess allemal besser, als weiter dem sumpfigen Weg zu folgen und womöglich letzten Endes im Matsch stecken zu bleiben. Nichts wie weg hier.

Sie vermisste ihren wendigen kleinen Mini, den sie in London besessen hatte – obwohl sie in der Stadt nie wirklich viel damit gefahren war. Doch sie hatte ihr treues kleines Gefährt verkauft und stattdessen in einen sperrigen Geländewagen investiert, der angeblich jede Situation meistern sollte. Nur gab es offensichtlich keinen Knopf oder Bluetooth-Befehl, der eine schlechte Navigation korrigierte.

»Waffles, mein Freund, kaum zu glauben, aber ich habe mich anscheinend verfahren. Und das, obwohl wir nur ungefähr fünfzig Kilometer weit weg sind von dort, wo ich aufgewachsen bin.« Sie drehte sich zu ihrem hübschen Golden Retriever um, der sie aus seiner engen Transportbox mit einem noch mürrischeren Gesichtsdruck als sonst anguckte.

»Keine Sorge, sobald ich die richtige Straße gefunden habe, vertreten wir uns mal kurz die Beine.«

Klopf, klopf!

Tess zuckte bei dem Geräusch dermaßen zusammen, dass sich der Sicherheitsgurt seitlich in ihren Hals grub. Das Hämmern gegen das Fahrerfenster hörte sich so laut an, als müsste gleich das Glas zerbrechen. Nur verschwommen konnte Tess durch die regennassen Scheiben eine Gestalt mit einer dunklen Kapuze erkennen. Ihr Herz raste, aber sie atmete tief durch und zwang sich, ruhig zu bleiben. Ein Blick in den Rückspiegel bestätigte, dass ein großer Land Rover hinter ihr aufgetaucht war. Offensichtlich war sie so auf Waffles konzentriert gewesen, dass sie gar nicht bemerkt hatte, wie sich eine Person ihrem Wagen genähert hatte.

Als sie die Scheibe hinunterließ, sah sie sich wider Erwarten nicht einem wettergegerbten alten Bauern gegenüber, sondern einer blonden Frau, die etwa in ihrem Alter war. Die Frau hatte ihre teure Barbour-Jacke wie eine Plane über sich gelegt, um ihre schwungvolle, perfekt zurechtgefönte Lockenpracht vor dem Regen zu schützen – Locken, die richtig schön lagen. Sogar an diesem gottverlassenen Ort wirkte sie wie gerade einer Shampoo-Werbung entstiegen.

»Entschuldigung –«, setzte Tess an.

»Eine Entschuldigung nützt mir wenig!« Aha, eine vornehme Engländerin also. Sah so aus und hörte sich auch so an. Die Art von Mensch, von der Tess und ihre Freunde vom Grundstück gejagt worde waren. »Würden Sie Ihr unpraktisches

Spielzeugauto wegfahren? In hundert Metern wird der Weg breiter, da können Sie wenden.«

»Ja, natürlich.« Tess startete schon den Motor, als ihr der Gedanke kam, was genau dieser Frau wohl das Recht gab, ihr irgendwelche Befehle zu erteilen. »Wissen Sie, ich habe mich nur eben orientiert. Ich wäre sowieso keine Minute länger hier stehen geblieben. Steigen Sie also einfach wieder in ihren Wagen und –«

»Sie befinden sich auf meinem Besitz und das möchte ich nicht!«, blaffte die Blondine. Manche Dinge änderten sich eben nie, was Snobs mit Grundbesitz in diesem Teil der Welt betraf. »Ich bin heute Nachmittag bereits aufgehalten worden und habe noch mehr Termine. Dringende Termine. Also machen Sie jetzt den Weg frei oder ich schiebe Sie durch eine dieser Mauern, damit ich durchkomme!«

Charmant. Wirklich charmant. Das bewies nur einmal mehr, dass schicke Kleidung und ein perfektes Make-up noch lange keine Dame machen. Auch nicht, wenn man diese theoretisch als attraktiv bezeichnen könnte. Abgesehen von ihrem Verhalten natürlich.

Nein, das durfte jetzt nicht wahr sein! Tess mochte gar nicht darüber nachdenken, wie dringend sie mal wieder ein Date brauchte, wenn sie schon eine aggressive Begegnung im Straßenverkehr als potenzielle Chance betrachtete.

»Nun?«, fragte die ungeduldige Fahrerin.

Waffles, gesegnet sei sein Beschützerinstinkt, bellte bei diesem Tonfall.

Die Frau guckte in Tess' Kofferraum. »Haben Sie da drin etwa einen Hund? Armer Köter.«

»Ja, habe ich zufällig«, entgegnete Tess. »Und er ist ein pensionierter Blindenhund, kein Köter. Nicht, dass es eine Rolle spielen würde, selbst wenn er einer wäre.«

Das brachte die Blondine zumindest dazu, vom offenen Fenster zurückzutreten und mit großen Schritten, als drehe sich die Welt nur um sie, zu ihrem Wagen zurückzugehen.

Richtig. Tess sollte jetzt besser losfahren und Platz machen. Während sie im zweiten Gang die Straße entlangrollte, spähte sie durch den Regen. Tatsächlich wurde der Weg weiter vorne breiter und die Steinmauern verschwanden. Nachdem sie links an den Rand gefahren war, wartete sie, dass Lady Großkotz vorbeirauschte. Ihr Auto war nicht so ein ramponiertes Modell, wie es die Bauern fuhren. Trotzdem war es eine Frechheit gewesen, Tess' Wagen zu kritisieren.

Dass sie nun zum Dank weder hupte noch winkte, sondern lediglich den starken Motor aufheulen und Kies aufspritzen ließ, überraschte Tess wenig.

Während sie wendete, schüttelte sie den Kopf. Ihr Auto war großartig und alles andere als ein Spielzeug. Denn zum einen war es wirklich riesig, und zum anderen mit mehr technischen Schikanen ausgestattet, als sie jemals würde bedienen können.

Als sie sich wieder der Hauptstraße näherte, erkannte sie auch, wo sie falsch abgebogen war. Ein Anfängerfehler, der sich hätte vermeiden lassen, wenn sie zum Fahrenlernen in der Gegend geblieben wäre, anstatt bei der erstbesten Gelegenheit an die Uni zu flüchten. Und hier war sie jetzt, zwanzig Jahre später, und stellte alle Uhren in ihrem Leben zurück, um Geschäftspartnerin ihrer besten Freundin Margo zu werden.

Margo war jene beste Freundin, die Tess in der ersten Woche an der Uni kennengelernt hatte, was jetzt mindestens hundert Jahre her schien. Ein merkwürdiger Wink des Schicksals, dass es die aus dem tiefsten Essex stammende Margo schließlich gerade in die Gegend an der schottischen Grenze verschlagen sollte, aus der Tess stammte. Der kleine Landstrich lag etwas über eine Stunde südlich von Edinburgh, aber weit genug von der englischen Grenze entfernt für Tess, um auf ihre schottische Herkunft zu pochen.

Dieses Mal nahm Tess den richtigen Weg und erreichte bald die »Stadt«, nun ja, »Dorf« war eigentlich der passendere Ausdruck dafür. Zwar hatten sich die Namen der Geschäfte geändert und die am Straßenrand parkenden Autos waren größer, auffälliger und neuer als früher, doch Tess erkannte alles wieder. Als Kind war sie oft hier gewesen, dem nächstgelegenen Flecken Zivilisation in der Nähe des heruntergekommenen Bauernhofes, auf dem sie aufgewachsen war.

Schließlich parkte Tess vor der Tierarztpraxis, einem großen Landhaus, das in Tess' Kindheit im Besitz des Arztes gewesen war. Wenigstens hörte es jetzt genauso schnell zu regnen auf, wie es begonnen hatte. Kaum hatte sie die Autotür geöffnet, als auch schon Margo mit dunkelgrünem Arztkittel und blauen Latexhandschuhen auf sie zugelaufen kam.

»Da bist du ja endlich! Wir hatten schon vor einer Stunde mit dir gerechnet!« Sie umarmte Tess so stürmisch, dass es selbst beim Rugby als Foul gegolten hätte, aber Tess genoss es nur mit einem geduldigen Lächeln.

»Du hast dich doch nicht etwa in deiner eigenen Heimatstadt verfahren, oder?«

»Das ist nicht meine Heimatstadt, okay? Und ich habe mich nicht verfahren!«, entgegnete Tess, aber da lachten beide bereits. »Auf der Autobahn gab es einen Unfall und dann bin ich nur einmal falsch abgebogen – was übrigens in zwei Minuten behoben gewesen wäre, wenn nicht so eine Wichtigtuerin mit Riesenschlitten mich beinahe von der Straße gedrängt hätte, damit sie vorbeikommt.«

»Ich glaube, was Riesenschlitten angeht, solltest du lieber still sein, Tess«, sagte Adam, der gerade nach draußen kam. Im Gegensatz zu Margo hatte er wenigstens den Anstand besessen, seinen Kittel auszuziehen.

»Ach, als ob du nicht in einem Porsche herumbrausen würdest, wenn er den Straßen hier gewachsen wäre!« Tess machte sich von Margo los und umarmte Adam wesentlich vorsichtiger, diesmal ohne zu riskieren, sich alle Knochen zu brechen. »Ihr zwei seht total gut aus. Und glücklich.«

Adam und Margo strahlten sich an. Margo war nicht viel größer als Tess, die kaum mehr als einen Meter fünfzig maß. Ansonsten sahen die zwei Frauen sehr unterschiedlich aus – während Tess blass und rothaarig war, trug Margo einen dunkelbraunen Bob und hatte einen mediterranen Teint, der immer leicht nach Sonnenbräune aussah, selbst wenn sie keine abbekommen hatte. Adam dagegen war groß und schlank, wie an der frischen Landluft aufgewachsene Leute das öfter sind, und seine dunklen Haare wurden von einzelnen grauen Strähnen durchzogen. Tess' Freunde gaben wirklich ein schönes Paar ab.

Erst ein den nächsten Termin ankündigender Piepston aus ihrem Handy erinnerte Adam und Margo daran, dass sie eigentlich gerade etwas anderes zu tun hatten.

»Hör mal«, sagte Adam. »Ich würde ja gerne bleiben und dich angemessen willkommen heißen, aber ...«

»Geht ruhig«, erwiderte Tess. »In ein paar Minuten komme ich nach und helfe euch. Ich möchte mir nur nach der extrem langen Fahrt erst mal die Beine vertreten. Und Waffles Blase muss langsam auch am Platzen sein.«

»Ach natürlich, du hast ja Waffles dabei!«, rief Margo aus.

Als Tess Kofferraum und Transportkiste öffnete, kam Waffles wie üblich freudig herausgesprungen. Obwohl er bereits ausgewachsen war, hatte er manchmal immer noch etwas von einem Welpen an sich.

»Na ja, in den Sprinter mit meinen Möbeln konnte ich ihn ja schlecht stecken. Übrigens dauert es noch, bis die ankommen. Sie sind eingelagert, bis ich den Mietvertrag für mein Haus kriege.«

»Schön, dich zu sehen, Waffles.« Margo kniete bereits am Boden, um dem Hund die rauen Streicheleinheiten zu verabreichen, die er so sehr liebte.

»Macht euch nur wieder an die Arbeit, ich komme schon klar.« Tess pfiff nach Waffles, damit er zu ihr kam. Das tat er, wenn auch mit offensichtlichem Widerwillen. Sie nahm ihn an die Leine und zog an der abgenutzten Lederschnur.

»Batman und Robin machen sich jetzt mal auf die Suche nach Koffein und einem Napf Wasser.«

»Lauf nicht zu weit weg, okay?« Adam rückte seine Krawatte zurecht. Für jemanden, der den Großteil der Woche mit dem Arm in einem Kuhhintern zubrachte, sah er sehr elegant aus. »Heute Nachmittag kommt nämlich eine potenzielle neue Kundin vorbei, die unseren flotten Dreier so richtig auf Touren bringen könnte …«

»Unsere Partnerschaft«, verbesserte Tess ihn seufzend. »Mensch, Adam, ich dachte wirklich, der Dreier-Witz hätte langsam ausgedient. Ist der Kaffee dort gegenüber gut?« Sie nickte in Richtung des Cafés, das sich auf der anderen Straßenseite befand. Es lag neben einem Kreisverkehr mit einem kleinen, hübschen Gärtchen in der Mitte, der einen weißen Pavillon umgab.

»Bis jetzt ging es immer.« Adam zuckte die Achseln. »Übrigens nehme ich gerne einen Americano, falls du mir was mitbringen willst. So, jetzt muss ich aber los, ein Mops wartet auf mich.«

Tess winkte zum Abschied und nach einem symbolischen Blick nach links und rechts marschierte sie mit Waffles im Schlepptau über die Straße. Offensichtlich hatte der Verkehr durch das Dorf im Gegensatz zu früher nicht zugenommen.

Wenigstens im Café war man in diesem Jahrhundert angekommen, denn am Fenster klebten ein WLAN-Sticker und ein Aushang, der darauf hinwies, dass kontaktloses Bezahlen akzeptiert wurde. Mehr als Tess zu hoffen gewagt hatte. Sie ging hinein und betrat einen Raum, der hell, luftig und mit einer gerade ausreichenden Anzahl an bequemen Stühlen versehen war.

Drinnen vermischte sich der Duft von frisch gemahlenem Kaffee mit dem von süßem Gebäck. Wie eine Zeichentrickfigur, die wellenförmigen Duftlinien folgt, wurde Tess davon angezogen.

»Aha, Sie sind also die neue Tierärztin«, stellte die stattliche schwarze Frau hinter dem Tresen fest, als Tess herantrat. Sie mochte Anfang fünfzig sein. »Wir haben schon auf Sie gewartet.«

»Ach ja?« Tess bemerkte, wie sich ihr schottischer Akzent jetzt automatisch verstärkte, da sie endlich auf jemanden traf, der genauso sprach wie sie selbst. »Und hat Ihnen die Buschtrommel auch verraten, dass ich gleich einen Americano und zwei Latte bestelle?«

Das brachte ihr ein Lächeln ein.

»Ich bin übrigens Joan«, sagte die Frau, während sie den Kaffee eingoss. »Margo hat mir erzählt, dass Sie aus der Gegend stammen, aber Sie kommen mir gar nicht bekannt vor.«

»Ich war lange weg. Und wir sind früher nicht wirklich oft in Hayleith gewesen.«

»Haben Sie hier Familie?«

Tess schüttelte den Kopf. »Nein. Meine Mum ist vor ein paar Jahren gestorben und zu dem Zeitpunkt waren schon alle anderen weggezogen. Genau wie ich auch. Ich bin erst nach Glasgow gegangen und dann noch London.«

Joan suchte Deckel für die Kaffeebecher heraus und ließ sich Zeit damit, sie aufzusetzen. In London wäre Tess ungeduldig geworden, aber die lange Fahrt und die ruhige Umgebung hatten sie schon etwas entspannter werden lassen.

»Das ist schade. Werden Sie im Haus des Tierarztes wohnen? Margo und Adam haben doch sicher genug Platz.«

»Ja, für ein paar Tage. Dann ziehe ich in mein eigenes.« Tess lächelte schwach. »Ähm, ich würde ja wirklich gerne bleiben und mich weiter unterhalten«, flunkerte sie, »aber, na ja, es ist mein erster Tag, darum muss ich guten Willen zeigen.« Sobald die Becher im Halter steckten, riss sie sie an sich.

Sie sammelte Waffles am Eingang ein, wo er die Gunst der Stunde genutzt hatte, um den Wassernapf zu leeren, und verließ das Café.

Dann schlenderte sie in aller Ruhe zur Praxis zurück. Unterwegs beschnüffelte Waffles jeden Zentimeter des Bodens und Tess nippte an ihrem Kaffee, während sie die anderen Becher in einer Hand balancierte.

Nur ein einziges Auto fuhr an ihnen vorbei und es war angenehmerweise auch niemand auf der Straße, den sie hätte grüßen müssen. Tess bemerkte das Schild des örtlichen Pubs, dem Spiky Thistle, das sich neben dem Haus des Tierarztes befand.

Als sie die Praxis betrat, blickte dort gerade ein knurrender Welpe zu seinem sehr großen Herrchen auf, das eine Tüte voller Medikamente in der Hand hielt und grimmig und wild entschlossen lächelte. Dieser Tierbesitzer würde sicherlich sehr bald wiederkommen. Hunde, die Medikamente verweigerten, waren immer verlässliche Mehrfachpatienten, und als Tess noch in London praktiziert hatte, war gefühlt die Hälfte ihrer Arbeitszeit dafür draufgegangen.

Da an der Theke niemand war, ging Tess mit einem fröhlichen »Es gibt Kaffee!« durch die Tür, auf der »Personal« stand. Schlagartig blieb sie stehen und starrte mit entsetztem Gesicht die Personen im Raum an. Das Gespräch brach ab und eine der Anwesenden erwiderte ihren Gesichtsausdruck.

Die Blondine von vorhin!

»Wie ich gerade sagte«, nahm Margo die Unterhaltung wieder auf, »ist die Geschäftserweiterung dank dieses netten Zuwachses in unserer Praxis möglich.

Tess Robinson ist eine meiner ältesten Freundinnen. Wir haben damals in Glasgow zusammen studiert. Tess, das ist Susannah Karlson. Sie besitzt das große Grundstück nördlich von hier und –«

Waffles nutzte es aus, dass Tess die Leine nur sehr locker hielt, um sie sofort zu verraten und an Susannah zu schnüffeln. Vollkommen bösartig konnte die Frau nicht sein, denn sie streichelte den Hund kurz, bevor sie Margo ins Wort fiel.

»O nein, auf gar keinen Fall! Ich dachte sowieso nicht, dass Sie für Midsummer über genug Kapazitäten verfügen, aber eine erwachsene Frau einzustellen, die noch nicht einmal Auto fahren kann? Wie soll sie mir helfen, wenn um vier Uhr morgens bei Schneefall eines meiner Pferde eine Kolik hat?«

»Ähm, tatsächlich kann ich ganz gut fahren«, wehrte sich Tess, knallte die Kaffeebecher auf den Tisch und stemmte die Hände in die Hüften. »Obwohl ich sowieso bezweifle, dass eine Stallbesitzerin, die nicht mal mit einer Kolik alleine klarkommt, überhaupt beurteilen kann, wie kompetent eine Tierärztin ist!«

Ups, da war aber jemand gereizt! Tess hatte Leute, die sie von oben herab behandelten, noch nie leiden können. Und genauso wenig konnte sie gut damit umgehen, wenn jemand ihr unterstellte, »weniger gut als« zu sein. Diese Frau, diese Susannah, war ein rotes Tuch und Tess der gereizte Stier.

»Ich bin sicher, was Tess eigentlich sagen wollte, Lady Karlson –«, setzte Adam an, aber er wirkte ziemlich schockiert.

»Ich wusste, das hier würde reine Zeitverschwendung sein. Erst komme ich wegen ihr zu spät zu meinem vorherigen Termin und jetzt beleidigt sie auch noch meinen Sachverstand. Ich weiß sehr gut, wie ich meine Pferde bei einer Kolik behandeln muss, aber danke für den Hinweis! Ich glaube, ich gehe lieber zu einer der großen Tierarztpraxen. Ein Besitz, der so groß ist wie meiner, braucht ganz klar leistungsstarke Profis. Und hier ist sicher nicht der Ort, an dem ich sie finden kann.«

Damit rauschte sie in einer Wolke teuren Parfums und mit sanft hüpfenden Locken ab.

Tess starrte ihr mit offenem Mund nach. Im Ernst, wie bekamen manche Frauen es hin, dass ihre Haare so lagen? Tess hatte alles außer einer Dauerwelle ausprobiert und trotzdem waren ihre Haare glatt und etwas kraftlos.

»Okay«, sagte sie und drehte sich zu ihren Freunden um. »Ich kann mir nicht erklären, warum sich das gerade so hochgeschaukelt hat. Aber ich verspreche euch, ich werde für neue Kunden sorgen. Wir haben es doch nicht nötig, für jemanden zu arbeiten, der uns wie Dreck behandelt, oder?«

Adam und Margo sahen sich in einer Art von stummem Paargespräch an, das mit einem Kopfschütteln und einer hochgezogenen Augenbraue endete.

»Schon in Ordnung«, versicherte Margo dann. »Es war sowieso ziemlich unwahrscheinlich, dass sie unsere Kundin wird. Ihr habt ja gehört, was sie gesagt hat. Vielleicht ist unsere Praxis einfach nicht groß genug für ihr neues Gestüt, oder was auch immer sie plant.«

»Gestüt?« Tess stöhnte innerlich auf. Die Gelegenheit, mit Pferden zu arbeiten, war nicht nur der größte Anreiz für sie gewesen, wieder aufs Land zu ziehen, aus diesem Grund war sie überhaupt erst Tierärztin geworden. »Es tut mir so leid, Leute!«

»Na ja, wir hatten sie auch nicht auf dem Schirm, als wir unsere Pläne gemacht haben, also ändert das nichts«, sagte Adam. »Ich muss jetzt ein paar kastrierte Kater sanft aufwecken, aber wie wär's, wenn wir uns heute Abend was zu Essen bestellen? Und unser Haus ist gleich nebenan, Tess, falls du dich frisch machen willst.«

Tess lächelte und nahm den Schlüssel, den Margo fürsorglich an einem University-of-Glasgow-Schlüsselring befestigt hatte. In ihre eigene Bleibe, die ein paar Häuser weiter hinter dem Pub lag, würde sie erst in ein paar Tagen einziehen können.

»Komm, ich zeige dir und Waffles das Gästezimmer«, sagte Margo. »Danach muss ich nach ein paar Schweinen sehen. Wenn du möchtest, kannst du mitkommen. Oder du packst erst mal aus.«

Arm in Arm gingen sie zum Haus und das erste Mal seit einer Stunde entspannte sich Tess. Alles würde gut werden, entschied sie. Es würde sich als richtiger Schritt erweisen.

Andernfalls …

Kapitel 2

Susannah stellte ihren Land Rover einfach mitten in der Einfahrt ab. Bis zum vergangenen Jahr hatte sie immer äußerst sorgfältig geparkt, teils aus Rücksicht auf ihren Mann, der die Einfahrt mitbenutzte, und teils wegen seines schonungslosen gutmütigen Spotts über ihre Fahrkünste. Sie ging durch die große Eingangstür, die sich knarrend öffnete, und ärgerte sich über deren Gewicht. Aber es war einfach schneller, als um das Haus herumzulaufen und den Hintereingang zu benutzen. Wirklich ganz schön lästig.

Die Räume fühlten sich verdammt leer an. Wie ein Museum mit nur einem lebendigen Ausstellungsstück.

Als Susannah auf einer der Marmorbüsten in einer Ecke des Zimmers, irgendeinem zum Militär gehörenden Vorfahren ihres Mannes, Staub entdeckte, fiel ihr wieder ein, dass sie noch eine neue Haushaltshilfe einstellen musste. Die meisten Mitarbeiter hatten nämlich so schnell es der Anstand erlaubte nach der Beerdigung gekündigt. Jetzt, Monate später, war Midsummer ein herrschaftliches Anwesen beinahe völlig ohne Personal. Ein oder zwei Kündigungen wären ja noch verständlich gewesen. Aber so viele Leute zu verlieren deutete entweder auf Gleichgültigkeit oder auf eine tiefe Loyalität zu ihrem Mann hin, die sich nicht auf Susannah als Vorgesetzte übertragen ließ.

»Da bist du ja!« Finn kam durch die Eingangshalle auf sie zugeeilt wie ein Kaufhausdetektiv, der Susannah gerade beim Lippenstiftklauen erwischt hatte. »Es gab total viele Anrufe für dich.«

»Ich bin sicher, das hat dir keine Probleme bereitet. Außerdem hatte ich geschäftlich im Dorf zu tun.«

»Natürlich war es kein Problem. Aber nur der beste Assistent der Welt zu sein reicht nicht. Man muss sich auch darüber beschweren können, wie schwierig es ist, brillant zu sein.« Finn sah wie immer sehr elegant aus mit dem dunkelgrauen T-Shirt und der schmalen schwarzen Krawatte, die perfekt zur Röhrenhose und den Schuhen mit den flachen Absätzen passten. Finn grinste.

Susannah hatte es schon lange aufgegeben, mit Finns Stil mitzuhalten, und akzeptierte es, dass ihre eigenen Outfits manchmal milder Kritik ausgesetzt wurden.

»Gab es etwas, dass nicht zugunsten eines späten Mittagessens erst mal ignoriert werden kann?«, fragte Susannah.

»Nein.«

»Richtige Antwort. Ganz ehrlich, ich habe gerade einen Teil meines Tages damit verschwendet, auf der Zufahrtsstraße hinter so einer unfähigen Person zu stehen. Dank ihr habe ich die Gelegenheit verpasst, Kenny an seinem letzten Tag auf Wiedersehen zu sagen. Als wäre sein Verlust, nachdem er zehn Jahre mein Stallmeister war, nicht schon schlimm genug. Jetzt wird er denken, dass mir das piepegal ist. Und dann stellt sich noch heraus, dass diese Idiotin, die kaum weiß, wie man in den dritten Gang schaltet, unbedingt unsere Tierärztin werden will. Kommt gar nicht in Frage.«

»Ach, die Neue? Tilly, Tammy, oder wie sie heißt? Margo hat letzte Woche im Café mit meiner Quelle über sie gesprochen.«

Finn kannte absolut jeden im Dorf, umgab sich aber gern mit einem Hauch von Drama, daher wurde aus Joan Barnes, der Cafébesitzerin, eine »Quelle«, die die Geschichte erzählt hatte.

»Sie heißt Tess.« Susannah runzelte die Stirn. Sie hatte meistens schon Schwierigkeiten, sich die Namen ihrer Verwandten zu merken. Warum hatte Tess-die-schreckliche-Fahrerin bei ihr so einen starken Eindruck hinterlassen? Vielleicht wegen des Hundes. Susannah hatte schon immer eine Schwäche für große, dusslige Golden Retriever gehabt.

»Komm, leiste mir Gesellschaft, während ich den Kühlschrank plündere. Wir müssen wirklich intensiv nach einem neuen Koch suchen. Zurzeit lebe ich ausschließlich von dem, was ich an der Feinkosttheke ergattern kann und den Sachen, die Joan mir liefert.«

Da Susannahs Kochkünste nicht über ein angebranntes Omelett hinausreichten, fehlten ihr die Dienste eines Kochs gerade am meisten. Obwohl Francine sich geweigert hatte, nach Midsummer zu ziehen oder Vollzeit zu arbeiten, und darauf bestanden hatte, mit »Chef de Cuisine« angesprochen zu werden, so war sie doch eine verdammt gute Köchin gewesen.

Glücklicherweise gab es noch einen Teller mit verschiedenen Wurstsorten und einen Ziegenkäsesalat von Joans letzter Lieferung. Es reichte auch für Finn, also nahm Susannah eine Flasche Weißwein aus dem Weinkühlschrank und schenkte ihnen beiden ein Glas ein.

»Ich vermute«, meinte Susannah, während sie mit der Gabel eine Scheibe Serrano-Schinken aufspießte, »dass mindestens die Hälfte der heutigen Anrufe von meiner lieben Schwägerin kam?«

Finn nickte und verdrehte die Augen hinter der schwarzen, dickrandigen Brille.

»Ihr weinerlicher Assistent wollte dich an den Brief von Robins Anwalt erinnern. Ich hatte ihm aber schon gesagt, dass du ihn gekriegt hast. Außerdem hatte Robin anscheinend vor, nach Midsummer zu kommen, obwohl ich gesagt habe, dass du diese Woche keinen freien Termin hast. Und dann hat sie noch ›aus Versehen‹ selbst angerufen, aber ich glaube, nur um mich zu ärgern. Ich bin mir sogar sicher, dass es so war, weil sie die Gelegenheit genutzt hat, mich mindestens dreimal mit dem falschen Geschlecht anzusprechen. Es ist schon nervig genug, dass sie nicht ›sier‹ sagt, wenn sie sich auf mich bezieht. Aber die Art, wie sie mich immer ›Mädel‹ nennt, als ob ihr das irgendwas geben würde …«

»O Gott, das tut mir leid.« Voller Empörung und vielleicht auch, um nicht vor Ärger etwas durch die Gegend zu werfen, legte Susannah ihr Besteck weg. »So viel Ignoranz solltest du als Enby eigentlich nicht hinnehmen müssen. Auch wenn Robin mich auf dem Kieker hat.«

»Ach, zum Teufel mit ihr. Wenn sie mich auch nur im Geringsten interessieren würde, würden mich ihre unverschämten Bemerkungen über jeden von uns vielleicht stören. Aber zum Glück ist mir Robin völlig egal. Es gibt schon genug Dinge, die mich nerven, und ich weigere mich, sie auf meine Liste aufzunehmen.«

»Ich wünschte, ich könnte das auch von mir behaupten«, gab Susannah seufzend zu und nahm sich eine Scheibe Salami. »Eigentlich müsste ihr inzwischen gedämmert haben, dass ihr Bruder tot ist. Sie sollte um ihn trauern, anstatt hinter seinem Geld herzujagen.«

»Dem Geld, das er dir hinterlassen hat«, bemerkte Finn, da sie beide wussten, dass im Grunde nur deswegen das Testament angefochten wurde. »Und anstatt zu versuchen, sich dein Haus und dein Grundstück unter den Nagel zu reißen.«

»Ja. Genau das. Ich weiß ja, dass wir keine konventionelle Ehe geführt haben, aber trotzdem mochten wir einander. Und, was das Wichtigste war: Wir haben mit Herzblut dafür gesorgt, dass aus diesem Ort kein zugiges altes Mausoleum wurde. Wenn Robin wüsste, wie viel Arbeit das gekostet hat und wie viel von Jimmys Geld wir ausgegeben haben, wäre sie nicht so verdammt scharf auf Midsummer.«

»Aber sie würde sich die größte Mühe geben, den Rest des Geldes zu verprassen.«

»Ja, das würde sie. Und währenddessen habe ich hier ein riesiges Anwesen zu verwalten und für die meisten Mitarbeiter, die nach Jimmys Tod gekündigt haben, noch keinen Ersatz gefunden. So wenig mir das gefällt, lass uns jemanden von der großen Tierarztpraxis herbestellen. Sie müssen doch wenigstens einen Spezialisten haben, der sich mit Pferden auskennt.«

»Willst du nicht vielleicht doch den Tierärzten im Dorf eine Chance geben?«

»Habe ich nicht gerade gesagt, dass sie nichts von meinem Geschäft verstehen? Die ersten beiden haben versucht, mir Honig ums Maul zu schmieren, was ich nicht leiden kann, wie du weißt. Und dann war da noch die Neue, die Google Maps braucht, um den Unterschied zwischen ihrem Ellenbogen und ihrem ... du weißt schon ... zu erkennen.«

Finn hob das Weinglas und feixte. »Ach, was sind wir wieder pietätvoll. Du bist immer so eine perfekte Lady, Suze.

»Die Lady von Midsummer, vergiss das nicht.«

»Deine schreckliche Schwägerin vergisst das sicher nicht.«

Beide nahmen aus Verbundenheit einen großen Schluck Wein. Susannah versuchte, nicht an die vielen ungelesenen E-Mails und den Stapel Papierkram im Büro zu denken, der auf ihre Unterschrift wartete. Jetzt gerade gab es nur pikant gewürzte Wurst und knackiges Gemüse zusammen mit Finns beruhigender Gesellschaft. Vorerst brauchte sie nicht über Familienkonflikte oder vorlaute, kleine Tierärztinnen mit Pferdeschwänzen nachzudenken, die kein Benehmen hatten.

»Und die Tierärztin war also richtig unsympathisch, ja?«

Das Gefühl, dass Finn gerade ihre Gedanken gelesen hatte, ließ Susannah leicht zusammenzucken. »So etwas habe ich noch nie erlebt. Ich meine, sie spricht, als käme sie aus der Gegend. Also verstehe ich nicht, wie sie es geschafft hat, den falschen Abzweig zu nehmen. Außerdem hat sie einen Panzer von Auto, den sie noch nicht mal richtig fahren kann. Und dann finde ich sie, wie sie die Straße blockiert, als ob niemand sonst jemals an ihr vorbeikommen müsste. Klar, man biegt mal falsch ab. Aber sie schien ganz zufrieden damit zu sein, einfach so orientierungslos herumzustehen, als ob die Welt das Problem für sie lösen würde. Aber nachzudenken, anstatt zu handeln, hat noch nie irgendwas gebracht. Und, wie gesagt, bin ich deswegen zu spät gekommen und konnte mich nicht mehr von Kenny verabschieden.«

Sie wurden vom Klang der Glocke an der Eingangstür unterbrochen. Es fehlte nur noch ein Dutzend Chorknaben, dann wäre das Konzert mit Kirchenliedern vollständig, wie sie sonntagnachmittags im Fernsehen gesendet wurden.

»Ich dachte, wir wollten die Klingel austauschen«, beklagte sich Susannah. Noch auf einem Blatt Rucola herumkauend stand Finn auf und zupfte sien Shirt zurecht.

»Es steht auf der Liste – ungefähr an der dreihundertsten Stelle.«

»Ach, geh lieber die Tür aufmachen.«

»Okay.«

Susannah ahnte bereits, wer der Besuch war, und einen Augenblick später bestätigten laute Stimmen ihre Vermutung. Sie wischte sich die Finger an der Serviette ab und nahm einen letzten Schluck Wein. Es würde sowieso kein Ende nehmen, wenn sie sich nicht selbst blicken ließ.

»Hallo Robin!« Susannah betrat die Eingangshalle und ihr Tonfall machte deutlich, dass sie keinesfalls überrascht war. »Ich muss deinen Namen in meinem Terminkalender doch glatt übersehen haben! Und Jonathan, Sie sind natürlich auch mitgekommen, wie der sprichwörtliche Mörder, den es immer wieder zum Tatort zurücktreibt.« Sie warf Robins Assistenten einen vernichtenden Blick zu.

»Bei dir einen Termin zu bekommen ist ja auch nahezu unmöglich«, entgegnete ihre Ex-Schwägerin oberlehrerhaft und schnippisch wie immer. Mit ihren zwei Schichten Tweed und den praktischen Schuhen war sie der Inbegriff einer Dame vom Land. Die grauen Haarsträhnen, die Susannah noch bei ihrem letzten Aufeinandertreffen vor ein paar Wochen aufgefallen waren, wurden nun von einer grellen rotbraunen Tönung überdeckt. Außer etwas korallenfarbenem Lippenstift, der nicht zum Rest ihrer Erscheinung passte, trug Robin kein Make-up.

Alles, was fehlte, war ein Ehemann – aber Robin, die Mitte fünfzig war, hatte nie geheiratet. Sie hatte irgendwie die Vorstellung entwickelt, dass, obwohl weder sie noch Susannah Jimmys Titel erben konnten, das Haus und das Grundstück nach dessen Tod in ihren Besitz übergehen würden. Und das trotz der großzügigen Erbschaft, die sie von ihrem Vater erhalten hatte, und dem Vermögen, zu dem sie durch glückliche Investitionen gekommen war.

Bevor Jimmy Susannah kennenlernte, hatte er zwar erklärt, dass er sein Geld für wohltätige Zwecke spenden wolle. Aber diese Tatsache hatte in dieser Familienfehde nie wirklich eine Rolle gespielt.

»Ich habe den ganzen Tag versucht, Finn zu erreichen«, schaltete Jonathan sich ein. »Sogar auf der privaten Büronummer, die Lord Karlson mir gab, als ich noch hier gearbeitet habe. Wenn wir keinen Termin kriegen, was bleibt uns da anderes übrig, als vorbeizukommen?«

In letzter Zeit schleppte Robin Jonathan überall mit hin wie eine sprechende Handtasche und Susannah hatte immer den Eindruck, er verhalte sich wie ein hinterhältiger kleiner Bruder, der einen bei der erstbesten Gelegenheit verpetzt. Die Tatsache, dass er sich kleidete wie das unbeliebte Kind aus einem Comic, machte es auch nicht besser, und das I-Tüpfelchen waren seine krausen dunklen Löckchen. Obwohl er schon Ende dreißig war, wirkte er immer wie jemand, der seiner verlorenen Jugend hinterherjagt.

»Nun, wie es Jimmy Ihnen gegenüber wahrscheinlich oft genug erwähnt hat, ist die Verwaltung dieses Anwesens eine arbeitsreiche Aufgabe. Da hat man nicht viel Zeit zum Plaudern.« Susannah bemühte sich sehr, höflich zu bleiben, aber Robins Ansprüche machten sie wahnsinnig. Natürlich bedeutete ein Adelstitel, dass man von Geburt an bestimmte Vorteile genoss, aber ihre Ex-Schwägerin gierte so sehr nach dem, was alle anderen besaßen. Und Jonathan war sogar noch schlimmer, wenn er in Robins Namen handelte. Immer, wenn er einen Blick auf eine Vase oder ein Gemälde warf, verspürte Susannah den überwältigenden Drang, sich hinterher zu vergewissern, dass die Gegenstände auch an Ort und Stelle geblieben waren.

»Also, wenn du dem Job nicht gewachsen bist, es gibt echte Familienmitglieder, die dafür besser qualifiziert sind. Aus diesem Grund habe ich doch diese Auseinandersetzung überhaupt erst begonnen. Und überhaupt solltest du von meinem verstorbenen Bruder vor den Angestellten besser nur als Lord Karlson sprechen. Du weißt doch, was man sagt: *Vertrautheit erzeugt Verachtung.* Ehrlich, Susannah, wenn du endlich akzeptieren könntest, dass du völlig überfordert bist, dann müsste die ganze Angelegenheit nicht so unangenehm sein. Du warst doch immer recht hilfsbereit. Wenn ich das Gut erst einmal übernommen habe, werde ich bestimmt ein Projekt für dich finden, mit dem du dich beschäftigen kannst.«

»Oh, wirklich, das würdest du tun?« Susannah ging über den schwarz-weißen Marmorboden auf Robin zu, wobei sie sich wünschte, dass er weniger wie ein verstaubtes altes Schachbrett wirken würde. Sie konnte das ändern, wenn sie wollte. Vielleicht sollte sie Robin einladen zuzusehen, wie jemand ihn mit dem Vorschlaghammer zertrümmerte. »Und ich vermute, du würdest mich trotzdem rauswerfen? Aus meinem eigenen Haus?«

»Jetzt hör mir mal zu –«

»Nein, das werde ich nicht. Finn, begleite bitte Robin und Jonathan zu ihrem Auto. Wir haben heute Nachmittag viel zu tun.«

Finn gab sich alle Mühe, Robin zum Schweigen zu bringen, aber diese war auf einer ihrer Missionen und wollte unbedingt das letzte Wort haben. Es war schon komisch, dass Susannah, wie sehr sie sich auch anstrengte, nichts von Jimmys Liebenswürdigkeit oder seiner stillen Würde im Gesicht seiner Schwester entdecken konnte. Mit ihren geschürzten Lippen und den gerunzelten Augenbrauen strahlte ihre Ex-Schwägerin nur Zorn und Bitterkeit aus. Jimmy hatte sich auch immer über ihre Blasiertheit geärgert, darüber wie viel Wert sie auf Titel legte, als ob die einige Leute wertvoller machten als andere.

Seine größte Schwäche waren jedoch prinzipienlose Männer wie Jonathan gewesen, die auf Geld und Status aus waren, die er ihnen im Gegenzug für unkomplizierte, diskrete Affären anbot. Susannah hatte jahrelang wie vereinbart die Augen davor verschlossen, dass am Rande ihres persönlichen Umfeldes die Männer kamen und gingen, genauso wie Frauen still und leise in ihr Leben traten und wieder verschwanden.

»Du hörst von mir und meinen Anwälten. Es wird dir noch leidtun, dass du dich mit mir angelegt hast«, warnte Robin Susannah, bevor Finn sie mit Jonathan im Schlepptau aus der Tür und zur Einfahrt brachte.

Susannah blieb allein an der riesigen Eingangstür zurück und betrachtete das Königreich, um das sie nie wirklich gebeten hatte.

»Verdammte Scheiße, Jimmy. Hättest du es deiner Schwester nicht schonend beibringen können, bevor du gestorben bist? Wie lange werde ich dafür noch bezahlen müssen?«

Das Haus antwortete natürlich mit erdrückendem Schweigen. Mit jedem Tag, der verging, gewöhnte sich Susannah mehr an die widerhallende Leere. Alles, was sie erreicht hatte, war das Ergebnis harter Arbeit gewesen. Sie stammte selbst aus einem Adelsgeschlecht, einem älteren und tatsächlich auch viel angeseheneren als dem der Karlsons. Leider hatte ihr Vater seinen Hang zu Glücksspielen, Alkohol und Wutanfällen nicht im Griff gehabt, deshalb war ihr Besitz nach und nach fast vollständig verkauft und Susannah mehrmals vom Internat geflogen und wieder dort aufgenommen worden, je nachdem, ob das Schulgeld pünktlich bezahlt wurde oder nicht.

Dann war etwas passiert, wie man es in deprimierenden Groschenromanen liest: Susannah hatte Probleme in einer der zugigen alten Schulen bekommen, weil sie Wodka hineingeschmuggelt und Mädchen geküsst hatte, eine Schande, die selbst ihre sonst so schamlosen Eltern nicht ertragen konnten. Damals hatte sie auf die harte Tour lernen müssen, dass ihr Wert ausschließlich darin bestand, sich einen Ehemann zu angeln, der ihnen allen ein verlässlicheres Maß an Luxus bescherte.

Nie hätte sie erwartet, dass sie einen so netten Mann finden würde, der selbst Geheimnisse hatte. Jimmy hatte eigentlich nur nach einer Geschäftspartnerin gesucht, einer Ehefrau, die die anderen Ladies bei den Jagden und den endlosen, langweiligen Abendessen unterhielt. Trotz Geld und Macht war Jimmy nicht in der Lage, zu seinen wahren Vorlieben zu stehen.

»Ich brauche noch einen Drink«, sagte Susannah mehr zu sich selbst. Aber anstatt in die Küche zu ihrem Wein zurückzukehren, stieg sie in die erste Etage hinauf und ging schnurstracks auf die schwere Eichentür hinten rechts zu. Das Einzige, was sie in ihrem ersten Jahr als Witwe zuwege gebracht hatte, war die Umgestaltung ihres einstigen gemeinsamen Arbeitszimmers in ihr eigenes Büro gewesen. Das alte Dekor, die Holzpaneele und die gleichen Schreibtischlampen wie die in der Bibliothek von Oxford hatten sie zu sehr an ihren lieben verstorbenen Partner erinnert. Obwohl sie nie das Bett geteilt hatten, hatten sie unzählige Stunden in diesem Raum verbracht und gemeinsam Pläne geschmiedet, um das Bestmögliche aus dem Anwesen zu machen.

Einen Moment lang blieb Susannah vor dem Kamin stehen. Die langweiligen Ölgemälde darüber hatte sie durch farbenfrohe moderne Malerei ersetzt, die einen leuchtenden Kontrast zu den frisch geweißten Wänden setzten. Während der Tage und Nächte, die sie und Jimmy hier gearbeitet hatten, war ihre einzige große Enttäuschung gewesen, dass Jimmy nicht bereit war, das Anwesen zu modernisieren. Jetzt hatte sie zwar die Freiheit, genau das zu tun, aber dennoch tauchten gerade von allen Seiten Hindernisse auf.

Das Büro hatte auch den Vorzug, dass dort eine Kristallkaraffe mit einem ausgezeichneten Single-Malt stand, ganz zu schweigen von dem dick gepolsterten Sofa vor den riesigen Fenstern, auf dem der nächste Stapel Papierkram nach ihrer Aufmerksamkeit verlangte.

»Auf dich, alter Herr«, sagte Susannah, nachdem sie einen großzügigen Schluck Whisky in ein dickwandiges Glas gegossen hatte. Ohne Eis, ohne Soda. Nur der unverfälschte torfige Geschmack eines zwanzig Jahren alten Whiskys, den sie so sehr mochte. »Ich glaube, wenn ich deine Schwester schon verärgern muss, dann auch richtig. Es ist Zeit, dass ich aufhöre, mich dahinter zu verstecken, dass ich Midsummer am Laufen erhalten will. Stattdessen sollte ich aufs Ganze gehen.«

Jedes Mal, wenn sie aus dem Fenster auf die wunderschönen, friedlichen Gärten sah, die aus getrimmten Rasen und zu geometrischen Formen zurechtgestutzten Hecken bestanden, war das Balsam für ihre Seele.

Gott sei Dank waren ihre Eltern nie nach Midsummer gekommen, um die Idylle in betrunkenem Zustand mit ihren herablassenden Kommentaren und ihren Ausfällen und spitzen homophoben Bemerkungen zu trüben. Sie waren nur wenige Wochen, bevor Jimmy ihr einen Heiratsantrag beziehungsweise den Vorschlag, eine Geschäftsbeziehung einzugehen, gemacht hatte, bei einem Bootsunfall ums Leben gekommen, und die Aussicht auf einen Neuanfang hatte Susannah damals während ihrer sehr schweren Trauerzeit geholfen. Ja, dies war der Ort, um Zuflucht zu finden. Und auch der Ort, um ihre alten, beiseitegeschobenen Pläne wiederaufzunehmen.

Das oberste Blatt auf dem Stapel war eine Erinnerung an ihren vergangenen Termin beim Tierarzt. Susannah nippte an ihrem Drink und schnaubte beim Anblick des traurigen kleinen Klebezettels. Sie war kurz davor, ihn zusammenzuknüllen und in den Papierkorb zu werfen, als sie innehielt.

Waren die Dorftierärzte wirklich so schlimm? Vielleicht waren sie auf die falsche Art enthusiastisch, aber Susannah wusste bereits, wie der Stall als geplante Zufluchtsstätte für ehemalige Renn- und Arbeitspferde funktionieren würde. Sie verfügte zwar über die nötigen finanziellen Mittel, doch die tatsächliche Belastung wäre die ärztliche Versorgung der armen Tiere, die ein Leben voller Anstrengung und Stress hinter sich hatten. Auf dem Gut hatte es immer Pferde gegeben, aber sie waren nur für Ausritte mit der Familie oder gelegentliche Jagden in der Gegend genutzt worden, damals in den finsteren Zeiten, als Letztere noch legal gewesen waren.

Wäre es so verkehrt, den mutigen Tierärzten aus Hayleith eine Chance zu geben? Selbst wenn diese Tess jetzt neu im Dorf war, stammte sie sicherlich aus der Gegend. Susannah war weit genug weg aufgewachsen, um den Unterschied im Akzent zu erkennen. Was war Tess' Geschichte? Sie schien nicht mehr allzu jung, sondern ungefähr im gleichen Alter wie Susannah zu sein, die zweiundvierzig war. Also musste sie bis dahin irgendein Leben gelebt haben.

Das war nur eine weitere Sache, die ihr Kopfzerbrechen bereitete, an einem Tag, der voll von solchen Ereignissen gewesen war. Das Knirschen von Reifen auf Kies sagte Susannah, dass Robin und Jonathan mit all ihren Klagen und Drohungen endlich wegfuhren.

Susannah hätte sich gewünscht, mehr Leute zum Reden zu haben – eine dieser Großfamilien mit einer Tante oder Cousine, die am Ende der Straße wohnte. Doch selbst wenn sie so viele Verwandte gehabt hätte, sie lebte dafür im falschen Teil des Landes. Sie nahm ihr Handy heraus und scrollte durch die Kontaktliste: Freunde, die sie in Leeds, Manchester und bei einem kurzen Abstecher nach London kennengelernt hatte. Dann die »Freundespaare«, meistens Geschäftspartner von Jimmy, mit denen sie ausgegangen war und sich auf der Small-Talk-Ebene gut verstanden hatte. Aber es war niemand dabei, der eine nachmittägliche Beschwerde über die Schwierigkeiten, ein Landgut zu führen, zu schätzen wüsste.

Schon bald steckte sie mitten in dem Stapel aus Rechnungen und Werbebriefen, die ihr Dienstleistungen anboten, welche sie weder brauchte noch genau verstand. Nur ein weiteres Zeichen dafür, dass sie ihre eigene Art, die Dinge zu handhaben, vorantreiben sollte. Wenn ihre Gedanken gelegentlich zu der temperamentvollen Tierärztin in dem hellgrünen Sweatshirt, das keine einzige ihrer Kurven versteckt hatte, abschweiften, nun, dann war das nur, weil etwas Neues das verschlafene Landleben unterbrach.

Susannah nippte an ihrem Drink und begann seufzend, die Dokumente zu unterschreiben.

Kapitel 3

Tess kniete auf allen vieren auf dem makellosen Linoleum des kleinsten Zimmers, das theoretisch von jetzt an ihr Behandlungsraum sein sollte. Der dunkelgrüne Stoff des Arztkittels fühlte sich vertraut an, so als hätte sich ihr Leben nicht bis zur Unkenntlichkeit verändert.

Währenddessen hatte sich ein sechs Monate alter getigerter Kater unter dem Medizinschrank in der Ecke verkrochen und seine Besitzerin war bereits in Panik, er könnte entkommen sein.

»Er macht das öfter, oder?«, fragte Tess.

»Ja, er kriecht überall rein«, stöhnte seine Besitzerin. Sie war mit einigen Tüten und einem Kleinkind auf dem Arm beladen, das das Versteckenspielen mit dem Kätzchen für das Lustigste auf der Welt hielt.

Vermutlich war das Kätzchen im Grunde weniger vor der Tierärztin geflüchtet als vor dem kleinen Witzbold auf dem Arm seiner Mutter. »Komm schon, mein Kleiner«, ermutigte Tess das Tier und zwängte die Hand unter den Schrank, wobei sie sich trotz des Latexhandschuhs die Fingerknöchel zerkratzte. Aber das war es wert, denn so bekam sie endlich den Nacken des Kätzchens zu fassen.

In einem protestierenden Durcheinander aus Fell und dünnen Beinchen kam es wieder zum Vorschein.

Während Tess es zur Untersuchung zurück auf den Metalltisch beförderte, warf sie einen Blick auf sein Hinterteil. »Sie sind heute nur zur Impfung da, ja? Aber er wird auch schon geschlechtsreif. Am besten machen wir gleich noch einen Termin zum Kastrieren aus.«

Die Besitzerin verzog das Gesicht. »Mein Mann sagt, wir sollten ihm das nicht antun«, erklärte sie dann. »Er meint, das sei für jeden Mann grausam.« Sie lächelte Tess an, als ob diese zustimmen und es genauso süß finden sollte.

»Bei allem Respekt, Mrs McDonald, ich biete ihnen ja nur an, ihren Kater zu kastrieren, nicht ihren Ehemann.« Während sie so zusah, wie die klebrigen Hände des Kleinkinds auf Mrs McDonalds Sweatshirt herumpatschten, überlegte sie, ob sie seine Kastration nicht einfach gratis anbieten sollte. Schließlich wären es doch bloß ein kleiner Schnitt und eine Naht.

»Muss das wirklich sein?«

»Nur wenn Sie nicht wollen, dass er jedes Mal sein Revier markiert, wenn es bei ihnen zu Hause einen neuen Geruch gibt. Und wenn sie vermeiden wollen, dass es in ihrem Garten von trächtigen Katzendamen und ihren Babys wimmelt.«

»Na ja, dann möchte ich lieber doch einen Termin. Ich sage es meinem Mann einfach erst hinterher.«

»Freut mich zu hören. Ihr Kater bekommt auch eine gute Narkose, sodass er sich wohlfühlen wird, wenn er aufwacht.«

Während des Gesprächs war es ihr gelungen, das Kätzchen mit der unbehandschuhten Hand in einen schnurrenden Zustand der Zufriedenheit zu versetzen. Auch wenn der Name des armen Tiers Neville lautete, war es ein süßes kleines Ding. Nun musste sie aber leider sein neu gewonnenes Vertrauen wieder zerstören. Schnell griff sie zur Spritze, die sie vor seinem großen Fluchtversuch vorbereitet hatte.

»So«, sagte sie, und bevor das Tier sich aus ihrem Griff herauswinden konnte, war die Impfung auch schon vorbei. »Möglicherweise ist er später ein bisschen schläfrig, also keine Sorge, falls er nur wenig frisst oder mehr als sonst schläft. Außerdem kann es sein, dass er keine Lust auf die Gesellschaft Ihrer Kinder hat.«

»Oh, sie lassen ihn nie in Ruhe«, antwortete Mrs McDonald. »Sie sind so neugierig, besonders in diesem Alter. Aber er ist sehr geduldig.«

Tess widerstand dem Drang, das Kätzchen auf den Arm zu nehmen und einfach zu adoptieren. Aber es würde ihm schon gut gehen. Viele Familienhaustiere überstanden die Phase, in der Kinder nach allem grapschten, ohne Probleme. Sie taten Tess nur immer ein bisschen leid. Genau wie Waffles, wenn sie ihn zu ihren Nichten mitnahm, die ihn bis vor kurzem noch wie ein Pony hatten reiten wollen.

Tess brachte die kleine Familie und Neville in seinem Transportkorb zurück zur Empfangstheke.

»Wie läuft's?«, fragte Margo. »Du bist doch nicht allzu sehr enttäuscht, dass du mit Haustieren anfängst, oder?«

»Ich? Nein!«, antwortete Tess, obwohl das nicht ganz stimmte. Sie hatte zwar nicht erwartet, am ersten Tag schon Schweine und Schafe zu behandeln, war aber auch unter anderem wieder aufs Land gezogen, um hinaus auf die Weiden gehen zu können und mit Herausforderungen zu tun zu haben, die ein bisschen größer waren als Wüstenrennmäuse.

»Ich habe sehr viel Erfahrung mit Kätzchen.«

»Nun, der nächste Fall könnte interessanter sein.« Margo nickte in Richtung von Tess' Tablet, das die Daten ihres nächsten Patienten anzeigte.

»Donner?«, rief Tess in das Wartezimmer hinein. Keiner der wartenden Patienten sah nach einem Tier mit diesem Namen aus. Dann schwang die Tür zum Innenhof auf und eine deutsche Dogge kam hereingesprungen.

Tess konnte sich gerade noch abstützen, bevor auch schon riesige Pfoten auf ihren Schultern lagen und ein glückliches Gesicht nur wenige Zentimeter vor ihrem eigenen entfernt auftauchte.

»Runter, Donner«, sagte eine müde Stimme von irgendwo weiter hinten und der Hund gehorchte mit einem leisen Winseln.

»Gut, dann komm mal rein, mein Großer«, sagte Tess.

Als Donner aus dem Weg war, wurde sein Herrchen sichtbar. Es war ein kleiner Mann, nicht viel größer als Tess selbst. Er folgte Donner, als sei der Hund derjenige, der mit ihm Gassi ging, die stabile lederne Leine nur dazu da, um die beiden miteinander zu verbinden.

Das war nun schon eher so, wie sie es sich vorgestellt hatte. Sie kramte in den Hosentaschen nach den gesunden Zahnpflegeleckerli, die sie gerne verteilte.

⁓⁓∞⁓

Als Tess in die Teeküche ging, um schnell eine Tasse zu trinken, traf sie dort auf Adam. Er las gerade den Guardian auf seinem Tablet und sah mit halber Aufmerksamkeit die lautlos gestellten Sportnachrichten, die auf einem ziemlich großen an der Wand montierten Fernseher liefen.

»Wie geht's?«, fragte er, beinahe ohne aufzusehen. »Alles okay?«

»Ja, ja. Sieht ganz danach aus, als würden du und Margo die Dinge genauso organisieren wie ich.« Tess schaltete den Wasserkocher an. »Wie ein Zuhause fern der Heimat. Oder so.«

»Wie geht es denn mit deinen Londoner Angelegenheiten voran?«

Tess zuckte die Achseln. »Es ist der übliche langweilige Kram. Unterschreiben Sie dies, bezahlen Sie das. Der Verkauf meiner Wohnung war der leichteste Teil, aber es geht immer noch um Dinge aus der Praxis. Jedes Mal, wenn ich denke, es ist vorbei, kommt noch ein Formular oder Brief.«

»Das macht sicher nicht gerade Spaß.« Adam kam herüber und schob sie sanft mit der Hüfte beiseite. »Margo hat mir erzählt, wie das mit Caroline zu Ende ging. Sie hat dich richtiggehend in die Pfanne gehauen. Tut mir leid.«

»Hey, mit der Frau, die mich betrogen hat, wollte ich doch nicht in einer Praxis zusammenarbeiten! Also glaub mir, es ist das Beste so.« Anstatt Adam in die Augen zu sehen, sah Tess lieber zu, wie er Wasser in ihre Tassen goss. Sie hatte bisher nicht viel über die Geschichte mit Caroline gesprochen. Außer in ein paar Therapiesitzungen, die immer seltener wurden, seit sie den Entschluss zur Rückkehr nach Schottland gefasst hatte. »Obwohl sie wenigstens dafür hätte sorgen können, dass das Ganze ein bisschen reibungsloser verläuft. Ich glaube, sie hat gehofft, mir so auf die Nerven zu fallen, dass ich einfach weggehen und ihr alles überlassen würde. Manche Leute sind wirklich sehr von sich selbst überzeugt.«

»Und da denkt man, man kennt den anderen«, kommentierte Adam mitfühlend.

Tess sah Adam nachdenklich an und seufzte. »Caroline war lieb ... nur eines Tages dann eben nicht mehr«, gab sie die beste Antwort, die ihr einfiel. »Wenigstens habe ich eine wertvolle Lektion gelernt: In Zukunft trenne ich Berufliches und Privates, egal was passiert. Caroline und ich hätten eigentlich sowohl in der Beziehung als auch im Arbeitsleben gleichberechtigte Partnerinnen sein sollen. Aber in Wirklichkeit hatte sie die Fäden in der Hand. Erst jetzt besitze ich irgendwas, das nur mir gehört. Von jetzt an bin ich unabhängig. Kann ich zum Tee vielleicht einen Keks haben? Ich bin am Verhungern.«

Adam guckte in die Dose neben dem Wasserkocher. »Die Kekse sind alle. Ich gehe schnell über die Straße und hole was, das dich aufmuntert.«

»Ich kann auch gehen«, antwortete Tess. »Ich habe gestern im Café ein paar Kuchen gesehen, die jetzt genau das Richtige wären.«

Dankbar für eine Ausrede, um der Unterhaltung über ihre Ex-Freundin zu entfliehen, schnappte sich Tess ihre Lederjacke von der Garderobe und ging hinaus.

Heute war im Café mehr los. Es war voller Leute, denen es nach der morgendlichen Dosis Koffein oder, so wie es sich anhörte, nach dem neuesten Dorfklatsch verlangte. Als Tess eintrat, verstummten alle Gespräche, aber sie lächelte vage, bis alle so taten, als sei nichts gewesen.

»Zwei Stück Karottenkuchen bitte, Joan.« Tess gab sich betont freundlich. »Sorry, dass ich gestern so schnell wegmusste. Und kann ich dazu noch eine Tasse Tee bekommen?« Ihr Tee in der Praxis würde inzwischen kalt werden, aber sie hatte es nicht eilig zurückzugehen und noch mehr mitleidige Blicke von Adam zu kassieren. Außerdem erwartete sie ihren nächsten Patienten erst in zwanzig Minuten.

»Welche Sorte?« Joan zeigte auf die verschiedenen Sorten hinter ihr. »Oder meinten Sie richtigen Tee? Bei euch Großstädtern weiß man ja nie.«

»Obwohl ich in London gelebt habe, weiß ich eine richtige Tasse Tee immer noch zu schätzen«, antwortete Tess. »Dieses Kräuterzeugs hat mir noch nie wirklich geschmeckt.«

Wenn das ein Test gewesen war, dann deutete Joans Nicken darauf hin, dass Tess ihn bestanden hatte. Das erinnerte sie an ihre Mum, deren ständige Sorge es bis zu ihrem Tod vor fünf Jahren gewesen war, Tess würde zu viele großstädtische oder abgehobene Angewohnheiten übernehmen. In jedem Telefongespräch hatte sie sich mindestens fünf Minuten lang darüber ausgelassen, dass Tess etwa ihren natürlichen Akzent verlor oder vergaß, wo sie herkam. Wenn das wirklich so gewesen wäre, hätte Caroline sie vielleicht als langfristige Partnerin für besser geeignet gehalten.

»Haben Sie sich schon eingelebt?« Joan nahm den Karottenkuchen aus der Glastheke zwischen ihnen. Mit ruhiger Hand und einem sehr großen Messer schnitt sie die Stücke ab.

»Ja, bisher ist es großartig. Gestern war ich etwas müde von der Fahrt, aber heute fühle ich mich schon viel besser. Ich möchte ein bisschen das Dorf erkunden. Bis jetzt war ich noch nicht mal im Pub, sondern habe nur Margos Weinregal geplündert. Wo kommt eigentlich der Name The Spiky Thistle her?«

Joan rümpfte verächtlich die Nase. Bevor Tess noch sagen konnte, dass soviel Verpackung unnötig sei, hatte sie den Kuchen schon in eine Schachtel gelegt und mit einer Schleife zugebunden. »Wenn Sie gerne etwas trinken gehen, sollten Sie besser ein bisschen weiter fahren.« Ein kleines goldenes Kreuz glänzte auf der dunklen Haut an Joans Hals, wobei die leichten Falten dort das einzige äußere Zeichen für ihr etwas fortgeschrittenes Alter waren. Tess spürte eine vertraute leichte Panik aufsteigen. Mit institutionalisierter Religion hatte sie noch nie besonders gute Erfahrungen gemacht, und schon gar nicht in Kleinstädten wie Hayleith.

»Ach, ich verurteile Sie doch nicht fürs Trinken, dummes Mädchen!«, rief Joan aus, der Tess' Anspannung nicht entgangen war. »Ich finde nur einfach den hiesigen Pub nicht so schön. Mir ist der Kilted Coo, zwei Orte weiter, viel lieber. Aber viele Leute trinken abends auch einfach zu Hause. Es sei denn, es ist was Besonderes los.«

Tess entspannte sich wieder, nahm den eingepackten Kuchen und wartete auf ihren Tee. Sobald der Rest von ihren Sachen ankam, würde sie sich ein oder zwei

Thermobecher heraussuchen. Diese ganzen Pappbecher waren eine Verschwendung und sie hatte schon genug Sorgen, ohne sich für die Verschmutzung des Planeten verantwortlich zu fühlen. »Den Kilted Coo werde ich auf jeden Fall mal ausprobieren«, antwortete sie, während Joan Milch in den Tee gab, ohne dass Tess darum bitten musste. So war das Getränk genau, wie sie es mochte. »Schließlich kann ich nicht immer in denselben Pub gehen.«

»Schön.« Hinter Joans Abneigung gegen den Spiky Thistle steckte offensichtlich noch mehr, aber Tess wollte lieber nicht nachfragen.

Plötzlich erinnerte sich Tess wieder ganz deutlich, wie sie als kleines Kind in Schuluniform mit dicker Jacke darüber immer warten musste, während ihre Mutter völlig Fremden ihr halbes Leben erzählte. Der seltsame Schmerz über den Verlust war in den letzten fünf Jahren immer seltener aufgetaucht. Dennoch fühlte sich die Erinnerung an ein kleines Kind, das ungeduldig war und einfach nach Hause wollte, anstatt langweiligen Erwachsenen zuzuhören, immer noch wie Verrat an.

»Danke«, sagte Tess, während sie ihre Kreditkarte an das Lesegerät hielt. Einen Augenblick später hatte sie die Schachtel mit dem Kuchen und den Becherhalter in den Händen. »Kundenkarten haben sie nicht, oder?«

Wenn Blicke töten könnten, hätte Tess jetzt eigentlich tot umfallen müssen. Aber sie stand hoch erhobenen Hauptes da.

»Ich sammle nur gern kleine Marken, das ist alles. Vielleicht können Sie es sich ja mal überlegen.«

»Dieses Café gehört mir jetzt schon seit zehn Jahren. Ich kenne den Geschmack der Leute«, antwortete Joan. »Und davor leitete ich lange genug den Pub. Also weiß ich, was ich tue, aber danke Dr. Robinson.«

»Ich wollte nicht –«

»Ich weiß! Alles gut, Mädchen.« Joan machte eine wegscheuchende Handbewegung, wobei die limonengrünen Fingernägel einen hübschen Kontrast zur dunklen Haut ihrer Hände bildeten. »Grüßen Sie Margo und Adam von mir und sagen Sie ihnen, dass ich ihr Lieblingscafé reinbekommen habe.«

»Mache ich«, erwiderte Tess, erleichtert, gehen zu können. »Vielleicht sehen wir uns ja mal im Kilted Coo?«

»Ja, vielleicht.«

Kapitel 4

Susannah schob die Zeitschrift, in der sie gerade geblättert hatte, zurück in die schicke lederne Laptoptasche, die zu ihrem Outfit gehörte, und stieg in Edinburgh Waverley aus dem Zug. Sogar an einem sonnigen Tag wie diesem war es im Bahnhofsgebäude zugig und kalt und die hohen Glasdecken waren zwar schön, aber nicht sehr effektiv. Überall um sie herum hasteten die letzten Pendler zu den Fahrkartenschaltern, nur sie selbst ging gemächlich wie bei einem Spaziergang. Ihre Absätze hallten klappernd, während sie sich auf die Rolltreppen zubewegte.

Normalerweise wäre sie mit dem Auto in die Stadt gefahren, aber für den Termin im Balmoral Hotel war der Zug einfach praktischer gewesen.

Für dieses Meeting, das möglicherweise dafür sorgte, dass sie all ihre Pläne für Midsummer in die Tat würde umsetzen können, hatte sie sich todschick gemacht. Als sie mit der Rolltreppe nach oben fuhr und in den Schaufenstern ihr Spiegelbild betrachtete, sahen die eng anliegende, weiße Bluse und der weiche, graue Hosenanzug noch genauso gut aus wie vor dem Verlassen des Hauses. Genau, wie sie gehofft hatte, waren sowohl ihre Frisur als auch das Make-up beinahe makellos.

Es war wichtig, dass sie zuerst eintraf, am Tisch saß und an einem Kaffee nippte, als hätte sie alle Zeit der Welt. Die Bücher zu wirtschaftspsychologischen Themen, welche gerne in Flughäfen verkauft wurden, lehnte sie nur zum Schein ab. In Wirklichkeit hatte sie sich mehr als nur ein paar Tipps aus ihnen geholt.

Bevor der Türsteher in Kilt und Jackett die schwere Eichentür für Susannah öffnete, nickte er ihr zu. Der Empfangsbereich im Inneren des Gebäudes war ein riesiges, erfrischendes Meer aus cremefarbenem Weiß, bevölkert nur von einigen wenigen Mitarbeitern und ein paar von Koffern umgebenen Touristen mit Golfausrüstung. Beim Anblick der Taschen und Schläger, alle mit unzähligen dieser Wollsockendinger bedeckt, musste Susannah so sehr an Jimmy denken, er hätte glatt neben ihr stehen können. Die Erinnerung war so lebhaft, sie sah sogar tatsächlich über ihre Schulter, um sicher zu gehen, dass er nicht da war.

»Lady Karlson?« Der Concierge in seinem schicken Anzug begrüßte sie wie eine alte Freundin. »Mr Greer erwartet Sie bereits im Palm Court.«

So viel zum Thema Vorsprung. Sie folgte ihm, die Absätze klackerten laut auf dem Marmorboden, bis er in einen plüschigen Teppich überging. Der Tee-Raum war eine Art feuchter Traum aus der Kolonialzeit, aber immerhin vertrautes Terrain. Da der Saal normalerweise für den Nachmittagstee reserviert war, war er jetzt so gut wie menschenleer. Für Mr Greer, den wohlhabenden Amerikaner, machten die meisten Hotels jedoch gerne eine Ausnahme.

Als der kleine, glatzköpfige Mann aufstand, um sie zu begrüßen, musste Susannah dem Drang widerstehen, die Schultern einzuziehen und sich um ein bis zwei Zentimeter kleiner zu machen. Stattdessen nahm sie schnell den ihr angebotenen Platz ein und bestellte »eine richtige Tasse Tee.« Der Kellner rollte daraufhin zwar ein wenig mit den Augen, aber es brachte ihr ein Lächeln von Mr Greer ein. Englandliebhaber waren durch kleine britische Maroten wie diese immer leicht zu erfreuen.

»Schön, Sie zu sehen, Lady Karlson. Das mit Ihrem Mann tut mir sehr leid. Lord Karlson war so ein großartiger Mensch. Und, wenn ich das sagen darf, auch ein lieber Freund.«

Einen Moment lang befürchtete Susannah, das könne eine Andeutung sein. Doch dann erinnerte sie sich daran, dass Mr Greer in Cape Cod, oder wo auch immer seine riesige Villa stand, eine Ehefrau hatte. Sie seufzte innerlich erleichtert auf. Jimmy hatte immer peinlich genau darauf geachtet, Privates und Berufliches nicht zu vermischen. Während ihrer ganzen Ehe war er der Inbegriff von Diskretion gewesen.

»Ich danke Ihnen, Mr Greer. Mein Mann hat Ihre Freundschaft wirklich sehr geschätzt. Es war eine schwierige Zeit, aber ich schlage mich durch, so gut ich kann. Das ist einer der Gründe, aus dem ich Sie um dieses Treffen gebeten habe. Ich weiß, dass Sie letztes Jahr gesagt haben, sie seien sehr an unseren Plänen für Midsummer interessiert. Und nun habe ich einen Vorschlag ausgearbeitet, der zeigt, wie ehrgeizig und aufregend mein Vorhaben ist.«

Dann wurde der Tee von einer munteren, rothaarigen Kellnerin serviert, die einen praktischen Rock und flache Schuhe trug. Sie betrachtete Susannah und Mr Greer aufmerksam und beantwortete Susannahs verstohlenen Blick an sich herunter mit einem schüchternen Lächeln. Das war alles, was Susannah sich bei einem Geschäftsmeeting erlauben konnte. Auch ihre eigenen »Angelegenheiten« waren immer schmerzhaft diskret gewesen.

»Lord Karlson sagte immer, dass Sie ihn dazu drängen würden, das Anwesen zu modernisieren.« Mr Greer sah sie über seine Brille mit dem dünnen Drahtgestell hinweg mit tränenden Augen an. »Er selbst mochte es so, wie es war. Aber Sie haben jetzt Pläne, es im Alleingang zu verändern?«

»Ich glaube, ich habe keine andere Wahl.« Susannah bemühte sich, nicht ihre Stimme zu erheben. Mit solchen Zweifeln hatte sie zwar gerechnet, aber sie knirschte trotzdem mit den Zähnen. »Natürlich haben Sie und Lord Karlson jahrelang zusammengearbeitet. Sie haben gesehen, wie sehr ich in das Geschäft eingebunden war. Mein Mann wollte, dass ich sein Vermächtnis fortführe. Und das bedeutet, dass Midsummer sich weiterentwickeln muss.«

»O ja, natürlich.«

»Seit beinahe einem Jahr leite ich das Anwesen nun schon alleine. Ich habe ein großartiges Team vor Ort, und glaube, dass es noch mehr Potenzial zu erschließen gibt. Ein sehr lukratives Potenzial, Mr Greer. Jim sagte immer, dass niemand so etwas besser erkennt als Sie.«

Genau wie sie gehofft hatte, schmeichelte das Kompliment Mr Greer sichtlich.

»Nun, ich habe sehr wohl ein Auge für gute Investitionen«, antwortete er und lehnte sich in seinem Stuhl ein wenig zurück. »Erzählen Sie mir mehr, Lady Karlson.«

»Nennen Sie mich doch bitte Susannah.«

»Sehr gerne, Susannah. Nur zu, begeistern Sie mich von Ihren Plänen für Midsummer.«

Susannah stellte ihre Teetasse zurück auf den zierlichen Porzellanteller und griff nach ihrer Tasche. Dann zog sie ihr Tablet heraus, atmete tief durch und präsentierte, was das Zeug hielt.

Auf der Heimfahrt vom Bahnhof hörte Susannah in voller Lautstärke eine Playlist, die Finn für sie erstellt hatte, und die scherzhaft den Titel »Hau sie alle um!« trug. Sie bestand aus Songs der frühen neunziger Jahre, die sie als Teenager geliebt hatte. Songs, von denen sie nicht gewusst hatte, dass sie den Text noch kannte. Doch jedes Mal, wenn ein neuer Schlagzeugbeat einsetzte und lauter Gitarrensound dazukam, hatte Susannah die Worte auf der Zunge.

Als sie nur noch fünf Minuten von zu Hause entfernt war, bekam sie eine SMS. Eigentlich hätte sie anhalten müssen, um sie zu lesen, aber sie überflog sie schnell beim Fahren: Sie wurde im Dorf gebraucht.

Na toll. Gerade lief ihr Tag so gut. Nachdem sie gewendet hatte, steuerte sie den Land Rover in die entgegengesetzte Richtung und drehte die Musik leiser, um sich besser konzentrieren zu können.

Ein Lied von Garbage vor sich hin summend, stellte sie ihr Auto hinter dem Pub auf dem Personalparkplatz ab, den niemand jemals benutzte. Erst als sie die Autotür öffnete, setzte sie ihr Pokerface wieder auf. Zeit, die harte, aber faire Königin zu geben und zu regeln, was immer das Problem war. Danach konnte sie in ihr Büro zurückkehren und ihren neuen Investor mit einem großen Glas voll irgendetwas Süffigem feiern.

»Da bist du ja!« Babs kam aus dem Keller herauf und wischte sich die schmutzigen Hände an einem alten Geschirrtuch ab. Mit ihren Anfang fünfzig war sie immer noch eine attraktive, in jeder Hinsicht beeindruckende Frau, von ihrem starken Make-up bis zu den beachtlichen Kurven.

»Ich habe ein Anwesen zu verwalten, Barbara.«

»Komm mir nicht mit ›Barbara‹, Gräfin Koks.«

Sie umarmten sich kurz und lachten.

»Was ist los, Babs? Es sieht dir gar nicht ähnlich, an Bierfässern herumzuhantieren. Ich dachte, du hättest starke junge Kerle, die so was für dich erledigen?«

»Einer von den Andersen-Jungs ist nicht zu seiner Schicht gekommen. Also habe ich schon wieder zu wenig Personal und dann ist auch noch das Fassbier ausgegangen. Ich hab's jetzt repariert, aber ich musste da oben eine halb volle Kneipe zurücklassen, die mir das Versprechen gegeben hat, mich weder auszurauben noch alles leer zu trinken. Ich weiß, du hast mit weltbewegenderen Problemen zu tun, aber ich gehöre nun mal zu deinen hiesigen Geschäftspartnerinnen und kann nicht zaubern.«

Zeit, etwas für die Gemeinschaft zu tun und die Moral des Personals ein wenig zu heben.

»Gut, soll ich mich um die Theke kümmern, während du dich frisch machst?«, bot Susannah an. »Ich weiß zwar nicht, wie man Bier aus Seide herausbekommt, aber im schlimmsten Fall kann man das Oberteil immer noch verbrennen.«

»Du müsstest wissen, dass es nicht brennt. Ich hatte eigentlich eine unhöflichere Formulierung im Sinn, aber es ist ja eine Lady anwesend. Angeblich.« Damit stolzierte Babs in Richtung der Personalküche davon.

Nun musste sich Susannah also der durstigen Meute stellen. Als sie durch die Schwingtüren ging, um hinter die Bar zu gelangen, hatte zu ihrer Überraschung niemand die Schnapsvorräte geplündert. Stattdessen saßen ein paar Einheimische mit Getränken vor sich in Gruppen an Tischen und in Sitzecken und machten den üblichen Lärm. Die Jukebox war nicht an, aber auf den Fernsehern, die normalerweise Fußball und Rugby live zeigten, es sei denn, die Cricket-Fans kamen herein und sorgten für Aufregung, liefen in einer stummen Endlosschleife die Sportnachrichten.

Sobald die Gäste sie sahen, verstummten alle Gespräche wie in einem Saloon in einem altmodischen Western. Susannah stemmte herausfordernd die Hände in die Hüften und starrte zurück.

»Gibt es jetzt Gratis-Drinks, oder was?«, rief jemand aus einer der hinteren Ecken. »Dann nehmen Sie dafür besser die Flaschengetränke, Eure Ladyschaft!« Gelächter schallte durch den Raum, aber Susannah blieb standhaft, bis einer der Bauern aus dem Dorf mit der schüchternen Bitte um eine Flasche Rotwein auf sie zukam.

Sie drehte dem Raum mit der schweren, dunklen Holzvertäfelung und den mit rotem Samt bezogenen Sitzen, von denen einige abgenutzter waren als andere, den Rücken zu. Selbst wenn viele Leute anwesend waren, die tranken und Snacks zu sich nahmen, roch es hier immer noch schwach nach Politur. Die Zapfhähne für das Bier schimmerten messingfarben und brachen die lange, geschwungene Linie der Theke auf, die eine ganze Ecke des Raumes einnahm.

Nachdem Susannah den Wein überreicht und das angebotene Bargeld genommen hatte, entspannten sich ihre Schultern. Ihre Hände entkrampften sich und waren nicht mehr verzweifelt auf der Suche nach einer Beschäftigung. Hier galt es nicht wirklich eine Krise zu bewältigen, sondern einfach nur die Stellung zu halten.

Nach und nach kamen neue Gäste zur Theke und einige knicksten sogar, als sie eintraten und sie hinter dem Tresen stehen sahen. Um beweglicher zu sein, zog Susannah ihren Blazer aus und hängte ihn über einen Barhocker.

Trotz ihrer Neigung zum Dramatisieren hatte Babs den Laden fest im Griff. Alles war leicht zu finden und die Preise waren schon in die Kasse einprogrammiert. Abgesehen von ein bisschen Kopfrechnen, wofür Susannah ihr Handy benutzte, erwies sie sich für den Job beinahe gut geeignet. Vielleicht wäre aus ihr in einem anderen Leben eine anständige Tresenkraft geworden, hätte sie nicht das Marlborough College besucht und in Durham mit Ach und Krach einen drittklassigen Abschluss geschafft.

Hinter ihr räusperte sich jemand. »Hi, kann ich …?« Die Stimme verstummte unsicher.

Susannah drehte sich um. Anscheinend genügte ihr Anblick hinter der Bar, um die neue Tierärztin vorübergehend sprachlos zu machen. Das stand ihr gut. »Ja?«

»Ähm ... Entschuldigung, schenken Sie wirklich Getränke aus?«, fragte Tess. »Oder ist das ein seltsamer Scherz hier im Dorf, den ich nicht kapiere?«

Susannah machte eine Geste mit beiden Händen, um zu betonen, wo sie stand. »Na ja, sonst wäre ich wohl kaum hier hinten. Oder dachten Sie, in meinem Pub wäre auf einmal Selbstbedienung? Dann kommen Sie ruhig zu mir und nehmen Sie sich, was Sie brauchen.«

»Nein danke, aber ich glaube, ich warte auf Babs. Ich mag es, wenn meine Getränke frisch eingeschenkt werden. Echtes Bier vom Fass, nicht so ein Flaschenzeug.«

Das war nun wirklich unhöflich. Da Susannah jedoch nie diejenige war, die klein beigab, nahm sie ein sauberes Glas aus der Auswahl neben den Zapfhähnen und hielt es einen Moment lang ins Licht. Makellos. Gut. »Lassen Sie mich raten: Sie mögen schwaches Lager? Oder vielleicht ein Radler?«

»Nein, eigentlich möchte ich zwei Gläser von ihrem besten Bier. Und einen Orangensaft.«

Susannah blickte an Tess vorbei und sah die beiden anderen Tierärzte am Tisch vor dem erloschenen Kamin sitzen. Sie tauschte das hohe Lager-Glas gegen ein runderes für Ale, denn so viel wusste sie noch aus der Zeit, als sie Drinks für Jimmy bestellt hatte. Der Trick, da war sie ziemlich sicher, bestand darin, das Glas aufrecht zu halten und das Ende des Zapfhahns gegen den Boden des Glases zu drücken. Auf diese Art ließ sich das Ale tatsächlich gut einschenken. Der Zapfhahn war schwergängig, aber Susannah hatte zu viel Zeit im Fitnessstudio und mit dem Reiten widerspenstiger Pferde verbracht, als dass es ihr an Kraft im Oberkörper gemangelt hätte. Sie bemerkte nicht, wie sich ihre Armmuskeln unwillkürlich anspannten, bis sie Tess dabei erwischte, wie sie hinguckte. Einen kurzen Moment lang hatten sie Blickkontakt, dann sahen beide weg.

Interessant.

»Ich kann jetzt wieder übernehmen«, sagte Babs, die in einem neuen Oberteil auftauchte, als Susannah das erste Bier auf den Tresen stellte. »Nicht schlecht, Boss. Du scheinst ein Naturtalent zu sein.«

»Mach du den Orangensaft.« Susannah griff nach einem Glas für das zweite Bier. »Ich habe gerade den richtigen Dreh raus.«

»Ich wusste gar nicht, dass dieser Pub zu Ihrem, Sie wissen schon ...« Tess nickte in den Raum.

»Besitz gehört?«

»Eigentlich wollte ich ›Königreich‹ sagen, aber ja, sicher. Sie verlangen doch nicht höhere Preise, wenn Ihnen der Fahrstil von jemandem nicht gefällt, oder?«

Es war ein vorsichtiger Versuch, das Eis zu brechen, aber Susannah hatte keine Lust, darauf einzugehen. Sie hatte gerade einen großen Sieg errungen, Geld dafür beschafft, Midsummer in etwas Bedeutungsvolles zu verwandeln. Vielleicht war das Grund genug, nachsichtig mit der Neuen zu sein, aber Susannah vermutete, dass jeder schwache Moment später nur ausgenutzt werden würde.

Obwohl sie sich über die Jahre nach Kräften darum bemüht hatte, war sie als Gutsbesitzerin nicht gerade beliebt, warum sollte ihr Verhältnis zu Tess also anders sein? Das Erobern der Herzen konnte sie getrost der PR-Firma überlassen, die sie für die neuen Entwicklungen auf ihrem Anwesen würde engagieren müssen. »Nein, aber Sie können trotzdem gerne ordentlich Trinkgeld geben.«

»In Ordnung«, erwiderte Tess. »Das mache ich. Ich gebe der Frau, die uns wahrscheinlich alle kaufen und wieder verkaufen könnte, Trinkgeld.«

Da klang jemand beleidigt! Trotzdem: Was wäre ein Ausflug nach Hayleith ohne ein bisschen Klassenkampf. Schließlich hatte Susannah inzwischen reichlich Übung darin, die Schurkin aus einem Roman von Dickens zu mimen.

Tess wandte sich an Babs, um zu bezahlen, und warf das Wechselgeld demonstrativ in das Trinkgeldglas, bevor sie sich mit den drei Getränken in den Händen an ihren Tisch zurückzog.

Für einen flüchtigen Moment wünschte sich Susannah, sie wäre nicht so verdammt stur gewesen. Jemand anders hätte womöglich die Gelegenheit genutzt, um sich mit der Neuen zu versöhnen, deren Lächeln eigentlich ganz angenehm war. Dennoch konnte Susannah genauso wenig ihren Charakter ändern, wie sich Flügel wachsen lassen und nach Hause fliegen. Also lohnte es nicht, sich mit dem Unmöglichen aufzuhalten. Tess war sowieso schon wieder zu ihrer kleinen Clique zurückgekehrt und hatte Susannah zweifellos längst vergessen.

»Danke«, schaltete Babs sich ein. »Ich habe die Andersens angerufen: Sie haben entschieden, dass der Junge doch nicht krank ist. Er kommt in zehn Minuten und springt ein. Du kannst jetzt also wieder mit dem weitermachen, was du eigentlich heute Abend vorhattest.«

»Apropos weitermachen, ich brauche Anfang nächster Woche jemanden für Catering ...« Es fühlte sich besser an, ein etwas unangenehmes Thema anzusprechen, als zuzugeben, dass sie keine großen Pläne für den Abend hatte.

Die Antwort war ein aus tiefstem Herzen kommendes Stöhnen.

»Ja, ja«, fuhr Susannah fort. »Und diese Antwort ist der Grund, aus dem ich wieder Joan fragen werde. Wie du weißt, hilft sie mir manchmal aus, seit Francine gekündigt hat. Damit hast du doch kein Problem?«

Es war nicht zu übersehen, dass Babs kurz das Gesicht verzog, aber wie immer fing sie sich schnell.

»Frag, wen du möchtest. Damit habe ich nichts zu tun.«

»In Ordnung, natürlich.« Susannah verkniff sich die Bemerkung, dass es mit Babs und ihrer Angewohnheit, in eine Flasche Pinot Grigio zu weinen, sehr wohl etwas zu tun hatte. Der Plan war, dass Joan und Babs sich eines Tages zusammensetzen und ihre jahrzehntelange Fehde beilegen sollten, was Catering-Absprachen wesentlich vereinfachen würde. Aber, wie Finn erst gestern gesagt hatte, standen im Moment noch einige hundert andere Aufgaben weiter oben auf der Liste.

»Dann gehe ich jetzt am besten.« Susannah zog ihren Blazer wieder an und ging in Richtung Tür.

Babs war bereits von neuen Gästen abgelenkt, die gerade hereingekommen waren: Den gestreiften Oberteilen und den Unmengen an Matsch nach zu urteilen, mit dem die Frauen alle beschmiert waren, handelte es sich um den örtlichen Rugby-Verein.

Während Susannah mit ihrem Wagen auf die Hauptstraße einbog, warf sie einen Blick auf die großen Panoramafenster, welche die Ecke des Gebäudes mit dem offenen Kamin bildeten. Es sah tatsächlich gemütlich aus, sogar an einem späten Sommerabend. Sie bewunderte nur ihren Besitz, das war alles. Es hatte rein gar nichts mit der pferdeschwänzigen Rothaarigen zu tun, die vor ihrem großen Bier saß und gerade lachend den Kopf in den Nacken warf.

Susannah schaltete in den nächsten Gang und fuhr davon, in Richtung des großen, leeren Hauses, das sie erwartete.

Kapitel 5

Schwungvoll stellte Tess ihre Arzttasche in den Kofferraum. Das Leder des zerbeulten alten Dings war an manchen Stellen bereits etwas abgenutzt und wies ein paar Flecken auf, die selbst stärkste Desinfektionsmittel nicht mehr vollständig entfernt hatten. Mit einem zufriedenen Klaps schlug sie die Kofferraumklappe zu.

Das war der Grund gewesen, aus dem sie wieder hierhergezogen war: Auf dem Land unterwegs zu sein und richtige Tierarztarbeit zu machen. Am Nachmittag würde sie wieder mit hustenden Hamstern und Katzen mit verfilztem Fell zu tun haben, aber wenigstens heute Morgen durfte sie sich frei bewegen.

In der Eingangstür der Praxis erschien Adam, der zweifellos vorhatte, ihr weitere, etwas herablassende Ratschläge zu geben, wie sie mit »den großen Sachen« umzugehen hatte. Bei dieser Aussicht schwang sie sich schnell auf den Fahrersitz und brauste bereits die Straße hinunter, bevor er sie abfangen konnte.

Ihr Ziel lag nicht weit außerhalb des Dorfes: ein bescheidener Kleinbauernhof, der sich abseits von der Hauptstraße auf dem Kamm eines kleinen Hügels befand. Die Zäune waren alle ordentlich und neu, nicht so heruntergekommen, wie Tess sie aus ihrer Kindheit in Erinnerung hatte. Sie fuhr den Feldweg entlang, der zu einem niedlichen Vorgarten führte, und hielt dann an. Bevor Tess Waffles aus dem Kofferraum ließ, wo er mit dem Schwanz wedelte wie ein Trommler, sah sie sich nach anderen Hunden um.

Nachdem sie ein letztes Mal den Namen auf ihrem Tabletdisplay überprüft hatte, sprang sie vom Fahrersitz auf den Kies hinunter. In dem Moment, als ihre Wanderschuhe den Boden berührten, passierten zwei Dinge gleichzeitig: In der Eingangstür erschien ein großer, breitschultriger Mann mit abgetragenem Overall und langen Haaren, der besser in eine Heavy-Metal-Band gepasst hätte als hierher, und der graue Himmel machte seine Drohung wahr und ließ es wie aus Eimern gießen.

»Na los, kommen Sie rein!«, rief der Mann laut. Das genügte, damit Tess sich in Bewegung setzte, ohne darüber nachzudenken.

»Mr Laskowska?«

»Sie müssen die neue Tierärztin sein. Ich habe schon von Ihnen gehört. Sie haben meinen Namen richtig ausgesprochen, das ist schon mal ein guter Anfang.« Sein Englisch wies einen leichten polnischen Akzent sowie eine breite schottische Einfärbung auf. Seine Haut fühlte sich rau, aber auch ein wenig feucht an, als sie sich die Hände gaben, offensichtlich hatte er sie gerade gewaschen.

»Ich habe hier und da ein bisschen Polnisch aufgeschnappt. Deswegen versuche ich, es richtig auszusprechen, wenn es mir mal unterkommt«, antwortete Tess. »Sie hatten Probleme mit einem der Mutterschafe?«

»Ja. Es wird sicher nicht lange regnen. Soll ich uns einen Kaffee machen und danach gehen wir zur Weide?«

Tess hatte an diesem Vormittag nicht besonders viele Termine, also willigte sie ohne Zögern ein und folgte ihm in die geräumige Bauernküche. Statt der von ihr erwarteten ländlich-rustikalen Einrichtung mit dunklem Holz war der Raum hell und luftig dank lichtreflektierender Oberflächen mit glänzend weißer Lackierung und viel Chrom. Es sah aus wie einer Zeitschrift entnommen, und Tess kam nicht umhin, leise »Wow« zu sagen, während sie alles auf sich wirken ließ.«

»Gefällt's Ihnen?«

»Es sieht toll aus«, bestätigte Tess. »Haben Sie das alles selbst gemacht, Mr Laskowska?«

Er schüttelte den Kopf. »Nennen Sie mich doch Dave, das tun alle. Nein, ich habe zwar alle praktischen Arbeiten erledigt, aber das Design ist von Finn. Wir leben zusammen. Sier ist sehr talentiert.« Als er das Pronomen benutzte, warf er ihr einen aufmerksamen Blick zu.

Tess nickte anerkennend. Ihr war bewusst, dass die meisten Leute ihre sexuelle Orientierung auf den ersten Blick erahnen konnten. Außerdem hatte sie mittlerweile gelernt, nicht dasselbe vom Geschlecht anzunehmen. Seit ihrer Jugend hatte sich wirklich alles stark verändert. Hätten die Nachbarn damals gewusst, dass mindestens eine Lesbe und eine nicht-binäre Person in Hayleith lebten, sie wären völlig durchgedreht. »Gut, dann kann sier ja kommen und mir ein paar Tipps geben, wenn ich endlich in mein neues Haus ziehe. Im Moment wohne ich noch für eine Weile in Margos und Adams Gästezimmer, aber das hier ist fantastisch.«

»Vielen Dank, ich werde Finn sagen, dass es Ihnen gefällt.« Dave machte sich daran, den Kaffee zuzubereiten, und er schmeckte genauso gut wie der im Café.

»Was für ein Problem hatten Sie mit Ihrem Schaf?« Tess ließ sich auf einem der Barhocker an der Kücheninsel nieder. »Adams Notizen von seinem ersten Besuch sind leider nicht sehr aussagekräftig.«

»Ihr Lamm ist jetzt entwöhnt, aber es scheint ihr trotzdem nicht gut zu gehen. Normalerweise habe ich für solche Fälle noch ein paar Antibiotika übrig, die ich verabreichen kann, aber sie ist mein bestes Mädchen. Ich denke, sie hat eine ärztliche Untersuchung und ihre eigenen Medikamente verdient.«

Dave sprach mit einem Lächeln über das Schaf, aber sein Engagement verriet auch echte Besorgnis.

Das waren schon mal gute Voraussetzungen, da Schafe oft eher vernachlässigt wurden und viele Viehbesitzer für eines von ihnen selten die Kosten eines Tierarztbesuches auf sich nahmen. Normalerweise warteten sie, bis etwas Wertvolleres Aufmerksamkeit brauchte, eine Kuh zum Beispiel, und verlangten dann die Untersuchung des Schafs als eine Art Bonus. »Kein Problem, ich habe verschiedene Medikamente dabei. Ich sehe mal nach, wie es ihr geht, und dann spritze ich ihr das passende Mittel, damit sie bald wieder in Form ist.«

»Das ist genau das, was ich wollte. Haben Sie sich eigentlich inzwischen gut eingewöhnt? Ich habe Sie doch gestern im Pub gesehen, oder?«

»Ja, ich glaube, ich Sie auch.« Tess nippte an ihrem Kaffee. »Ich hatte schon wieder eine kleine Auseinandersetzung mit dem örtlichen Königshaus. Sie sind sicher froh, dass Sie Ihren eigenen Hof haben und nicht für Mrs Karlson auf Midsummer arbeiten müssen.«

»Sie meinen Lady Karlson?« Er verbesserte sie höflich, aber bestimmt. »Tatsächlich sind wir ihre Pächter. Sie besitzt das Land und wir bearbeiten es. Natürlich zu sehr fairen Konditionen. Aber da Finn sie festlegt, muss es ja ein gutes Geschäft sein, oder? Übrigens gehört der Pub auch Lady Karlson.«

»Ja, das habe ich schon gehört.« Tess beugte sich vor und stellte ihre Tasse ins Spülbecken. Also arbeitete Finn mit dem tollen Geschmack auch auf dem Anwesen. »Es sieht so aus, als würde der Regen nachlassen. Sollen wir jetzt ihrem armen Schaf einen Besuch abstatten?«

»Ja, kommen Sie, hier geht's lang.«

Sie gingen durch die Hintertür hinaus und hinüber zu den nächstgelegenen Ställen. Jetzt nieselte es nur noch, sodass Tess' Wachsjacke das Schlimmste abhielt. Kaum eine Woche war sie wieder hier und schon kleidete sie sich passend. Ihre Wanderschuhe waren jedoch für den tiefen Matsch weniger gut geeignet. Wahrscheinlich wäre sie mit den Gummistiefeln im Auto an Tagen wie diesem auf dem Feld besser beraten.

»Hier ist sie.« Dave zeigte auf ein großes Schaf im dritten Stall. »Danke, dass Sie gekommen sind, um ihr zu helfen.«

※

»Na, hattest du Spaß?«

Als Tess hinter der Praxis parkte, lauerte Margo neben der Tür. Noch vor ein paar Jahren hätte ihre Freundin geraucht, aber inzwischen schienen alle damit aufgehört zu haben. Tess selbst fehlte es kaum.

»O ja, es war toll«, antwortete Sie. »Ich habe eine Kuh behandelt, die mehr tritt als Messi, ein paar ihr Futter verweigernde Schweine – und genau: das Schaf mit den wunden Nippeln.« Sie versuchte, es herunterzuspielen, spürte jedoch, dass sie grinste wie ein Honigkuchenpferd. »Ich glaube, ich bin doch dazu bestimmt, eine Landtierärztin zu sein. Es war großartig, Margo. Genau aus diesem Grund bin ich hierhergekommen.«

»Gut, gut.« Margo sah sich um, als erwarte sie, dass sie auf dem winzigen Parkplatz Gesellschaft bekämen.

Am vergangenen Abend hatte sie sich genauso verhalten. Ihr Blick war unruhig im Pub umhergeirrt und jedes Mal, wenn jemand auf ihren Tisch zukam, hatte sie den Atem angehalten.

Tess kannte Margo jedoch schon zu lange, um direkt nach einer Erklärung zu verlangen. »Kann ich was für dich tun?«, fragte sie und ließ Waffles aus dem Auto, der an der Leine zog und in Kreisen um ihre Beine lief.

»Ich wollte schon gestern Abend mit dir reden. Aber da warst du so sauer wegen Susannah Karlson hinter der Theke und wegen irgendwas mit Lager, dass ich dachte, es kann bis heute warten.«

»Du willst mich doch nicht rausschmeißen, oder?« Tess wusste, dass das eine grundlose Sorge war, denn sie hatte als gleichberechtigte Partnerin in die Praxis investiert. »Das klingt aber nach einem Haufen Papierkram, und du weißt, das ist nicht meine Stärke.

»Nein, es ist eher … Ach verdammt, ich sag's jetzt einfach: Ich bin schwanger.«

Tess hätte fast darüber gelacht, wie verzweifelt Margo aussah. »Aber das ist doch gut, oder nicht? Ihr versucht doch schon seit Ewigkeiten –«

»Ja, aber wir hatten gehofft, unsere finanzielle Lage würde stabiler sein, wenn es tatsächlich passiert. So wie es aussieht, werde ich eine Weile einen Großteil der Arbeit nicht machen können, was nicht gerade ideal ist. Ihr müsst dann für mich einspringen, und wir haben nicht den Rückhalt durch neue Kunden wie Midsummer, um noch mehr Leute einzustellen. Vertretungen kosten letztendlich ein Vermögen, es wird also alles an Adam und dir hängen.«

»Mach dir darüber doch jetzt keine Sorgen!« Tess umarmte Margo und Waffles kam angesprungen, um an der Aufregung teilzuhaben. »Du bekommst ein Baby!«

»Ja, das stimmt!« Margo lächelte zum ersten Mal überglücklich. »Die ersten drei Monate waren schwierig, aber jetzt ist alles viel besser. Glaubst du, man sieht es schon?«

Margos Bauch war so flach, Tess konnte sich nicht vorstellen, dass darin ein Kind Platz finden könnte. Aber tatsächlich zeigte er von der Seite her eine gewisse Rundung, die Tess vorher nicht aufgefallen war.

»Wow, du bist also schon im vierten Monat?«

Margo nickte.

Tess hätte schwören können, dass sie im Gesicht ihrer Freundin plötzlich Panik aufflackern sah, die dann genauso schnell wieder verschwand. Dann wurde der Zahlen verarbeitende Teil ihres Gehirns aktiv und meldete, was vier Monate bedeuteten: Margo musste bereits gewusst haben, als Tess ihre ganze Zukunft dem Projekt widmete, dass das Baby eine Menge Dinge durcheinanderwirbeln würde. Außerdem würde, wie Margo bereits besorgt erwähnt hatte, die Arbeitsbelastung und der mögliche finanzielle Einbruch ganz auf Tess und Adam abgewälzt werden.

»Ich hätte es dir schon früher sagen sollen, aber …«

»… du hattest Angst, dass ich mich dann nicht in die Praxis einkaufen würde«, vollendete Tess ihren Satz mit zusammengebissenen Zähnen. »Und ihr habt die Investition wirklich gebraucht, oder?«

Margo schüttelte den Kopf, aber wirkte dabei alles andere als überzeugend. »Ich wollte vor allem mit dir arbeiten. Bevor du nach London gezogen bist, haben wir immer davon gesprochen, eines Tages zusammen eine Praxis aufzumachen. Und, na ja, jetzt haben wir noch mal die Chance dazu.«

»Du hättest mir alles erzählen sollen. Das hätte ich verdient gehabt. Was ist, wenn Adam und ich nicht klarkommen? Wenn das Kind erst mal da ist, wird er müde und abgelenkt sein. Muss ich uns dann ganz alleine über Wasser halten?« Tess merkte, wie ihre Stimme lauter wurde, aber sie konnte sich nicht beherrschen. »Was passiert, wenn ich nicht in der Lage bin, für drei zu arbeiten? Geht dann die Praxis den Bach runter?«

»Tess, bitte.«

»Ich gehe jetzt mittagessen«, entschied Tess und nahm Waffles für den Gang über die Straße an die Leine. »Ich komme darüber hinweg, das weiß ich. Aber ich brauche jetzt mal kurz meine Ruhe, okay?«

»Ja, natürlich«, antwortete Margo. »Mein Bauchgefühl war immer dafür, es dir zu sagen. Ich möchte nur, dass du das weißt. Adam war da vorsichtiger, und dann hast du uns auf einmal erzählt, wie Caroline dich wegen des Geldes unter Stress gesetzt und belogen hat.«

»Ja, und darum weißt du auch, was ich von Heimlichtuereien und Lügen halte! Besonders wenn es um Informationen geht, die mein ganzes Leben, meine Sicherheit und meine Fähigkeit, für mich selbst zu sorgen, beeinflussen könnten! Ich habe schon mal gedacht, dass mir nichts bleiben würde.«

Tess hätte das normalerweise nicht erwähnt, aber Margo hatte sich mehr Beschwerden über Caroline anhören müssen als jeder andere. Als ihre beste Freundin hätte Margo darauf vertrauen sollen, dass Tess in Anbetracht aller Fakten die richtige Entscheidung getroffen hätte. Deshalb wollte sie sie nicht so einfach davonkommen lassen.

Der kurze Marsch über die Straße zum Café hatte sich bereits gelohnt, als Tess Makkaroni mit Käse auf der Tafel mit den Tagesgerichten entdeckte. Es brachte ihren flauen Magen zum Knurren. Sie wartete in der kurzen Schlange, während Waffles sich am Wassernapf für Hunde an der Eingangstür bediente.

»Dr. Robinson«, begrüßte Joan sie an der Theke, aber nach der Art, wie sie die Arme vor der Brust verschränkte, wirkte es nicht allzu freundlich. »Ich habe wieder von Ihnen gehört!«

Ohne zu wissen warum, konnte Tess nur daran denken, dass man ihr jetzt die Makkaroni verweigern würde, was sich nach einem Streit mit ihrer besten Freundin doppelt grausam anfühlte. »Was haben Sie gehört?« Am besten war es, standhaft zu bleiben. Irgendwo wurde Knoblauchbrot gebacken, sodass die Einsätze nur noch höher wurden. »Und Sie können mich einfach Tess nennen, wissen Sie. Ich lege keinen Wert auf Förmlichkeiten.«

»Anscheinend waren Sie trotz meines Ratschlags im Pub.«

»Na ja, es liegt einfach um die Ecke, Joan! Außerdem wurde ich eingeladen, also wäre es unhöflich gewesen, nicht hinzugehen. Und fast das gesamte Dorf war dort!«

»Hm.« Sie starrten einander an, Joans dunkelbraune Augen blinzelten nicht.

Tess wusste, wenn sie jetzt einknickte, würde sie keine Chance haben. Also schob sie die Hände in die Hosentaschen und weigerte sich, wegzusehen.

»Was zu essen?«

»Ja, bitte«, sagte Tess mit einem leisen Seufzer der Erleichterung. »Ich nehme die Makkaroni, und gibt es dazu Knoblauchbrot?«

»Ja, vielleicht.«

»Okay. Und ich hätte gern eine Limonade, egal welche, Hauptsache light.«

Mit einem Nicken bedeutete Joan ihr, sich zu setzen.

Tess suchte nach Waffles, um ihn nach drinnen zu holen. Er war zwar gut erzogen, aber manchmal wurde er ein bisschen aufsässig, wenn man ihm erlaubte, an Orten frei herumzulaufen, wo er viel Beachtung von Fremden bekam. Als Tess ihn nirgends sah, bekam sie kurz Panik. Eigentlich lief er nie weg und schließlich befand sich das Café direkt an der Straße, wenn sie auch nicht sehr stark befahren war.

Plötzlich hörte sie eine freundliche aber entschieden vornehme Stimme »Na komm« sagen.

Dann kam Waffles hereingetrabt, den Griff der Leine im Maul wie eine gerade erlegte Beute.

»Du bist ein hübsches Kerlchen, nicht wahr?«, fuhr die Stimme fort. »Wem gehörst du denn?«

»Das ist meiner«, antwortete Tess und blickte von dort auf, wo eine Hand angefangen hatte, Waffles zu streicheln. Vor ihr stand die letzte Person, von der sie erwartet hätte, dass sie so vergnügt mit einem fremden Hund sprechen würde. »Oh!«

»Sie scheinen sich nie besonders zu freuen, mich zu sehen, oder?«, sagte Susannah mit dem Anflug eines Grinsens. »Dann ist es ja ganz gut, dass Sie mich nicht als Kundin gewinnen konnten, meinen Sie nicht auch?« Sie schlenderte davon, um mit Joan zu sprechen. Sie war so selbstsicher auf ihren Absätzen unterwegs, es war schon beinahe ein Stolzieren.

Tess kraulte Waffles zur Begrüßung hinter den Ohren und versuchte, sich auf die bevorstehende Portion Kohlenhydrate und Käse zu konzentrieren.

Kaum war die Tür ins Schloss gefallen, als auch schon Margo hereingestürmt kam, unfähig, ihren Streit länger währen zu lassen. »Es tut mir so leid, Tess. Ich möchte nur, dass du weißt, dass ich mich wirklich, wirklich entschuldige. Und hör mal, falls es irgendwas gibt, dass du über unsere geschäftlichen Angelegenheiten wissen musst, oder etwas, was wir machen oder dir zeigen können, wäre ich mehr als glücklich, es zu tun. Dass du hierhergekommen bist, hat mein ganzes Jahr genauso bereichert wie dieses Baby. Übrigens erwarte ich, dass du Taufpatin wirst, wenn es so weit ist.«

»Aber ich habe mit Religion nicht viel am Hut.«

»Wir auch nicht, aber es ist von Vorteil, wenn man eine gute Schule besuchen will.« Margo zögerte, nachdem sie den kleinen Scherz gemacht hatte, als wolle sie sehen, ob es noch zu früh dafür wäre.

Tess' Erwiderung war ein schwaches Lächeln.

»Wie auch immer, darum kümmern wir uns, wenn das Baby auf der Welt ist. Das Wichtigste ist, dass du mir nicht böse bist. Es ging nicht darum, dich auszutricksen, Tess.«

»Bist du sicher?«

»Natürlich«, antwortete Margo. »Der wirkliche Grund war, und ich weiß, wir haben schon mal darüber geredet, ich wollte bloß keine große Sache daraus machen: Ich war schon ein paar Mal schwanger, und, na ja, hatte dann Fehlgeburten … Darum musste ich diesmal zwölf Wochen warten, bevor ich es jemandem erzählen konnte. Ehrlich, ich hätte es nicht mal Adam gesagt, wenn er nicht den Schwangerschaftstest in der Mülltonne gesehen hätte.«

»Ach, Margo.« Tess stand auf, um ihre beste Freundin zu umarmen. »Du brauchst nichts weiter zu sagen. Uns geht es doch gut, die Praxis läuft, und in Zukunft wird es nur noch besser werden. Okay?«

»Du bist die Beste.«

»Ja, ich weiß.«

∽∞∾

Dafür, dass sie nicht mehr gewusst hatte, wer die Besitzerin des hübschen Golden Retriever war, hätte sich Susannah in den Hintern beißen können, obwohl es wirklich hirnverbrannt war, seinen Hund nach einem Gebäck zu benennen. Aber jetzt, da sie während des ganzen Gesprächs mit Joan von hinten mit Blicken durchbohrt wurde, würde sie es bestimmt nicht wieder vergessen.

Dann kam die zu klein geratene Tierärztin herein und sie und Tess vertieften sich in ein gedämpftes, hochemotionales Gespräch mit viel Gestikulieren und dann einer Umarmung. Nur ein Grund mehr, Hanni und Nanni nicht einzustellen.

»Ich brauche jemanden für ein Catering«, sagte Susannah und lächelte, weil Joan, nachdem sie zur Tür hereingekommen war, sofort mit der Zubereitung ihres doppelten Espressos begonnen hatte. »Es ist für nächste Woche, hat also keine Eile.

Aber du kochst immer so gut und für Babs' Pubküche wäre es ein bisschen zu aufwendig.«

»Ich habe ja schon immer gesagt, man sollte die kleine Blechbüchse von Küche rausreißen und eine neue einbauen. Die ganze Zeit, in der ich im Pub gearbeitet habe, wollte ich daraus eine nette kleine Gastrokneipe machen. Das käme auch dem Dorf zugute. Es würde mehr Leute anziehen, die auf langen Fahrten eine Pause machen.«

»Vielen Dank, Joan. Es ist mir wie immer eine Freude, von dir eine Lektion in geschäftlichen Fragen zu erhalten. Aber wenn ich dir heute per E-Mail Zahlen und Sonderwünsche schicke, kannst du mich dann für nächsten Donnerstag zum Lunch einplanen? Wenn du das Essen morgens vorbeibringst, ist das perfekt, in den Kühlschränken haben wir genug Platz. Besprich einfach alles Weitere mit Finn.«

»Und ich nehme an, du hast die Erlaubnis Ihrer Majestät?«

»Ja, Babs hat mir ihren Segen gegeben. Nicht, dass ich ihn von euch beiden brauchen würde. Schließlich geht es hier nur ums Geschäft und wir müssen in einem kleinen Dorf wie diesem an einem Strang ziehen.

Joan nickte. »Und du willst den Pub wirklich nicht umbauen lassen, auch jetzt nicht? Es steckt doch in einer Zeitschleife fest.«

Susannah hob die Hände und bekannte sich stumm der Anklage schuldig. «Du weißt, was ich vom Spiky Thistle halte. Es ist der einzige Teil des Anwesens, der nicht ständig gepflegt werden muss und keine kilometerlange To-do-Liste hat. Außerdem spricht einiges dafür, ein wenig von unserer Geschichte zu bewahren. Jimmy hat den Pub immer so geliebt, wie es ist.«

»Wenn die Leute wüssten, dass du eine solche Romantikerin bist, würden sie sich die Mäuler zerreißen. Eine gesamte Kneipe zum Gedenken an deinen Mann in Bernstein einzuschließen. Das tust du nicht vielleicht aus Schuldgefühlen, die du hast, weil du alles andere veränderst, oder? Es gab Getratsche über einige deiner Pläne, und ich glaube, das hattest du selbst am Rande erwähnt. Diejenigen von uns, die deine Geschäfte führen, möchten gerne auf dem Laufenden gehalten werden. Zumindest Babs erwartet das, weiß Gott.«

Susannah ließ sich mit ihrer Antwort Zeit, bis sie den Kaffee in Händen hielt, denn sie hatte keine Lust, damit übergossen zu werden. »Es kommt nicht gerade oft vor, dass du von der guten alten Zeit sprichst. Oder zugibst, dass du und die gute alte Babs, dass ihr mal ein wir wart. Wann kommt ihr beide endlich zur Vernunft und redet wieder miteinander?«

Joan streckte eine Hand zur Seite aus und ließ sie in Richtung Boden sinken, als wolle sie die Temperatur überprüfen.

»Na ja, es sieht nicht so aus, als sei die Hölle schon zugefroren, also nicht heute.«

»Hier«, Susannah gab ihr einen Fünf-Pfund-Schein für den Kaffee. »Behalte den Rest.«

Joan kniff die Augen zusammen, nahm das Geld aber an. »Hör mal, schick mir die Liste vor dem Abendessen, okay? Sonst werde ich vielleicht keine Zeit dafür haben.«

»Mach ich. Danke.« Eigentlich war es lächerlich, dass Susannah selbst bei so kleinen Aufgaben wie dieser selbst verhandeln musste. Aber zwischen Joan und Finn hatte es böses Blut gegeben, über das zu streiten wenig Sinn ergab. Manchmal bedeutete Chefin zu sein eben, die Ärmel hochzukrempeln und den Weg des geringsten Widerstandes zu gehen. So viel hatte das Geschäftsleben sie bis jetzt gelehrt.

Nach dem Ende der Unterhaltung mit Joan hatte Susannah eigentlich keinen Grund mehr, noch zu bleiben. Aber sie entschied, dass sie ebenso gut an einem freien Tisch in der Ecke den Laptop aufstellen und ihren Kaffee trinken konnte. Sie gab sich Mühe, nicht hinzusehen, als Joan mit einem ziemlich appetitlich wirkenden Teller Makkaroni aus der Küche geeilt kam.

Als sie das Gericht vor Tess hinstellte, verlor Susannah das Interesse. Sie betrachtete stattdessen Waffles, der die Nudeln anstarrte, als sei ein Stückchen Fleisch für ihn herauszupicken das Mindeste, was Tess tun konnte.

Die andere Tierärztin war wohl zu ihrer Arbeit zurückgekehrt.

Susannah nahm einen großen Schluck von ihrem Kaffee. Die Hitze auf ihrer Zunge stimmte sie auf den Koffeinschub ein, nach dem ihr Körper so dringend verlangte. Vielleicht war es an der Zeit, mit der Suche nach geretteten Hunden zu beginnen, die auf dem Anwesen untergebracht werden sollten. Die Ställe waren ein großer Teil ihres Vorhabens, aber schließlich ging es darum, so vielen Tieren wie möglich einen Zufluchtsort zu bieten. Midsummer war dafür mehr als groß genug. Sie könnte mit Windhunden anfangen, auch wenn das eine magere, ängstliche Rasse war. In der Vergangenheit hatte sie bereits genug mit Tieren zu tun gehabt, um zu wissen, dass sie ihr vertrauten, sodass das bisschen Nervosität wahrscheinlich ganz leicht überwunden werden konnte.

Ihre Hoffnung auf Ruhe und Frieden wurde jedoch zunichtegemacht, als plötzlich Finn auftauchte und ziemlich aufgeregt aussah. Der Anblick einer zusammengerollten Zeitung in sienen Händen reichte aus, damit sich Susannahs Magen verkrampfte.

Sie blickte sich um und sah, dass viele Leute im Café ihre Aufregung über Finns Auftritt bemerkt hatten. Blitzschnell traf sie eine Entscheidung. »Nicht hier.«

Ihre Worte hörten sich mehr wie ein Zischen an. Als Susannah mit dem Laptop unter dem Arm das Café verließ, musste sie sich keine Sorgen machen, ob Finn ihr wohl folgte. Sie trafen sich dort, wo beide Autos geparkt waren. Es fing an zu nieseln.

»Können wir –?«

»Raus damit, Finn. Du machst ein Gesicht, als gäbe es im ganzen Land kein Haarwachs mehr!«

»Mach darüber besser keine Witze«, antwortete Finn. »Also: Wir haben doch neulich die Pläne für die Veränderungen auf dem Anwesen beim Stadtrat eingereicht. Für den Gnadenhof, die Erweiterung der Stallungen und die neuen Ferienbungalows ganz am Rand des Grundstücks. Wir waren ja beide der Meinung, dass du durch Letztere das Minimum an Miete einnehmen kannst, das du brauchst, um alles andere am Laufen zu halten.«

Susannah öffnete die Tür des Land Rovers und legte ihre Sachen schwungvoll auf den Beifahrersitz.

»Na ja, und nun es sieht so aus, als hätte sich jemand an die Presse gewandt und alles so dargestellt, als wolltest du aus Midsummer einen billigen Freizeitpark machen. Es gibt einen ganzen Artikel darüber, dass du gar nicht die rechtmäßige Erbin bist und das Anwesen eigentlich im Familienbesitz bleiben sollte. Im Grunde –«

»Alles, womit Robin mir im letzten Jahr gedroht hat. Offensichtlich hat sie es satt, darauf zu warten, dass ich mich einschüchtern lasse.«

Das ganze Auto vibrierte von der Wucht, mit der Susannah die Tür zuknallte. Doch obwohl sie sich wirklich alle Mühe gegeben hatte, war das nicht genug, um ihre Wut zu befriedigen.

»Es kann doch nicht so schwer sein, sie ruhig zu stellen, oder? Ein oder zwei Worte an den richtigen Stellen, eine PR-Blitzaktion von uns und sie wird wieder wie die verrückte alte Kuh dastehen, die sie eigentlich ist.«

Finn zuckte die Achseln und gab Susannah die Zeitung nur sehr widerwillig. »Es stehen auch ein paar persönliche Dinge drin, Suze. Die werden Leute mit Verstand zwar einen Scheiß interessieren, aber sie richten sich auf jeden Fall gegen deinen Ruf und deine Ehe. Die Zeitungen scheinen nur so danach zu geifern, dass zwei Damen mit einem gewissen sozialen Status ihre Streitigkeiten in der Presse austragen.«

Diese Worte glitten wie Eis an Susannahs Wirbelsäule hinunter, ein prickelndes Rinnsal, das sie für einen Moment bewegungslos dastehen ließ. Sie und Jimmy waren immer vorsichtig gewesen, was ihre Vereinbarung als Paar betraf. Und für kurze Zeit hatte sich Susannah gefragt, ob der Grund für Robins übermäßiges Interesse an ihrem Haus und ihren Geschäften eine heimliche Schwärmerei für sie war. Schließlich hatte Susannah auf Frauen, die sich noch nicht geoutet hatten, schon immer eine gewisse Wirkung gehabt. Der Gedanke daran, dass Robin nun versuchte, all das als Druckmittel einzusetzen, ließ beinahe ihren Kaffee wieder hochkommen. Doch sie schaffte es, den Würgereiz zu unterdrücken, wenn auch nur aus dem Grund, dass die Reitstiefel, die sie an diesem Morgen angezogen hatte, fast noch nagelneu waren.

»Kümmere dich bitte um Schadensbegrenzung, Finn«, brachte sie schließlich heraus und zwang sich, so gelassen zu wirken wie eh und je. »Schlag so hart zurück wie nötig, und was immer wir an Dreck über Robin und die Familie ausgraben können …«

»Ich dachte, du wolltest nicht, dass wir Jimmys Vermächtnis antasten?«

»Das war, bevor sein verdammtes Vermächtnis angefangen hat, mich täglich anzugreifen. Sehe ich so aus, als ob ich wegen einer Schlammschlacht in der Presse alles aufgeben würde? Das ist die Abendausgabe, ja?«

Finn nickte.

»Dann bring unsere Version in jede Morgenzeitung, die sie nimmt. Veröffentliche sie online, in den sozialen Medien, lass wenn nötig Flyer verteilen. Schreib einen Blog, falls so was nicht ausgestorben ist. Aber ich möchte morgen nirgends mehr ihre Version statt meiner lesen, verstanden? Die Öffentlichkeit soll erfahren, dass alles, was ich jetzt mit Midsummer tue, im Sinne seines verstorbenen Besitzers ist. Alles andere wäre eine Beleidigung für sein Andenken.«

»Alles klar, Boss.«

»Und Finn?«

»Ja?«

Susannah legte Finn eine Hand auf die Schulter und strich über den Stoff sienes Blazers. »Danke, dass du mir den Rücken freihältst. Ohne dich würde ich das alles nicht schaffen.«

»Du scheinst wirklich verunsichert zu sein, wenn du schon mit Komplimenten um dich wirfst«, antwortete Finn mit einem bescheidenen Grinsen. »Ich werde

Robin und Jonathan fertigmachen, wenn es sein muss. Konntest du übrigens da drin die Sache mit dem Catering regeln? Vielleicht sollten wir die Suche nach einer neuen Köchin nach oben auf die Liste setzen?«

»Nein, Joan ist vorerst gut genug für den Job.« Susannah tat ihr Bestes zu verbergen, wie verlockend das Angebot war. »Schon vergessen, wie wichtig die Unterstützung von Geschäften vor Ort ist? Das hält ihre Besitzer davon ab, mit Heugabeln und brennenden Fackeln vor meiner Tür aufzutauchen.«

»Du bist ganz *Die Schöne und das Biest*.«

»Ich gehe jetzt besser zurück ins Büro, es gibt eine Menge Anrufe zu erledigen. Und Finn? Das ist wahrscheinlich ein guter Zeitpunkt, um die offenen Stellen auf Midsummer zu besetzen. Wir werden alle Hände an Deck brauchen.«

»Heute Nachmittag kommt auch der Tierarzt.« Finn sah zur Eingangstür des Cafés hinüber, aus der gerade Tess mit Waffles an der Leine trat. »Ich glaube, er arbeitet in der Filiale in Jedburgh, aber die Firma gibt es fast überall.«

»Eine große Firma. Das ist genau das, was wir für ein so großes Projekt brauchen.«

»Richtig.«

»Richtig.«

Finn ging zurück zu sienem Auto, einem flotten kleinen GT mit aufgemotztem Motor, und nachdem Susannah gewartet hatte, bis sie davongebraust war, stieg sie in ihren eigenen Wagen. Bevor sie losfuhr, sah sie noch Tess mit Waffles herumtollen, wobei der glückliche Hund wie verrückt bellte. Sie fragte sich, wie es wohl wäre, nicht jeden Tag die Last der Welt auf den Schultern zu tragen.

Zweifellos sprach da ihr »unerträgliches Privileg« aus ihr, wie Babs es einmal genannt hatte. Susannah hatte nicht die Absicht, ihr imposantes Zuhause und ihr Vermögen gegen ein einfacheres Leben einzutauschen, eines mit nur einem einzigen Einkommen, um das man sich Sorgen machen musste. Trotzdem fragte sie sich, wie es wohl wäre, aufzustehen und den Tag ruhig angehen zu lassen, ohne dass Immobilien instandgehalten oder Mieter wegen verspäteter Zahlungen gemahnt werden mussten.

Sie blickte auf den Artikel in ihrer Hand hinunter und beschloss, ihn vorerst nicht weiter zu beachten. Für Selbstmitleid wäre später noch genug Zeit, jetzt hatte sie viel Arbeit zu erledigen.

Susannah wartete in der Einfahrt, um den Tierarzt zu begrüßen. Da das Vorstellungsgespräch einen ausführlichen Rundgang durch die bestehenden Ställe und über das Gelände erfordern würde, das Susannah für die Unterbringung weiterer Tiere bebauen wollte, hatte sie sich nicht die Mühe gemacht, sich umzuziehen. Obwohl sie an diesem Tag noch keine Gelegenheit zu einem Ausritt gehabt hatte, trug sie ihre Reitkleidung. Vielleicht war das der Grund, weshalb sie sich so rastlos fühlte. Ein Tag voller Kriegsführung in der Presse und am Telefon hatte in ihr die Sehnsucht nach einer Stunde draußen auf den Feldern geweckt, wo nur der Wind und das leise Schnauben eines Pferdes zu hören waren.

Ihre Bluse war aus Seide, teuer und in jener Creme-Farbe, die es erst ab einer bestimmten Preisklasse zu geben schien. Unter ihrer dicken Wachsjacke zerknitterte sie zwar ein bisschen, aber draußen war es noch zu frisch für etwas Leichteres.

»Danke, dass Sie gekommen sind«, sagte sie und gab dem Tierarzt die Hand.

Der große, bärtige Mann um die Fünfzig schüttelte sie mit genug Kraft, um einem den Ellenbogen auszurenken. So schnell sie konnte, befreite Susannah ihre Finger aus dem Griff. Wenigstens hatte er die raue Haut von jemandem, der tatsächlich für seinen Lebensunterhalt arbeitete.

»Keine Ursache, Mädel. Eine etwas lange Anfahrt für unsere Praxis, aber es klingt, als bräuchten Sie hier jemanden in Vollzeit, oder? Dann sollte es sich für uns lohnen.«

»Das könnte in der Zukunft notwendig sein, ja.« Susannah antwortete in betont lockerem Tonfall, ahnte aber bereits, dass dieser Mann das detaillierte Schreiben nicht gelesen hatte, das Finn in ihrem Auftrag bei der Angebotsanfrage an die Firmen verschickt hatte. »Ich möchte jedoch mit den aktuellen Verpflichtungen beginnen. Wenn Sie mir bitte folgen wollen?«

Die nächsten Minuten musste Susannah eine Menge Mansplaining ertragen, von der Art und Weise, wie die Hecken geschnitten wurden, bis zu der Kiesart, aus der die Wege bestanden.

»In Ordnung«, unterbrach sie ihn schließlich, als sie zu den Ställen kamen, »wir können mit meinem eigenen Pferd anfangen. Das ist Billie Jean.«

Es war schwer, auf die auffallend schöne, etwa einen Meter sechzig große Fuchsstute nicht stolz zu sein. Beim Anblick von Susannah an der Stalltür wieherte Billie Jean leise.

»Ein ungewöhnlicher Name«, bemerkte der Tierarzt. »Frauen sind bei solchen Dingen immer so erfinderisch. Ich mag es ja lieber traditionell.«

»Mein verstorbener Ehemann hat ihr den Namen gegeben. Sie war ein Hochzeitsgeschenk, um mich in meinem neuen Zuhause willkommen zu heißen. Jimmy war ein totaler Tennisfan, als junger Mann wäre er fast Profi geworden.

»Aha. Darf ich …?«

Er wartete nicht auf Susannahs Zustimmung, sondern öffnete einfach die Boxentür und ging hinein.

Billie Jean schnaubte verärgert über den Eindringling, also strich Susannah ihr beruhigend über die Stirn. Offensichtlich war bisher keine von beiden besonders beeindruckt.

»Sie scheint ein hartes Leben gehabt zu haben. Ihre Beine sehen ein bisschen überanstrengt aus«, sagte Mr Tierarzt von irgendwo in der Nähe des Hinterteils. Susannah hatte seinen Namen schon vergessen.

»Sie war früher ein Rennpferd«, erwiderte sie. »Aber hier ist sie nur einer leichten Belastung ausgesetzt und bekommt viel vorsichtige Bewegung.«

»Mir gefallen die Fesseln nicht«, fuhr er fort und streichelte verschiedene Teile des Pferdes, ohne abzuwarten, wie es darauf reagierte. »Haben Sie über ihre Lebensqualität nachgedacht?«

Susannah streichelte Billie Jean kräftiger und widerstand dem Drang, das große Mädchen zu umarmen. »Sie ist vollkommen fit, seit sie hier ist. Hören Sie, vielleicht sollten wir mit den anderen Pferden weitermachen? Im Moment sind hier vier von ihnen untergebracht und wir haben Platz für mindestens ein Dutzend weitere. Es sei denn, Sie wollen sie von vorneherein abschreiben?«

»Nein, ich kann sie mir ansehen. Nur gibt es bei Vollblütern bestimmte Probleme, das wissen Sie sicher. Wahrscheinlich haben Sie in Ihrer Jugend die Pflege und Versorgung der Pferde den Stallburschen überlassen. Aber Sie werden wohl trotzdem hier und da ein paar Dinge aufgeschnappt haben.«

Susannah lächelte dünn, als er sich wieder aufrichtete und Billie Jean auf die Flanke schlug wie einem Gebrauchtwagen, den er verkaufen wollte. Diese Geschäftsbeziehung würde unerträglich werden, daran bestand kaum Zweifel. Aber das Problem bei einem großen Landgut war, dass es im Umkreis nur eine begrenzte Anzahl von Ortschaften gab und nur wenige von ihnen über große Tierarztpraxen verfügten.

»In Ordnung, dann zeige ich Ihnen jetzt McEnroe«, sagte sie. »Und nur fürs Protokoll: Ich bin zwar wirklich schon in meiner Jugend geritten, aber meine Eltern haben dafür gesorgt, dass ich mich auch um meine Pferde kümmere. Wir haben das nicht einfach dem Personal überlassen.«

Er warf ihr einen verächtlichen Blick zu, der besagte, dass jemand mit Personal wahrscheinlich noch nicht einmal einen Stall ausmisten konnte, und Susannah war versucht, sich eine Mistgabel zu schnappen und rein aus Prinzip etwas Heu zu verteilen. Glaubten die Leute wirklich, ein Titel bedeutete, dass man nie einen Finger für ehrliche Arbeit rührte?

Von da an ging es mit ihrer Unterhaltung bergab, aber gnädigerweise war sie nur noch kurz. Als Mr Tierarzt wieder in seinen Geländewagen stieg, schien seine Zuversicht unerschütterlich, dass er das Geschäft mit dem Anwesen in der Tasche hatte.

Frustriert fuhr sich Susannah mit beiden Händen durch die Haare und ging dann zurück ins Haus.

»Und?«, fragte Finn, als Susannah das Büro betrat. »Sind jetzt alle deine Probleme gelöst?«

»Ich glaube, wir haben keine andere Wahl, aber ich werde noch mal eine Nacht darüber schlafen.«

»Aber du hast doch gesagt –?«

»Und jetzt sage ich, dass ich darüber schlafen möchte. Es gibt Wichtigeres, Finn. Besorg mir einen Koch und genügend Leute, um die Arbeit zu erledigen, die wir bereits haben.« Susannah stürzte sich auf ihre To-do-Liste.

Finn griff zum Tablet und begann zu tippen.

Dann fing Susannah sich wieder. Sie holte tief Luft. »Entschuldige. Ich weiß doch, dass du alles im Griff hast. Aber dieser Mann ... ich möchte hoffen, dass wir jemand besseren finden als diesen arroganten, alten Idioten.

Verzweifelt warf Susannah die Hände in die Luft und ließ sich auf ihren Schreibtischstuhl fallen.

»Du weißt, was ich dir vorschlagen werde. Aber ich möchte nicht, dass du mir den Kopf abreißt, deshalb kann es bis morgen warten.«

»Danke, Finn. Bis dahin habe ich auch wieder bessere Laune.«

Finn blieb auf dem Weg aus dem Büro stehen. »Sicher?«

»Na ja, nein. Aber ich gebe die Hoffnung nicht auf.« Susannah winkte zum Abschied und wandte sich dem nächsten Problem auf dem Stapel mit den Papieren zu.

꙳

»Morgen!«, rief Margo aus der Teeküche. Sie hielt eine Tasse mit etwas, das widerlich nach Kräutern roch, und eine Hefeschnecke von der Größe ihres Kopfes in der Hand. Nebenbei schien sie in ein paar Zeitungen vertieft zu sein, die auf dem Tisch ausgebreitet waren. »Ich bin übrigens froh, dass du dich dagegen entschieden hast, mich zu hassen.«

»Du siehst aus, als würdest du in einer alten Krimiserie einen Mörder überführen wollen.« Tess setzte sich, die Thermotasse mit kochend heißem Kaffee in der Hand. Es war ein hübscher Aufenthaltsraum –eine Art Lager, das bei der Übernahme durch die Tierärzte zu einer geräumigen Küche umgebaut worden war. Die Backsteinwände waren unverputzt und wurden von riesigen Fenstern mit Blick auf die Felder durchbrochen. An dem Tisch hätten eigentlich zehn Personen Platz gehabt, aber es waren nie so viele Leute da gewesen, um alle Stühle zu besetzen. »Und ich könnte dich nie hassen. Ich war nur ein bisschen durcheinander.«

»Ich weiß. Das hier ist übrigens sehr viel interessanter als die Eskapaden von Miss Marple«, sagte Margo und sah dabei kaum auf. »Die Karlsons waschen gerade ihre dreckige Wäsche in der Öffentlichkeit, und ehrlich gesagt hätte ich nicht gedacht, dass das jemals passiert. Ich meine, es gibt seit Jahren Gerüchte über diese Ehe, aber –«

»Solange es dir und dem Baby gut geht«, fuhr Tess fort, bevor ihr Gehirn ihren Mund einholte. »Warte, die Karlsons? Unsere –«

»Unsere heimische Oberschicht!« Grinsend schob Margo Tess eine aufgeschlagene Zeitung hin. »Am besten fängst du mit dieser Geschichte an. Sie hat anscheinend gestern das Drama ausgelöst.«

»Warum dreht sich, seit ich hierhergezogen bin, alles um diese Mrs Karlson?« Bevor Tess den Artikel las, sah sie sich das Bild an. Es war auf einer Art Grafschafts-Ausstellung mit Pferden und Medaillen und einem unglücklich wirkenden Pfarrer aufgenommen wurden, der versuchte, den Zeremonienmeister zu spielen. Es musste ein paar Jahre her sein, denn Susannah sah darauf jünger aus. Ihr Haar war kürzer, sie hatte einen dieser Bobs mit schwungvollen Locken, die eine Zeit lang in Mode gewesen waren. Außerdem war sie stärker geschminkt als die anderen Male, als Tess sie gesehen hatte, und passend für den Anlass gekleidet, statt wie sonst abwechselnd in Reitsachen und Hosenanzüge. Nicht, dass Tess darüber Buch geführt hätte. Ihr fielen solche Dinge nur auf, das war alles.

»Lady Karlson, vergiss das nicht. So hat sie offenbar ihre Pressemitteilung unterschrieben, obwohl sie immer viel Aufhebens darum gemacht hat, nicht auf ihren Titel zu bestehen. Es hieß immer *Nennen Sie mich Susannah*, als ob sie dadurch zu den gewöhnlichen Leuten gehören könnte.«

»Gewöhnlich wirkt sie auf mich überhaupt nicht. Fällt darauf wirklich jemand rein?«

»Die meisten Leute hier sind einfach nur geschmeichelt, wenn eine reiche Dame ihnen etwas Aufmerksamkeit schenkt, denn sie könnten dadurch ja an einen Job oder sonst was kommen. Und sie ist auch nicht neureich. Nicht alles Geld stammt von ihrem Ehemann.«

»Ich dachte, sie hätte reich geheiratet«, sagte Tess, während sie anfing zu lesen. Die Zeitung war ein lokales Käseblatt aus der Gegend, dasselbe, das sie in einem Dorf, welches sich kaum von diesem hier vor zwanzig Jahren unterschied, ausgetragen hatte. Wenn sie sich konzentrierte, konnte Tess immer noch den Muskelkater in den Waden spüren von all den Hügeln, die sie fröhlich auf und ab geradelt war, um ein paar Blätter mit leicht verschmierbarer Tinte auf billigem Papier auszuliefern. »Aber ich schätze, es spielt keine Rolle, wie man es bekommt, solange man es hat. Ich würde mich zwar nicht mit irgendeinem Titel anreden lassen, aber ich würde auch niemals eine Adlige heiraten, oder?«

»Bei Lesben ist es sowieso anders.« Margo rutschte auf ihrem Stuhl herum, als würde sie Tess gleich eine ihrer ganz besonderen Lektionen erteilen. Sie waren alte, liebe Freunde, aber wegen der Art, wie Margo gerne einem Publikum Dinge erklärte, ob es wollte oder nicht, war an ihr wirklich eine Lehrerin verloren gegangen.

»Wie das?«

»Na ja, wenn ein Mann zum Ritter geschlagen wird, zum Sir ernannt wird und all das, dann darf seine Frau den Titel Lady mit seinem Nachnamen tragen. Aber bei gleichgeschlechtlichen Paaren gibt es keine Entsprechung dafür. Wenn deine zukünftige Frau zur Dame ernannt wird, wirst du trotzdem keine Lady. Wird der Titel vererbt, ist es wieder anders. Baronessen, Marquisen … Hast du das nicht in der Schule gelernt?«

»Nein, wir haben nur alle Zeiten durchgenommen, in denen Schottland gegen England in den Krieg gezogen ist, nicht, wie man Herzog wird. Wer hätte gedacht, dass die alten Institutionen so hinter ihrer Zeit herhinken?«, fragte Tess, aber ihre Aufmerksamkeit war bereits wieder auf den Artikel gerichtet. Er enthielt eine Menge Spekulationen und Anspielungen. Einiges davon kam einer Verleumdung sehr nahe, es sei denn, es hätte tatsächlich Beweise dafür gegeben. »Ich war noch nie besonders beeindruckt von königlichen Familien und Titeln. Es lebe die Demokratie.«

»Hast du den Teil über ihre ›pikante Vergangenheit mit Frauen‹ verstanden?«, schaltete Margo sich wieder ein. »Konntest du sie, na, du weißt schon, auf deinem Lesbenradar orten?«

»Nein, bei ihr habe ich gar nicht darüber nachgedacht.« Obwohl sie normalerweise sehr wohl wusste, wenn jemand, der interessiert oder zu haben war, sie in Betracht zog. »Ich glaube sowieso nicht, dass Susannah Karlson der Typ ist, der andere wissen lässt, was er vorhat. Dieser Artikel muss sie wahnsinnig geärgert haben.«

»Nicht so sehr wie diese sehr vage Andeutung, Lord James sei vielleicht nicht eines ganz natürlichen Todes gestorben. Sie ist unscharf genug, um dementiert werden zu können, aber die meisten Leute werden nur ihrem ersten Eindruck folgen. Man kann über die Karlsons sagen, was man möchte, aber ich hatte nie das Gefühl, dass sie einander nicht gern hatten. Sie schienen ziemlich glücklich zu sein, egal, was behauptet wird.«

Tess faltete die Zeitung wieder zusammen und legte sie beiseite. Ihr war ein bisschen übel. Sie hatte Klatsch nie gemocht, schon gar nicht den verletzenden. Schließlich war sie selbst oft ein Opfer davon geworden, zunächst als Tochter einer alleinerziehenden Mutter in einer Kleinstadt und später als junge, lesbische Frau an einem Ort, wo sie in keine Schublade passte. »Was schreibt denn die andere Zeitung? Dasselbe?« Tess beschloss, den Artikel dann nicht zu lesen.

»Nein, die Karlson verteidigt sich. Sie spricht davon, nach vorne zu blicken, von der Zukunft des Midsummer Anwesens und davon, dass sie die Einzige ist, die darüber bestimmen wird. Ich finde das schon fast sympathisch. Sie hat ihrer Schwägerin gegenüber auf jeden Fall ihre Verachtung ausgedrückt.

»Robin ist die Schwester ihres verstorbenen Mannes?«

»Ja. Kurz nach der Eröffnung unserer Praxis hat sie mal einen ihrer West Highland Terrier zu uns gebracht. Sie hat dem armen Tier eine Kost verfüttert, an der selbst Heinrich der Achte gestorben wäre. Als wir ihr vorschlugen, auf zu reichhaltiges Futter zu verzichten und den Hund weniger zu verwöhnen, hat sie ihn genommen und ist schnurstracks rausmarschiert. Wir haben ihr dann eine Rechnung geschickt, die sie nie bezahlt hat.«

Tess guckte auf ihre Uhr, die gleichzeitig ihr Schrittzähler war und sie mit einem Piepen an alles Wichtige in ihrem Leben erinnerte, und sah, dass ihr erster Termin unmittelbar bevorsteht. »Wie Menschen ihre Tiere behandeln, sagt viel über sie aus. Außerdem folgt daraus, wie die Tiere wiederum sie behandeln. Und egal, was Susannah sonst noch getan hat, auf Waffles scheint sie einen guten Eindruck gemacht zu haben. Immer wenn sie auftaucht, klebt er förmlich an ihr.«

»Na ja, Tess, bei aller Liebe, dieser Hund würde einen Hochbegabtentest nicht unbedingt bestehen, oder?«

Tess lachte, während sie Waffles dabei zusah, wie er draußen durch das Feld tobte. Sie würde ihn zwischen den Terminen zurück in die Praxis holen, füttern und in dem großen Hundekorb in der Ecke der Teeküche ausruhen lassen. »Nennst du meinen Hund etwa dumm?«

»Ich meine bloß, dass du ihn ja nur hast, weil er von der Blindenhundeschule geflogen ist. Hat er nicht immer die Leute mitten in den fahrenden Verkehr geführt?«

»Nein, das war seine Schwester Pancake. Waffles war derjenige, der immer zu aufgeregt zum Aufpassen war, wenn er einen neuen Trainer bekam. Aber ja, du liegst nicht ganz falsch. Er hat keine sehr gute Urteilsfähigkeit.«

»Was ist mit dir? Du wirkst nicht mehr ganz so anti-Karlson wie neulich Abend im Pub.«

Tess zuckte die Achseln. »Mir ist das sowieso egal. Ich bin nur der Meinung, niemand hat es verdient, dass so was über ihn geschrieben wird. Ich weiß, du findest diesen Kleinstadtkram kurios. Mich dagegen, die ich hier aufgewachsen bin, hätte schon eine einzige Zeile davon im Gemeindeblatt völlig fertiggemacht. Aber Susannah ist da wahrscheinlich härter im Nehmen.«

»Und falls nicht, kann sie sich immer noch mit ihren Millionen trösten«, fügte Margo hinzu. »Womit fängst du heute an?«

»Kastrieren.« Tess stellte ihre Kaffeetasse in die Spülmaschine und wusch sich die Hände. »Wir reden später weiter, okay?«

Margo nickte und las schon wieder in der Zeitung.

Tess ging den Flur hinunter, wobei sie krampfhaft versuchte, nicht über den Zusammenhang von »Susannah Karlson« und »Beziehungen mit Frauen« nachzudenken. Das roch nämlich nach einer Menge Ärger und war das Letzte, was Tess im Moment gebrauchen konnte.

Nach dem Mittagessen belud Tess mit großem Vergnügen ihr Auto. Sie hatte zwei Besitzer örtlicher Farmen, die momentan noch nicht ihre Tierarztdienste in Anspruch nahmen, für ein Treffen gewinnen können. Sie wollte losziehen und ordentlich die Werbetrommel rühren, damit die Praxis so erfolgreich wie möglich würde.

Also machte sie sich auf den langen, kurvenreichen Straßen auf den Weg und hielt sich dabei knapp an die Geschwindigkeitsbegrenzung, weil sie sich beim Fahren hier immer noch nicht so recht sicher fühlte. Dennoch war es sehr viel einfacher als auf den Autobahnen rund um London.

Da klingelte ihr Handy, das gerade in der kleinen Ladestation steckte und ihr etwas zuverlässigere GPS-Anweisungen gab als das Navi des Autos. Sie wollte nie mehr auf der falschen Zufahrtsstraße stecken bleiben, denn sie hätte den Spott nicht ertragen. Sie tippte auf das Display, um den Anruf über Bluetooth entgegenzunehmen, und eine unerwartete Stimme begrüßte sie.

»Hi Tessie, wie geht's dir?«

»Caroline?« Tess umklammerte das Lenkrad so fest, dass ihre Fingerknöchel weiß wurden, um nicht von der Straße abzukommen. »Ist alles in Ordnung? Warum rufst du an?«

»Ach, na ja, nichts Besonderes. Ich habe hier Post für dich und konnte deine Nachsendeadresse nicht finden. Sieht nicht dringend aus, aber ich dachte, du möchtest sie vielleicht haben.«

»Ja, klar. Ich bin gerade im Auto, aber ich maile dir später die Adresse.« Dieselbe Adresse, die Tess ihr bereits per SMS und E-Mail geschickt und auf einem Post-it mit den Schlüsseln hinterlassen hatte, als sie London schließlich verlassen hatte. »Du bist sicher beschäftigt.«

»Nein, ich habe Zeit. Was ist mit dir, Tessie? Hältst du dich schön aus allen Schwierigkeiten raus?«

Tess knirschte mit den Zähnen. Sie konnte sich nicht erinnern, wann diese »Tessie«-Sache angefangen hatte, aber sie schien nie aufzuhören, egal wie oft sie sagte, dass sie den Spitznamen hasste. »Ich laufe mir die Hacken ab. Neues Leben, neuer Job und so weiter.«

»Oh, das ist ein bisschen … du weißt schon. Solange du damit die Zeit füllen kannst … Was mich betrifft, ich habe da eine kleine Neuigkeit und ich dachte, du solltest sie von mir hören.«

Großartig. Zweifellos hatte sie ihre alte Praxis in ein Franchise-Unternehmen umgewandelt, im Lotto gewonnen oder einen anderen Glücksgriff getan, der Tess den Magen umdrehen würde. Und wie gönnerhaft war es eigentlich, einfach anzunehmen, dass alles, was Tess hatte, ihr Job war? Caroline hatte nicht unrecht, aber sie war definitiv verdammt herablassend in dieser Hinsicht. »Erzähl schon.«

»Na ja, das geht alles sehr schnell, ich weiß, aber ich habe jemanden kennengelernt. Und am besten mache ich es kurz und schmerzlos: Wir sind verlobt.«

Tess erwartete, dass sie sich im nächsten Moment fühlen würde, als hätte jemand sie geschlagen. Stattdessen war da nur eine Art dumpfes, widerhallendes Nichts, was irgendwie noch schlimmer war. »Sorry, sagtest du verlobt? Du, die du die Ehe immer – lass mich dich richtig zitieren – *eine Falle für die schwachsinnige Bourgeoisie* genannt hast ... du heiratest?«

»Jetzt sei doch nicht so. Bitterkeit steht dir nicht, Tessie. Ich wollte nur nicht, dass du es zuerst von unseren Freunden hörst.«

»Ich rede nicht mehr mit unseren Freunden, schon vergessen?« Tess nahm die Abzweigung zur ersten Farm, die auf ihrer Liste stand, erleichtert, dass sie bald eine Ausrede zum Auflegen haben würde. «Dafür hast du gesorgt, als du sie alle gegen mich aufgebracht hast, obwohl du diejenige warst, die fremdgegangen ist und fast unsere Praxis ruiniert hätte, ohne mir davon zu erzählen.

»Oh, geht das schon wieder los.« Caroline seufzte. »Ich weiß, das Single-Dasein kann ziemlich lästig sein. Aber du musst es als Chance sehen.«

»Wer sagt, dass ich Single bin?«

»Bist du's denn nicht?«

»Dachtest du, ich sei quer durchs halbe Land gezogen, um allein zu sein?« Oh, oh! Wo zum Teufel kam das denn her? Tess war sich ihrer Fehler wohl bewusst, aber normalerweise war sie keine Lügnerin. Als die Straße sich zu einem Parkplatz verbreiterte, hielt sie an. »Wie auch immer, es ist ganz frisch und ich möchte noch nicht mit jedem darüber reden.«

»Ach, komm schon. Ein paar Details bitte! Vorausgesetzt, es gibt sie überhaupt«, spöttelte Caroline. »Ich meine, was für ein günstiges Timing.«

»Es ist mir egal, ob ich mit dir Schritt halte. Und ich bin auch nicht mit ihr verlobt oder so. Aber wir haben eine sehr schöne Zeit zusammen.«

»Und wie heißt sie?«

»Susannah. Du kennst sie nicht«, antwortete Tess und fragte sich, warum ihr plötzlich ausgerechnet dieser Name einfiel. Obwohl, natürlich, es war total logisch. Das kam daher, dass bei der Arbeit alle den ganzen Tag über Lady Karlson gesprochen hatten. Außerdem war Margos Name nutzlos, da sie und Caroline sich kannten. ›Joan‹ klang wie der Name einer alten Frau und ›Babs‹ völlig erfunden. »Aber wir wollen erst mal sehen, wohin alles führt.«

»Susann-ah?«

»Genau.« Tess wurde röter als die Karos auf ihrem karierten Hemd. »Wie dem auch sei, ich bin gerade auf einem Bauernhof angekommen. Ich habe zu tun!«

»Okay, okay. Ich möchte dich nicht davon abhalten, auf einer Wiese herumzutollen oder was auch immer du dort vorhast. Jedenfalls, wenn dir danach ist, kannst du gern zur Hochzeit kommen. Ich finde es gesünder, wenn Ex-Partnerinnen das tun. Ein echter Abschluss, weißt du?«

Tess starrte das Telefon an. Sich daran zu erinnern, warum sie Caroline jemals gemocht, geschweige denn geliebt hatte, fiel ihr immer schwerer. »Ja, sicher. Schick mir eine Einladung. Ich muss los!«

Sie beendete das Gespräch und schlug mit dem Kopf ein paarmal gegen das Lenkrad. Was war in letzter Zeit nur mit ihr los? Vielleicht würde der Umzug in das neue Haus sie wieder ins Gleichgewicht bringen und ihr etwas Stabilität zurückgeben.

Beim letzten Kopfstoß gegen das Lenkrad, der Glück bringen sollte, drückte Tess versehentlich auf die Hupe, was die Vögel von einem Baum in der Nähe aufscheuchte und den alten Farmer erschreckte, der gerade auf ihr Auto zulief. Kein besonders guter Anfang.

Sie schnappte sich ihre Tasche und sprang aus dem Wagen. Zeit, den Tag wieder zu einem besseren zu machen.

Kapitel 6

Nach einem vollgepackten Vormittag entschied sich Susannah für einen nachmittäglichen Ausritt, um den Kopf freizubekommen. Da Billie Jean eines der sanftmütigsten Pferde war, das Susannah je erlebt hatte, war es überhaupt kein Problem, sie zu satteln und loszureiten.

»Komm schon, Mädchen«, ermunterte Susannah ihr Pferd, als sie zur Tiefebene im äußersten Westen des Anwesens kamen. Hier gab es nicht viel zu sehen außer einem kurvenreichen Weg, der in Richtung der alten Straße nach Edinburgh führte, die kaum noch jemand benutzte, und ein paar verstreuten Farmen, die nicht zu Midsummer gehörten. Vielleicht sollte sie sie aufkaufen und die Familien zu ihren Pächtern machen? Jimmy hatte davon gesprochen, und es wäre sicherlich möglich, ohne ihre eigenen Pläne zu gefährden. Aber vielleicht war es auch an der Zeit zu akzeptieren, dass sie schon genug Sorgen hatte, anstatt sich noch mehr Probleme aufzuhalsen.

Billie Jean trabte mit langen Schritten über den lockeren Boden und Susannah wippte im perfekten Rhythmus auf und ab. Eine steife Brise wehte ihr heftig entgegen und erfrischte sie, als ihre nachlassende Aufmerksamkeit es am nötigsten brauchte. Die Sonne hatte sich hinter den Wolken hervorgekämpft und schien auf das weite Grün um sie herum. Dies war der Ort, in den Susannah sich verliebt hatte.

Als sie das am weitesten vom Haus entfernte Feld umrundeten, das auf allen Karten oben im Büro mit einer dicken, roten Grenzlinie markiert war, wurde der Boden ungleichmäßiger.

»Brr, sachte!«, rief Susannah und zog an Billie Jeans Zügeln, um ihren Galopp zu verlangsamen. »Übernimm dich nicht. Wir müssen auch wieder zurück, weißt du?«

Wie immer reagierte das Pferd, als verstünde es sie perfekt. Nie brauchte man ihm etwas zweimal zu sagen oder es daran zu hindern, das Gegenteil zu tun. Erst als sie das Tor zum nächsten Hof erreichten, wurde das arme Mädchen ohne Aufforderung langsamer und kam humpelnd zum Stehen.

In Panik ließ sich Susannah sofort aus dem Sattel gleiten und landete hart auf den Füßen. Ihre erste Priorität war es, Billie Jean von ihrem Gewicht zu befreien, falls sie irgendwelche Schmerzen hatte.

»Was ist los, Billie?«

Die Stute wieherte leise, aber das sagte Susannah nicht viel. Sanft tätschelnd ging sie einmal um das Pferd herum. Beim Überprüfen der Fesseln fluchte sie leise über den herablassenden Tierarzt. Ihre Hinterbeine schienen völlig in Ordnung zu sein. Wenn überhaupt, dann schonte Billie Jean eines ihrer Vorderbeine, denn sie hielt einen Huf knapp über dem Gras in der Luft.

»Lass uns Hilfe holen, hm? Bleib hier stehen, okay?«

Susannah schlang die Zügel um den Torpfosten, was wahrscheinlich nicht notwendig war, aber sie wusste, dass verletzte Pferde öfter erschreckt reagierten oder sich unberechenbar verhielten. Sie zog ihr Handy heraus, nur um festzustellen, dass sie sich in einem Funkloch befand.

Toll. Wirklich toll.

Susannah dachte über ihre Möglichkeiten nach. Den Gang zur nächstgelegenen Farm hielt sie für sicherer als zu versuchen, irgendwo auf ihrem Handy Empfang zu bekommen. In der Einfahrt sah sie Autos stehen und auf einer Kuhweide bewegten sich Menschen zwischen den Tieren, sie würde Hilfe finden. Es war auch nur ein kurzer Fußmarsch über die Straße.

»Ich bewege dich besser nicht, nur für den Fall.« Susannah drückte ihr Gesicht gegen die Schnauze der Stute. »Du bleibst hier, altes Mädchen, und ich hole uns Hilfe.«

Sie warf einen letzten Blick auf das Bein, um sich zu vergewissern, dass es nicht gebrochen war. Obwohl es in der Tiermedizin so viele Fortschritte gegeben hatte, kam ein schlimmer Knochenbruch bei einem Pferd immer noch einem Todesurteil gleich, insbesondere bei einem, das für Rennen hart geritten worden war. Susannah konnte nicht einschätzen, wie stark verletzt Billie Jean war, aber sie ertrug den Gedanken nicht, sie zu verlieren. Das Pferd war abgesehen von Finn ihr engster Freund, was trauriger war, als sie sich eingestehen wollte.

Es dauerte nur ein paar Minuten, bis Susannah bei den Autos war, und als sie den sportlichen Geländewagen erkannte, spürte sie einen Stich im Magen. Von allen Tierärzten auf der Welt musste ausgerechnet …

Jetzt konnte sie noch nicht einmal mehr zurück, da Tess und der Farmer, dem das Land gehörte, fast wieder bei den Autos angekommen waren.

»Sind Sie allein hier?«, fragte Susannah Tess und es klang viel zu arrogant. Verdammt. Sie würde nie lernen, sich wie die Menschen hier zu benehmen. Meistens war ihr das ziemlich egal, aber da gerade Billie Jeans Gesundheit auf dem Spiel stand, war es wichtig.

»Entschuldigen Sie, Mr Framingham, ich glaube, Lady Karlson hier möchte mich sprechen.« Tess dehnte das Wort »Lady« auf mindestens vier Silben, alle von ihnen spöttisch.

»Eure Ladyschaft.« Mr Framingham nahm seine schmutzige Baseballmütze ab, verbeugte sich tief und warf Tess einen tadelnden Blick zu, weil sie nicht dasselbe tat, was Susannah etwas verlegen machte. Normalerweise bemerkte sie solche Kleinigkeiten nicht, aber in der Nähe dieser verdammten Tierärztin fühlte sie sich wie unter einem Mikroskop.

»Schon gut, schon gut«, sagte Susannah. «Hören Sie, zufällig ist mein Pferd auf dem Feld da hinten lahm geworden.« Sie deutete in die Richtung und war sich der Tatsache bewusst, dass ihr Arm ein wenig zitterte. »Ich brauche einen Tierarzt und habe auf meinem Handy keinen Empfang. Sicher verstehen Sie meine missliche Lage.«

»Na, bei mir ist sie vorerst fertig«, sagte Mr Framingham und bot Tess an wie einen Blumenstrauß, den er nicht wollte. »Aber wir sehen uns sicher bald wieder, Dr. Robinson. Danke für Ihre Hilfe mit dem Kalb. Ich habe noch nie erlebt, dass es mit so wenig Aufhebens behandelt wurde. Ich werde den Jungs von Ihnen erzählen, wenn wir am Freitag ein Bier trinken gehen, darauf können Sie sich verlassen.«

»Jederzeit.« Tess schüttelte ihm die Hand und er schlenderte davon.

»Dann können Sie also auch professionell sein?« Direkt wieder zickig. Susannah hätte sich manchmal selbst kräftig schütteln mögen.

»Ja, gegenüber einem zahlenden Kunden schon. Im Gegensatz zu anderen Leuten nimmt er unseren Service in Anspruch. Warum gehen Sie nicht zu ihm ins Haus und rufen von dort Ihre große protzige Tierarztfirma an, wo wir doch zu mickrig für Sie sind, Eure Ladyschaft? Ist das übrigens die korrekte Anrede? Soll ich knicksen?«

Susannah fragte sich, ob es noch als Knicks durchgehen würde, wenn sie Tess mit dem Gesicht voran in den Dreck stieße, um ihr dabei behilflich zu sein. Kopfschüttelnd zwang sie sich, sich wieder auf das Wichtige zu konzentrieren: ihr verletztes Pferd. »Susannah reicht völlig. Lady Karlson, wenn es unbedingt sein muss. Der Knicks wird nicht nötig sein, aber ich habe ein lahmendes Pferd, das ich auf keinen Fall einschläfern lassen möchte. Wenn Sie mir jetzt helfen, dann tue ich alles, was Sie wollen, um die frühere … Absage wiedergutzumachen. Nennen Sie mir Ihren Preis.«

Tess seufzte. Es wirkte, als würde die bloße Erwähnung von Geld sie beleidigen, obwohl sie doch selbst zuerst von zahlenden Kunden gesprochen hatte.

»In Ordnung, dann los. Wie heißt denn Ihr Pferd?« Sie nahm ihre Arzttasche und ging in die richtige Richtung.

Susannah hatte ein wenig Mühe, mit Tess Schritt zu halten. Es kam nicht oft vor, dass jemand schneller war als sie, daher war sie gleichzeitig beeindruckt und auch irritiert. Tess war auf diese ländliche Weise wirklich recht solide. Sie trug nicht die von Susannah bevorzugten engen Jeans, sondern praktische und strapazierfähige Hosen mit vielen Taschen, die weiter unten in einem neu aussehenden Paar grüner Hunter Gummistiefel verschwanden. Zumindest ein Klassiker. Mit einem rot-marineblau karierten Hemd, der Wachsjacke und ihrem üblichen Pferdeschwanz sah Tess fast präsentabel aus. Es gab einen Begriff dafür, den Finn vor nicht allzu langer Zeit einmal erwähnt hatte. Lumberjane? Irgendetwas in der Art.

»Das Pferd?«, wiederholte Susannah, als sie bemerkte, dass sie noch nicht geantwortet hatte. »Oh, äh, Billie Jean.«

»*Is not your lover*?«, vervollständigte Tess und ging gerade so viel langsamer, dass Susannah das Gefühl hatte, ohne Anstrengung mithalten zu können.

»Entschuldigung, was?«

»Ach, ich dachte, Sie seien Michael-Jackson-Fan«, antwortete Tess. »Sie wissen schon, *Billie Jean*, der Song?«

Susannah schüttelte wieder den Kopf. »Nein, sie ist nach der Tennisspielerin benannt. Mein verstorbener Mann hatte eine Vorliebe für Wimbledon. Es ist albern.«

»Eigentlich auch irgendwie süß. Sie glauben ja gar nicht, was für Namen einem manchmal in einer Tierarztpraxis begegnen. Ich glaube, am besten fand ich bis jetzt Schildemort. Oh«, erklärte Tess, als Susannah sie verständnislos anstarrte, »er war eine Schildkröte. Der Name bezieht sich auf *Harry Potter*. Sie stehen nicht so auf Popkultur, hm?«

Sie sagten nichts mehr, bis sie das Tor erreichten, wo Billie Jean mit der für sie typischen Geduld wartete.

Susannah streckte die Hand aus, um die Stute zu beruhigen. »Hier ist sie«, sagte sie, als sie spürte, dass Billie Jean sich entspannt hatte. »Sie ist ein gutes Tier, wissen Sie.«

»Nicht nur das, du bist auch eine ganz große Dame, nicht wahr, Billie Jean?«, sagte Tess, und im Gegensatz zu der Art, wie sie Susannahs Adelstitel ausgesprochen hatte, klang es überhaupt nicht spöttisch. Was auch immer Tess Robinsons andere Schwächen sein mochten, sie erkannte jedenfalls ein edles Pferd, wenn sie eines sah. »Vielleicht bist du sogar noch vornehmer als deine Besitzerin hier, du Vollblut.«

Susannah war sich nicht sicher, ob sie beleidigt oder erleichtert sein sollte, aber unterdrückte trotzdem ein Seufzen. »Sie kennen sich also mit Pferden aus?«

»Ich habe eine Ausbildung zur Fachtierärztin für Pferde. In London hatte ich nur nicht genug Gelegenheit, sie einzusetzen, und wurde letztendlich eher eine Art Haustierärztin. Aber Pferde sind der Grund, warum ich diesen Beruf gewählt habe. Als Jugendliche habe ich so viele Leute herumreiten sehen, und ich wollte immer eine von ihnen sein. Ich habe den Pferden in der Reitschule, die bei uns in der Nähe war, Zuckerwürfel und Pfefferminz gebracht.

»Ich wette, Ihre Reitlehrer haben das nicht so gerne gesehen.«

»Oh, Stunden konnte ich keine nehmen. War nicht ganz unsere Preisklasse. Zuhause gab es nur meine Mutter und mich, also mussten wir oft mit wenig auskommen. Natürlich habe ich inzwischen reiten gelernt, aber glücklicherweise kann man Pferde ja auch behandeln, ohne reiten zu können.«

Bei allem, was sie tat, wirkte Tess sehr selbstbewusst. Jeder, der sich mit Susannah angelegt hatte, hielt gewöhnlich danach Abstand, aber Tess schien einfach weiterhin völlig sie selbst zu sein, fast so, als sei sie der Meinung, dass sich die Welt an sie anpassen sollte. Susannah wusste, dass sie selbst genau das erwartete, aber von jemandem mit Tess' Hintergrund war sie das überhaupt nicht gewohnt.

»Können Sie feststellen, ob es gebrochen ist?« Susannah zeigte auf das verletzte Bein. »Wenn sie leidet, wenn ich grausam zu ihr bin, dann müssen Sie es mir sagen. Die Höhe der Rechnung ist mir sowieso egal, aber ich werde nicht zulassen, dass ihr Schmerzen zugefügt werden, nur um die Kosten in die Höhe zu treiben.«

»Halt, halt!« Tess hob die Hände, als wollte sie sich der Polizei ergeben. »Jetzt werden Sie nicht gleich wieder so zynisch.«

Susannah rümpfte die Nase. Warum nur zeigte sie sich gegenüber Leuten neuerdings immer von ihrer schlechtesten Seite? Das war Robins Einfluss. Das Letzte, was sie wollte, war, so hasserfüllt zu sein wie ihre Schwägerin. Zeit, das im Keim zu ersticken.

»Sorry, es tut mir leid. Ich wollte Ihren guten Charakter nicht infrage stellen. Ich bin mir sicher, Sie sind über jeden Vorwurf erhaben.«

»Okay, Jane Austen. Entschuldigung angenommen«, antwortete Tess mit einem tiefen Lachen. Es klang überraschend angenehm. Sie beugte sich vor, um Billie Jeans Bein zu inspizieren, tätschelte und beruhigte sie die ganze Zeit, arbeitete mit der gleichen Sorgfalt und Gründlichkeit, die Susannah selbst angewandt hätte. Kein schlechter Start.

Nach dieser ersten Untersuchung nahm sie Susannah nicht nur beim Wort, sondern inspizierte alle vier Beine mit dem gleichen intensiven Blick. Dann tastete sie sehr vorsichtig den Rücken des Tiers ab und untersuchte schließlich Herz, Augen, Ohren und Nase. Vielleicht wollte Tess ihr damit etwas beweisen. Da sie aber auf jeden Fall nichts überstürzte und sehr sorgfältig vorging, ließ die Spannung in Susannahs Schultern etwas nach.

»Also, Ihr schicker Tierarzt könnte noch etwas finden, was ich übersehen habe, und wenn Sie wirklich wollen, hätten wir ein tragbares Röntgengerät in der Praxis. Aber so, wie sie dasteht und das Gewicht verteilt, bin ich sicher, dass es kein Bruch ist.«

»Wie sicher?«

»Sehr sicher. Und ich glaube auch, dass sie in einem leichten Trab zurück nach Hause geführt werden kann. Vielleicht holen Sie aber auch den Pferdeanhänger, wenn es Billie Jean nicht zu sehr belastet. Jedes Tier ist da anders.«

»Sie stört sich nicht daran«, sagte Susannah und tätschelte Billie Jean ein weiteres Mal. »Seit sie ein Fohlen war, ging es für sie täglich rein und raus aus dem Transporter. Inzwischen ist das für sie kein Stress mehr, sondern in Fleisch und Blut übergegangen.«

»Das ist bei den meisten Rennpferden so. Es sei denn, sie haben schlechte Erfahrungen gemacht, wenn sie zu lange im Anhänger eingesperrt waren. Sie ist wirklich eine Schönheit. Wenn Ihre Ställe voll mit solchen Pferden sind, dann möchte ich mich wirklich dafür in den Hintern beißen, dass wir Sie nicht als Kundin gewinnen konnten. Ich wäre gerne den ganzen Tag mit ihr zusammen. Wir würden zusammen auskommen.«

»Ja. Gut. Ich werde jemanden anrufen, damit er Billie Jean zu ihrer Schonung mit dem Pferdeanhänger abholt. Aber was kann ich in der Zwischenzeit für sie tun? Sie hat eindeutig Schmerzen.«

»Ich habe hier einen Stützverband und ein entzündungshemmendes Mittel, das die Reizung sofort lindert. Sie wird einige Tage lang eine Kältebehandlung brauchen – Kompressen für eine Weile und dann muss der Verband wieder dran. Eine Woche lang sollte sie völlige Ruhe haben, danach kann langsam wieder mit dem Training begonnen werden. Glauben Sie, dass Ihre Stallknechte das hinbekommen?«

»Ich muss einen neuen einstellen, einen Spezialisten, aber das vorhandene Personal ist gut«, antwortete Susannah und versuchte, nicht zu abwehrend zu klingen. »Und natürlich werden sie einen engagierten Tierarzt haben.«

»Die Pferde können sich glücklich schätzen«, sagte Tess. »Okay, können Sie sie vorne beschäftigen, während ich fürs Erste meine ärztliche Magie wirken lasse? So ist es unwahrscheinlicher, dass sie in diese Richtung ausschlägt oder zu flüchten versucht. Wenn Sie dann über die Straße und ein Stück weiter nach oben gehen, haben Sie wieder Empfang, sodass Sie Ihr Personal anrufen können.«

Richtig. Empfang. Warum hatte Susannah nicht daran gedacht, das zu überprüfen, bevor sie sich aufgemacht hatte, um Hilfe zu holen? Sie war wirklich eine Amateurin.

»Komm schon, Billie Jean«, redete sie der Stute gut zu. »Die Ärztin hier macht dich wieder gesund, und schon sehr bald reiten wir wieder zusammen aus.«

»Ganz genau«, stimmte Tess zu, und aus irgendeinem Grund blickte sie Susannah lächelnd an, während sie unten im Gras hockte und etwas Kaltes auf das Bein des Pferdes sprühte.

Es war wirklich ein sehr nettes Lächeln, wie Susannah zugeben musste.

Kapitel 7

Eigentlich war es nicht Tess' Absicht gewesen, Susannah wie eine Idiotin anzugrinsen, aber irgendetwas an diesem Moment zauberte ihr einfach ein Lächeln ins Gesicht. Vielleicht kam es daher, dass es der erste Moment war, der sich nicht wie der Beginn eines Streits anfühlte. Oder dass eine ruhige Atmosphäre das Beste war, um die gute alte Billie Jean zu versorgen. Was auch immer der Grund war, es funktionierte jedenfalls.

Die Behandlung dauerte nicht lange und Tess wartete geduldig bei der Stute, während Susannah zurück über die Straße ging, um den Anruf zu erledigen. In der ganzen Zeit, die sie sich um das Pferd gekümmert hatten, war nicht ein einziger Wagen oder Traktor vorbeigekommen. Abgesehen von der Farm, die Tess gerade besucht hatte, standen nur noch ein paar wenige verlassene Gebäude in der Landschaft –nicht mehr genutzte Scheunen auf Feldern, die keine Ernte zum Lagern mehr lieferten.

Dies war wirklich einer der abgelegeneren Orte der Gegend, einer der Art, die Tess als Kind nur dadurch entdeckt hatte, dass sie viel weiter ging, als sie eigentlich durfte. Ihre Familie hatte lange Zeit gar kein Auto besessen, und als sie sich schließlich doch eines leisteten, war es eine schlecht anspringende Rostlaube nach der anderen. Unter anderem aus diesem Grund mochte Tess ihren neuen, schicken Wagen mit all dem Schnickschnack so sehr. Es gab ihr die Sicherheit, sich das Beste kaufen zu können, und sie hatte ihr ganzes Leben darauf verwandt, diese Sicherheit zu erlangen.

»Ich kann Ihnen bis zu Ihrem Anwesen folgen und nach Billie Jean sehen, sobald sie im Stall ist«, bot Tess an, als Susannah zu ihr zurückkehrte. Auf einmal wurde es richtig warm und die Sonne brannte auf sie herunter. Tess zog sich auf die nächste Mauer hoch, um sich zu setzen und sie zu genießen.

Nachdem Susannah einen Blick auf Billie Jean geworfen hatte, gesellte sie sich zu ihr. »Haben Sie keine anderen Kunden, die Sie besuchen müssen? Schafe, die in Zäunen stecken oder etwas in der Art?«

»Niemand hier würde dafür einen Tierarzt rufen. Höchstens einen Arbeiter.«

»Sie klingen, als wüssten Sie Bescheid«, antwortete Susannah. »Weil Sie von hier sind, meine ich«, fügte sie hinzu, als Tess sie verwirrt ansah.

»Irgendwie schon, ja«, erwiderte sie. »Ich bin etwa fünfzig Kilometer von hier aufgewachsen, aber sobald es ging erst nach Glasgow und dann nach London gezogen. Sicher kennen Sie das auch – man geht in die Großstadt, um sich einen Namen zu machen und all das.«

»So war das bei mir nicht«, antwortete Susannah. »Sie sollten nicht alles glauben, was in der Zeitung steht.«

»Ich war nicht ... Ich habe nicht ...« Zu spät erkannte Tess, dass sie besser den Mund gehalten hätte. Gerade als es so gut zu laufen schien, hatte sie wieder einmal alles verdorben. Vielleicht sollte sie über eine Karriere nachdenken, bei der sie nicht mit Menschen zu tun hatte. Zumindest waren Tiere nicht so leicht beleidigt. Außer Katzen natürlich.

»Schon in Ordnung.« Susannah winkte mit der Hand und tat das ganze Thema ab, als sei es nur ein zarter Nebel, der kurz aufgekommen war und dann weiterzog. »Manche Leute kommen eben nicht mit ihrer Schwiegerfamilie aus. Meine will mir jeden Penny rauben und dabei meinen Namen durch den Dreck ziehen. So ist das nun mal.«

»Also alles Lügen?« Tess wollte nicht hoffnungsvoll klingen. Sie schwor, dass sie es nicht tat.

»Nicht alles, nein. Nur die schlimmstmögliche Version einer Reihe von Fakten, wie immer. So sind die Medien heutzutage, wirklich – ein Haufen Leute, die versuchen, am kontroversesten zu sein und die Tatsachen bis zum Gehtnichtmehr zu verdrehen.«

»Ich glaube, ich hatte recht, als ich Sie zynisch nannte. Und wenn Sie mich fragen, ich bin sicher, niemand liest dieses Zeug. Schließlich landen doch die Nachrichten von heute schon morgen im Altpapier.«

»Sie brauchen nicht nett zu mir sein, nur weil Sie eine falsche Vorstellung von Kundenservice haben. Ich werde Ihre Rechnung trotzdem bezahlen.«

»Spricht man mit Ihnen nur über Geld oder etwas in der Art? Ich könnte wirklich beleidigt darüber sein, dass Sie denken, das sei alles, was mich interessiert. Nein, ich verstehe schon, ich bin nur Personal. Ich habe bloß versucht, mich mit Ihnen zu unterhalten, aber ich kann jederzeit in mein Auto steigen und alles Weitere Ihrem eigentlichen Tierarzt überlassen.«

Normalerweise wurde Tess nicht so schnippisch, aber das Telefongespräch mit Caroline und all das halbherzige Selbstmitleid ihrer Ex klang ihr noch in den Ohren. Das und ein Rest Schuldgefühle, weil sie Susannahs Namen gerade in unangebrachter Weise fallengelassen hatte, sorgten für eine sehr seltsame Stimmung zwischen den beiden.

»Nein, nein. Das ist nicht nötig, tut mir leid. Ich wollte Sie wirklich nicht beleidigen. Ich ... Ich schätze Ihre Gesellschaft. Hier draußen fühlt man sich manchmal wie am Ende der Welt.«

Tess nickte. »Als ich aufwuchs, schien das für immer so weiterzugehen. Dann bin ich in einen Bus gestiegen und fand heraus, was Distanz wirklich bedeutet.«

»Reisen Sie gerne?«

»Eine Weile war ich davon wie besessen.« Tess dachte, Susannah wolle nur Konversation machen. »Und wenn man in London lebt, liegt die Welt vor der Haustür. Man kann jedes Wochenende woanders hinfahren, wenn man es darauf anlegt.«

»Klingt nett. Ich wollte schon immer mehr reisen. Aber da ich so viel Verantwortung habe, läuft es jedes Jahr auf eine Woche im Sommer hinaus, und das muss dann reichen.«

»Wahrscheinlich mehr Urlaub, also so manch andere Leute haben.«

»Bestimmt.« Susannah sah auf ihre locker im Schoß gefalteten Hände hinunter, während sie sich an die Mauer lehnte, auf der Tess saß. »Tragen Sie Ihre Haare eigentlich immer so?«

»Wie denn?« Tess griff schützend nach ihrem Pferdeschwanz. »Stimmt damit was nicht?«

»Ich habe nicht gesagt, dass etwas falsch daran ist. Ich habe mich bloß gefragt, ob Sie Ihre Haare jemals offen tragen. Wenn ich meine den ganzen Tag zusammenbinde, bekommen sie so eine Welle. Daran musste ich gerade denken.«

»An Werktagen binde ich sie immer zusammen. Glauben Sie mir, man will nicht, dass sie einem während einer Operation ins Gesicht fallen.«

»Das ist nur sinnvoll.«

»Ich bin froh, dass das Ihre Zustimmung findet, Eure Ladyschaft. Aber am Wochenende, abends? Da kommt es, glaube ich, darauf an, wie ich mich fühle. Oder mit wem ich zusammen bin.«

Susannah sah sie an und die Art, wie ihr Blick an Tess auf und ab wanderte, war eine unausgesprochene Frage. Obwohl Tess den Drang verspürte, etwas zu sagen, schwieg sie und ließ es einfach geschehen. Das schien etwas in Susannah zufriedenzustellen.

Für ein paar Minuten saßen sie kameradschaftlich still da und beobachteten Billie Jean, wie sie sich vorsichtig und so wenig wie möglich bewegte. Wenig später kam ein Tieflader mit röhrendem Motor die Straße entlanggefahren und zog einen hohen silbernen Pferdeanhänger hinter sich her.

Tess war nur wenig überrascht, dass der Fahrer wieder Dave war. Schließlich hatte er bereits seine Loyalität zum Karlson-Anwesen bewiesen.

»Na, nimmst du mal wieder deine Pferde zu hart ran?«, witzelte er in Richtung Susannah, als er schnurstracks auf Billie Jean zuging, um sie sich genauer anzusehen. »Bist du auf Urlaub aus, altes Mädchen?«

»Hey! So alt ist sie gar nicht!«, rief Susannah. »Danke, dass du extra gekommen bist. Meine beiden Stallknechte haben auf der Koppel alle Hände voll zu tun. Ich wollte Billie nicht hier auf sie warten lassen.« Susannah hielt inne und blickte zu Tess hinüber, dann zurück zu Dave. »Oh, Entschuldigung, das ist, äh – Sie heißen Tess, nicht?«

»Wir kennen uns schon«, erwiderte Tess und gab Dave die Hand, obwohl sie sich darüber ärgerte, dass Susannah vorgab, sich nicht sofort an ihren Namen zu erinnern. Gott bewahre, dass sie dabei gesehen wurde, wie sie sich mit dem Personal abgab … »Ich lasse Sie beide jetzt allein und hole mein Auto. Dann folge ich Ihnen zurück zu den Ställen, wenn das in Ordnung ist?«

»Okay?«, fragte Dave und sah Susannah um Bestätigung bittend an. »Wird sie wieder gesund?«

»Bekommen Sie beide Billie Jean in den Anhänger? Wenn nicht, kann ich hierbleiben und helfen«, bot Tess an.

Susannah sah sie gar nicht mehr an. »Nein, wir schaffen das schon. Sie haben recht, Sie sollten Ihr Auto holen.«

Tess stapfte los, um genau das zu tun, und trieb ein weiteres Mal mehr ungeplant Sport, als sie die ganze Strecke zurückjoggte. Zumindest beinhaltete dieser Job, dass sie keine Mitgliedschaft im Fitnessstudio benötigte.

Als sie ihr Auto wieder die Straße hinunter steuerte, immer noch ein wenig außer Atem, war der Anhänger beladen und bereit. Wie eine seltsame kleine Prozession machten sie sich auf den Weg nach Midsummer und seinen sagenumwobenen Ställen.

Die Rückfahrt schien die Hälfte der schottischen Grenze entlangzuführen. Wenn sie das gewusst hätte, hätte Tess vielleicht um Snacks und eine Pinkelpause gebeten. Sie parkte vor dem Haus und sprang aus dem Auto, um zu sehen, welche anderen schönen Pferde hier oben versteckt sein könnten. Erst als sie in den Innenhof ging, wurde ihr die ganze Größe Midsummers bewusst

Dieses Anwesen war gigantisch. Riesig. Damit verglichen war das Gelände des Buckingham Palace winzig. Das ganze Dorf hätte fünfzigmal hineingepasst und es wäre immer noch Platz für einen zweiten Pub gewesen. Ohne es zu wollen, stieß Tess einen leisen Pfiff aus.

Dave kam gerade noch rechtzeitig, um sie auf frischer Tat zu ertappen. »Beeindruckend, nicht?«

»Es ist wunderschön.« Tess meinte das ganz aufrichtig. Die Gärten waren makellos, und jede Aussicht schöner als die vorherige. Das war noch, bevor sie zu den imposanten Holzbauten mit den Ställen und Scheunen kamen. Das Haus selbst übertraf alles und war mehr, als sie auf einmal verarbeiten konnte.

»Hier entlang.« Dave nickte mit dem Kopf in Richtung der offenstehenden großen Holztüren. »Man kann die Ställe nicht verfehlen.«

Damit hatte er recht. Lange bevor Tess sah, wie Susannah Billie Jean bürstete, hörte sie schon das unverkennbare Stampfen und Schnauben der anderen Pferde. Der Stall war so ordentlich, wie sie es noch nie gesehen hatte, kaum ein Halm Stroh lag am falschen Platz. Das hohe Dach ließ mehr Licht durch, als es in den meisten anderen Stallungen der Fall war, die Pferde waren von einer schönen, sanften Helligkeit umgeben. Vier von ihnen standen in den sechs Boxen, wobei Billie Jean am weitesten von der Stelle entfernt war, an der Tess stand. Ein paar Stallknechte gingen ruhig ihrer Arbeit nach, der eine spritzte die leeren Boxen aus und der andere fettete einige Zügel und Sättel.

»Sie scheint sich wohlzufühlen«, sagte Tess, als sie auf Susannah zuging. »Und Sie hat viel Platz, das ist gut.« Obwohl Pferde im Stehen schlafen konnten, legten sie sich wie die meisten Tiere gerne hin, um richtig auszuruhen.

»Ich möchte nur sichergehen, dass sie sich gut hinlegen und wieder aufstehen kann, bevor ich sie verlasse.« Susannah griff in eine Tasche an der Tür und nahm einen Apfel heraus.

»Moment.« Tess bedeutete ihr, ihn herüberzugeben. Dann zog sie ein Messer aus der Hosentasche und schnitt ihn schnell in Stücke.

Susannah beobachtete jede Bewegung wie ein Falke.

»So muss Billie Jean nicht die ganze Arbeit selbst erledigen.« Tess gab den aufgeschnittenen Apfel zurück.

Susannah legte ein paar Apfelstücke auf ihre flache Hand und bot sie dem Pferd an, die Finger nach unten zeigend, um nicht versehentlich gebissen zu werden. Zähne dieser Größenordnung waren schließlich nicht ohne, wenn sie auf einem kleinen Finger herumkauten.

Das bot Ablenkung genug, damit Tess in ihrer eigenen Tasche kramen konnte, die mit neuen Vorräten aus dem Auto gefüllt war. Sie zauberte ein paar antiseptische Tücher und eine Spritze hervor. »Das ist ein Schmerzmittel, das etwa achtundvierzig Stunden lang wirkt, und genug Entzündungshemmer für eine Woche. Es sollte reichen, um gesund zu werden, aber bei weiteren Anzeichen von Beschwerden kann ich noch mal vorbeikommen. Oder Sie sagen den anderen Tierärzten Bescheid, ganz wie Sie möchten.«

»Wie kann ich helfen?«

»Bleiben Sie bei mir und halten Sie sie. Das ist sicherer, als sie festzubinden. Sorgen Sie außerdem dafür, dass Billie Jean auf Sie konzentriert ist. Ich bin mit der Nadel so vorsichtig wie möglich. Am Halsansatz sollte sie am wenigsten spüren.«

»Ich hatte andere Tierärzte, die die Spritze meistens in die Hinterhand verabreicht haben.« Darin schwang eine Herausforderung mit.

»Nur bei längeren Behandlungen mit Mehrfachinjektionen«, antwortete Tess. »Das hier müsste eine einmalige Sache sein.« Sie streichelte Billie Jeans langen Hals und zeichnete gedanklich das Dreieck nach, in das sie sicher spritzen konnte. Die als Marker verwendeten Muskeln waren gut definiert, sodass Tess effizient und so sanft wie möglich arbeiten konnte.

Billie Jean wimmerte ein wenig, zuckte aber kaum.

»Sie vertraut Ihnen«, sagte Susannah.

Verdammt, wie war ihre Ladyschaft ihr nur so nahegekommen?

Susannah hatte immer noch eine Hand beruhigend auf ihrem Pferd liegen. »Sie ist ein geduldiges Mädchen, aber das ist selbst für sie ruhig.«

»Gehört alles zum Job«, sagte Tess, machte aber instinktiv einen Schritt zurück, nur um das Gefühl zu haben, atmen zu können. »Wenn Sie möchten, kann ich noch etwas länger bei ihr bleiben. Und ich lasse Ihrem Personal frische Stützverbände da.«

»Nein, vielen Dank. Sie haben wirklich schon genug getan. Ich bin sicher, Sie hatten Termine, bevor ich Ihren Nachmittag durcheinandergebracht habe.«

»Ich muss noch eine andere Farm besuchen.« Tess sah auf die Uhr. »Wir schicken Ihnen eine Rechnung, wenn das okay ist.«

»Natürlich.« Susannah schloss Billie Jean in ihrer behaglichen Box ein und folgte Tess hinaus. Sie wich ihr die ganze Zeit nicht von der Seite, während Tess einem der Stallknechte eine kleine Schachtel mit elastischen Binden überreichte.

»Es ist wirklich schön hier«, sagte Tess, als sie wieder bei ihrem Auto angelangt waren. »Ich war als Kind schon ein paarmal auf Midsummer.«

»Wirklich?«

»Ja. Einmal zur Ostereiersuche. Bei den anderen Malen kann ich mich nicht an den Grund erinnern. Damals begrüßte ein junger Mann alle Besucher. Ich denke, das muss Ihr Mann gewesen sein? James, oder?«

»Jimmy, ja. Es war der Wohnsitz seiner Familie, aber er wollte mehr daraus machen.« Susannah deutete zu den Ställen hinüber. »Jetzt liegt es also an mir, hier ein neues Zeitalter einzuläuten. Wovon Sie sicher auch nichts in der Zeitung gelesen haben.«

Tess versuchte, so auszusehen, als wüsste sie von nichts. »Was denn? Ich habe nur Gerüchte über einen Vergnügungspark gehört.«

»Großer Gott, nein.« Susannah schauderte sichtlich. »Es gibt einige Immobilien zu renovieren, die man für Ferienaufenthalte mieten können soll, solche Sachen. Vielleicht kann man aus ihnen eines Tages sogar einen Rückzugsort für Künstler machen oder Ähnliches. Aber der Gnadenhof, das ist sozusagen mein Lieblingsprojekt.«

»Pferde?«

»Und Esel und Hunde. Alle Tiere, die Platz brauchen, um sich die Beine zu vertreten. Ich habe reichlich Platz, also warum nicht?«

»Hm …«

»Was?«, fragte Susannah.

»Das hätte ich einfach nicht von Ihnen erwartet, das ist alles. Es ist sehr … wohltätig.«

»Sie sollten nicht alles glauben, was Sie hören, Dr. Robinson.«

Es war nur ein Reflex, aber jetzt, da Tess keine Einweghandschuhe für die Behandlung mehr trug, streckte sie die Hand aus.

Einen Moment lang, in dem Susannah fast verwirrt nach unten blickte, standen sie beide wie eingefroren da, aber schließlich verstand Susannah den Wink und streckte ihre eigene Hand zu einem kurzen Schütteln aus.

»Tja dann … Ich schätze, wir sehen uns«, sagte Tess.

»Es ist ein kleines Dorf, also wird es wohl so sein.«

Damit drehte sich Susannah auf dem Absatz ihrer Reitstiefel um, deren braunes Leder sich an ihre wohlgeformten Waden schmiegte, und machte sich auf den Weg zurück zum Haus.

Tess hätte direkt ins Auto steigen sollen, beobachtete aber stattdessen jeden von Susannahs Schritten, bis der Weg um die Ecke führte und sie außer Sichtweite war.

O Mann!

Kapitel 8

Susannah brauchte den Rest des Nachmittags, um sich zu beruhigen. Unfähig, sich länger als ein paar Minuten am Stück auf eine bestimmte Aufgabe zu konzentrieren, hastete sie von Raum zu Raum. Dabei telefonierte sie zwar und verfasste einige halb ausformulierte E-Mails, aber wann immer sich die Gelegenheit bot, schaute sie bei den Stallknechten vorbei, um sicherzugehen, dass Billie Jean keine neuen Beschwerden hatte.

Einmal hielt sie für einen Moment inne, um ihren Glückssternen zu danken – oder wem auch immer ein Mensch dankt, wenn er nicht wirklich religiös ist –, dass ein Tierarzt in der Nähe gewesen war. Und ein kompetenter dazu.

Das hatte Susannah nicht erwartet. Ihr war bewusst, dass ihr Temperament sie mitunter voreilige Entscheidungen treffen ließ, aber Tess war mit all ihrer routinierten Gelassenheit wirklich die perfekte Frau für die Aufgabe gewesen.

Dadurch war jedoch Susannahs früherer Entschluss nicht per se falsch gewesen. Sie war von der Tierarztpraxis der Elliotts einfach nicht ganz überzeugt, so angenehm Margo und ihr Mann auch sein mochten. Dass sie jemanden aus London in ihr Team geholt hatten, konnte man wohl als ehrgeizig bezeichnen. Aber Tess entsprach sicherlich nicht dem Bild, das diese Beschreibung unwillkürlich heraufbeschwor.

»Ich überlege, ob ich dich chippen lassen soll«, sagte Finn, als sie schließlich in Susannahs Büro stolperte. »Egal, wo ich dich heute suche, du bist nicht da.«

»Na, jetzt bin ich ja hier. Hast du Dave gesehen? Er kam mit dem Tieflader, um mir mit Billie Jean und dem Pferdeanhänger zu helfen.«

»Das hat er erzählt. Ich habe ihn heimgeschickt, damit er Abendessen macht. Außerdem habe ich eine Weile mit deiner Anwältin über Robins Artikel gesprochen, und sie hat eine juristische Strategie, über die sie dich informieren möchte. Besser dich als mich – ich bin nämlich gerade eingenickt, als ich einen Termin dafür in deinem Terminkalender eingetragen habe.«

Finn setzte sich auf den Besucherstuhl vor Susannahs Schreibtisch mit der Glasplatte. »Inzwischen gibt es auch einen Termin, an dem du nächste Woche vor dem Planungsausschuss des Stadtrates sprechen kannst, um die Genehmigung für all die Veränderungen hier zu bekommen.«

»Wieso sagst du das so, als wäre ich zu einer Beerdigung eingeladen worden?«, fragte Susannah.

»Weil ich gehört habe, dass Jonathan bereits da draußen ist und versucht, die Gegner aufzustacheln. Robin hat vielleicht nicht die Möglichkeit, dich selbst zu stoppen, aber wie es aussieht, scheut sie sich nicht, ein paar Gefallen einzufordern. Oder ein paar Leute zu schmieren.« Finn fummelte an siener Brille herum. »Sie glaubt, sie muss dich nur für den Moment aufhalten und kann dann weiter versuchen, dein Eigentumsrecht an Midsummer infrage zu stellen.«

»Es ist aber doch sicher nicht jeder empfänglich für ihre Einschüchterungs- und Bestechungsversuche?«, fragte Susannah. »Ich weiß, dass Politik ein schmutziges Geschäft sein kann, aber es wird doch auch ein paar anständige Leute geben, an die wir uns wenden können, oder? Ich möchte auf keinen Fall jemanden bestechen oder hintergehen müssen.«

»Sie hofft, dich so sehr schikanieren oder vielleicht sogar Schmach über dich bringen zu können, dass du ihr Midsummer überlässt. Ich habe versucht, etwas Konkretes aus Jonathan herauszukriegen, da er in alles eingeweiht ist. Und er hat angedeutet, dass Robin dich auszahlen würde, um alles in die Hände zu bekommen. Damit es *in der Familie bleibt*, wie er es nannte.«

»Ich schätze, das ist es, was ein paar Generationen voller Privilegien aus einem machen«, antwortete Susannah und ließ den Kopf in die Hände sinken. Dass Jonathan immer noch so liebevoll von der »Familie« sprach, überraschte sie ein wenig. Aber er hatte ja lange genug mit Robin zusammengearbeitet, sodass er jetzt wahrscheinlich fast schon zur Familie zählte. Das war vielleicht ein gewisser Trost für ihn, da ihm Jimmy früher gegenüber nicht die Verbindlichkeit an den Tag gelegt hatte, die er sich gewünscht hatte. »Sie will es, also geht sie einfach davon aus, dass sie es bekommen wird. Gott sei Dank habe ich selbst nie dieses totale Anspruchsdenken entwickelt.«

Finn öffnete den Mund, um etwas zu entgegnen, schloss ihn aber schnell wieder. Vielleicht war es besser, wenn gewisse Dinge zwischen Arbeitgeber und Arbeitnehmer unausgesprochen blieben.

Vielleicht verlor Susannah ein wenig die Perspektive. Die Tatsache, dass Robin sich wie Marie Antoinette aufführte, tat dem Leben, in das Susannah geboren worden war und dann eingeheiratet hatte, gewiss keinen Abbruch.

»Geht es Billie Jean gut?«, versuchte Finn es stattdessen.

»Ja, aber alles in allem war es ein etwas anstrengender Tag.« Susannah richtete sich auf. »Weißt du, was mich aufmuntern würde?«

»Äh, dich aufzumuntern steht aber eigentlich nicht in meiner Stellenbeschreibung …«

»Ist mir egal. Ich glaube, du weißt, was ich will. Du musst es nur laut aussprechen.«

Finn zögerte. »Nicht der Kerker. Komm schon, Susannah. Wir haben viel zu tun.«

»Ich habe dir gesagt, du sollst es nicht so nennen. Komm jetzt. Lass uns nach unten gehen.«

»Aber deine Anwältin! Der Stadtrat!«

Schon war Susannah auf den Beinen. Ihre Reitstiefel hatte sie bereits vor Stunden gegen weiche Lederslipper eingetauscht, die sich besser eigneten, um durch das große alte Haus zu wandern. Sie streifte ein Haargummi von ihrem Handgelenk und band ihre langen, blonden Locken zu einem ordentlichen Pferdeschwanz zusammen.

»Nur für eine Stunde. Dadurch bekommst du Appetit auf das Abendessen und wirst Daves Kochkünste noch mehr zu schätzen wissen.«

»Du warst den halben Tag reiten. Du wirst aber nicht wieder die ganze Nacht durcharbeiten, wenn ich nach Hause gehe?« Finns Entschlossenheit hatte nachgelassen und sie fielen auf dem Weg durch die Halle zur Hintertreppe in Gleichschritt.

»Lass das mein Problem sein. Wir haben das verdient, glaub mir. Wochen und Monate voller Schwierigkeiten und harter Arbeit liegen vor uns. Wir sollten uns entspannen, solange wir können.«

»Es gibt nicht viele Vorgesetzte wie dich«, sagte Finn, als sie die Tür am Fuß der Treppe erreichten.

Das Haus hatte verschiedene Keller und Untergeschosse – meist in der Nähe der Küche, um Wein und andere Dinge zu lagern. Dieser war jedoch einer von Susannahs Lieblingsräumen im ganzen Gebäude. Sicher, das Büro war ebenfalls komfortabel und ihr Schlafzimmer eine Oase. In einem umgebauten Teil des Dachgeschosses, einer ehemaligen Dienstbotenunterkunft, befand sich sogar ein Fitnessraum. Susannah hatte ihn zurückerobert, als das letzte Personal ausgezogen war.

»Okay, wir haben die Qual der Wahl.« Susannah hielt zwei DVD-Hüllen aus dem Schrank in der Ecke hoch.

»Ich kann beide Filme inzwischen auswendig.«

»Okay, dann also *Die Frau, von der man spricht*. Gute Wahl. Mit ein bisschen Hepburn kann man nichts falsch machen.«

»Audrey?«, fragte Finn eher hoffnungsvoll als sicher.

»Katharine«, korrigierte Susannah mit einem Schnauben.

Auf Knopfdruck fuhr die Leinwand vor dem Beamer hoch und Susannah sank in das riesige Ledersofa, das den Raum beherrschte und in perfekter Sichtweite stand. Das Licht war gedämpft und warm und es gab einen kleinen, mit Weißwein sowie einer Auswahl an Bieren gefüllten Kühlschrank. Es war das, was weniger aufgeklärte Menschen eine Männerhöhle genannt hätten, obwohl keine Männer zu sehen waren. Susannah nahm eine Tüte Popcorn aus dem Schrank neben der Couch.

»Ist das der Film, in dem sie eine sexy Journalistin spielt? Oder der mit dem Tiger?« Finn nahm sienen bevorzugten Platz ein, indem sie sich in die gegenüberliegende Ecke der großen Couch kuschelte.

»Du meinst Leopard, und ja, sie ist eine sexy Journalistin. Ihr Mann kommt mit ihrer arbeitssüchtigen Art nicht zurecht und sie adoptieren aus Versehen ein Kind und –«

Finn stöhnte in ein Kissen. »Ja, okay, ich weiß, welcher Film das ist. Gnade, bitte! Lass ihn uns einfach anschauen, anstelle mir das Beste zu verraten.«

Sobald der Vorspann begann, versank Susannah völlig in den Film. Zufrieden seufzend griff sie ab und zu nach dem Popcorn, während die Hepburn im Hosenanzug über die Leinwand flimmerte.

Finn mochte zwar zunächst protestiert haben, schien aber genauso begeistert zu sein und nippte an einer Flasche Bier. Der Surround-Sound erweckte alle Details auf wunderbare Weise zum Leben und vertrieb sowohl Susannahs hartnäckige Kopfschmerzen als auch die lästigen Gedanken an Robin und ihre Pläne oder an Tess und daran, wie gut ihr Flanellhemden standen.

Moment, was?

Nein, das kam nur daher, dass Katharine Hepburns Filmcharakter denselben Namen trug. Das musste es sein. Diese verfluchte Tess Harding, die ungebetene Gedanken an Tess, die Tierärztin, mit sich brachte.

»Abgelenkt?«, fragte Finn und schreckte Susannah aus ihrem inneren Konflikt auf. »Das ist das erste Mal, dass du den Text nicht mitgesprochen hast.«

»Ich könnte hier genauso gut ohne dich sitzen, weißt du …«, sagte Susannah, aber sie beide wussten, dass es nicht stimmte.

Es dauerte nicht lang, da klingelte Finns Handy, und Susannah wusste, dass der spaßige Teil ihres Abends jetzt offiziell vorbei war. Sie schnappte sich das Smartphone und nahm das Gespräch an. »Ich schicke Finn jetzt nach Hause, Dave! Entschuldigung, dass ich sier so lange habe arbeiten lassen.« Sie legte auf. »Na, dann geh schon. Fahr heim zu deinem tollen Partner. Auf mich wartet oben mein Abendessen.«

»Du solltest jetzt auch besser etwas essen gehen«, sagte Finn nicht zum ersten Mal. »Bleib nicht den ganzen Abend hier unten und rede dir ein, dass Popcorn und Wein ausreichen.«

»Ich komme schon klar. Im Kühlschrank stehen vorbereitete Gerichte. Ich habe noch keinen Hunger.« Susannah brachte Finn zur Haustür.

»Vielleicht könntest du mal einige Freunde aus dem Dorf einladen und einen Filmabend veranstalten?«, schlug Finn vor. »Dadurch bringst du ein paar von den Klatschtanten zum Schweigen. Und mir würde nicht mehr beim Gedanken, Bette Davis in *Opfer einer großen Liebe* zum zwanzigsten Mal zu sehen, der kalte Schweiß ausbrechen.«

»Es wird immer so sein, Finn. Solange ich ein Herrenhaus besitze, während die Leute sich Sorgen machen, ob sie im Winter genug Geld für das Heizen haben, bleiben sie lieber weg und tratschen über mich. Das ist okay, das gehört zum Job. Ein paar Filmvorführungen werden daran nicht viel ändern. Genauso wenig wie der Besuch von Yogakursen im Gemeindezentrum, bevor du wieder damit anfängst.«

»Schaden würde es aber nicht. Oh, vergiss nicht, die Formulare für den Tierarzt auszufüllen, die ich dir auf den Schreibtisch gelegt habe. Er war sehr daran interessiert, dass du den Vertrag unterschreibst, damit sie jemanden für die Pferde beauftragen können.«

»Ach ja, der Herr von neulich.«

»Ganz genau. Es sei denn, du hast deine Meinung geändert?«

»Gute Nacht, Finn. Fahr vorsichtig.« Susannah schloss die Tür und lehnte sich dagegen. Mit einem Seufzer der Erleichterung oder vielleicht auch nur der Frustration machte sich auf den Weg in die Küche. Bevor sie wieder zum Film zurückkehrte, sollte sie sich besser etwas aus dem Kühlschrank nehmen, denn auf eine Standpauke von Finn am nächsten Morgen hatte sie keine Lust.

Trotz der weichen Sohlen hallten ihre Schritte ein wenig. Es war nur ein leises Geräusch, aber es erinnerte Susannah daran, wie allein sie in diesen alten Gemäuern war. Vielleicht war es an der Zeit, dass sie sich neben den Hunden, die sie auf dem Gnadenhof beherbergen würde, nach einem eigenen umsah. Ein freundlicher Kerl wie Waffles könnte genau das Richtige für sie sein.

Was absolut keine Entschuldigung dafür war, dass Tess' Gesicht schon wieder ungebeten in ihren Gedanken auftauchte. Susannah suchte sich etwas Aufschnitt und Käse für ein improvisiertes Picknick zusammen, das sie mit nach unten nahm. Dann sah sie den Film zu Ende und ging anschließend wieder an die Arbeit, obwohl sie Finn versprochen hatte, es nicht zu tun. Aber irgendwann musste ja alles fertig werden.

Susannah wurde durch ein leichtes Rütteln an der Schulter geweckt, öffnete die Augen und sah graues Licht durch halb geöffnete Vorhänge dringen. Sie lag mit dem Gesicht nach unten auf ihrem Schreibtisch, wobei das eine oder andere Formular an ihrer Wange klebte, dank der charmanten Tatsache, dass sie im Schlaf ein wenig gesabbert hatte.

»Au! Herrgott!« Sich aufzurichten war der erste Fehler. Ihre Knochen und Muskeln hatten sich daran gewöhnt, in einem Neunzig-Grad-Winkel auf ihrem Stuhl zu schlafen, und sie in eine menschlichere Position zu bringen, tat wirklich weh.

Die Hand auf ihrer Schulter wurde schnell zurückgezogen, während Susannah sich schmerzvoll reckte und streckte und dabei heftig gähnte. »Du bist am Schreibtisch eingeschlafen«, sagte Finn, als sei das nicht offensichtlich. »Soviel dazu, ob es klug war, dich alleinzulassen.«

Wie immer klang siene Stimme beruhigend mit dem schottisch gerollten R, das jede Schärfe milderte.

Nur der leichte Unterton, als würde sier versuchen, einen Verrückten davon abzubringen, von der Brücke zu springen, behagte ihr nicht ganz.

»Geh dich mal frisch machen«, fuhr Finn fort und berührte sie leicht am Ellenbogen. »Einer deiner Anwälte kommt nachher, um mit dir über deine Möglichkeiten wegen der Verleumdung zu sprechen, und dafür solltest du etwas besser aussehen.

Susannah schaute auf ihre zerknitterte Bluse und fuhr sich mit der Hand über die Wange, nur um darauf verschmierte Wimperntusche und etwas, das wohl Krümel von ihrem kleinen Festmahl waren, zu entdecken.

Ihre Zunge fühlte sich an, als habe jemand sie über Nacht mit Teppichboden belegt, und das dumpfe Pochen hinter ihrer Stirn und den Schläfen legte nahe, dass sie beim Abendessen nicht bei einem Glas Wein geblieben war. Allein zu trinken war nicht gerade eine tolle Angewohnheit, die sie beibehalten sollte.

»Ich bin dann mal unter der Dusche«, antwortete Susannah. »Wenn du ein Frühstück mit einer großen Kanne Tee zaubern könntest, ist ein Bonus für dich drin.«

»Dein Ersatzkoch legt gleich los. Specksandwiches und ein großer Becher feinster Yorkshire Schwarztee stehen in zwanzig Minuten unten für dich bereit.«

»Du rettest mir das Leben.«

Susannah duschte und zog sich in Rekordzeit an und beschloss dann, sich erst nach dem erholsamen Essen und Trinken zu schminken. Mit einer Tablette Paracetamol in der Hosentasche folgte sie dem Geruch von brutzelndem Speck und den Geräuschen einer richtig genutzten Küche.

»Hey!« Obwohl es in ihrem Kopf immer noch hämmerte, begrüßte Susannah Finn so herzlich wie möglich. »Verdammt, riecht der Speck gut.«

»Weißt du, ich koche sehr gerne«, sagte Finn. »Vielleicht könnte ich einen Teil des Caterings übernehmen, anstatt Joan dazu zu überreden.«

»Als ob du nicht sowieso schon überarbeitet wärst. Du tust mehr als genug. Ohne dich wäre ich verloren.«

»Okay, ich habe einige Kandidaten für die Position des persönlichen Küchenchefs im Auge, die ich überprüfen werde, damit du die Besten treffen kannst.«

»Danke, Finn.« Susannah schenkte sich Tee aus der Kanne ein, die dampfend in der Mitte des Tisches stand. »Ich weiß, seit nur noch ich da bin, gab es nicht besonders viele herausfordernde Events. Es hat einfach eine Weile gedauert, alles wieder in Ordnung zu bringen. Aber du machst das großartig. Hast du versucht, Francine zu erreichen und sie gefragt, ob sie zurückkommt?«

»Mmh.« Finn hatte definitiv etwas zu verbergen.

»Oh, komm schon, sag es mir.«

»Francine hat ein anderes Angebot bekommen«, sagte Finn, wendete den Speck noch einmal und nahm ihn vom Herd. »Und sie hat es angenommen. Sie hat bereits dort angefangen.«

»Ach ja? Also, wenn es hier um Geld geht ...« Susannah wäre ein vertrautes Gesicht lieber gewesen, jemand, der bereits wußte, was ihr zusagte. Eine neue Person einzuarbeiten, klang einfach anstrengend. »Ich weiß, Jimmy war derjenige, der sie eingestellt hat, und wir haben uns mehr unterhalten, als er noch lebte, aber das wird sich jetzt alles ändern. Sie könnte ein kleines Café für die Feriengäste betreiben.«

»Ich bin mir nicht so sicher, ob das funktionieren würde.« Finn servierte ihr zwei perfekte Bacon-Sandwiches, und Susannahs Magen knurrte erwartungsfroh. »Ihre Loyalität hat sich nämlich anscheinend sehr verändert.«

»Damit willst du doch nicht sagen ...?«

»Doch, ich fürchte, ihre neue Arbeitgeberin ist Robin. Es hätte auch nichts genutzt, wenn du Francine mehr Geld angeboten hättest. Sie scheint sich die Fantasie zu eigen gemacht zu haben, dass Robin die rechtmäßige Erbin von Midsummer ist. O Gott, das klingt alles schon wieder so nach Shakespeare.«

»Warum ist diese Frau nur so besessen davon, mir alles wegzunehmen?« Susannah stöhnte die Frage mehr, als sie auszusprechen. »Es war schlimm genug, dass sie Jonathan unter ihre Fittiche genommen hat, nachdem er hier gekündigt hatte. Was kommt als Nächstes? Werde ich zu den Ställen gehen und sie auf Billie Jean reiten sehen?«

Sie sah die Sandwiches an, nicht bereit, sich durch den erneuten Verrat den Appetit verderben zu lassen. Keine Chance, sie wollte sie immer noch verschlingen. »Nein, wir werden nicht versuchen, Francine zurückzuholen. Wir finden jemand noch Besseren. Wenn du Jonathan das nächste Mal triffst, sag ihm, dass das besser das letzte Mal war, dass Robin mein Personal abgeworben hat. Meine Anwälte arbeiten bereits daran, sie zu vernichten, also sollte sie wirklich nicht so weitermachen.«

»Wenn du es sagst.« Finn tat sein Bestes, bei dieser Aussicht zuversichtlich zu wirken.

Susannahs Anrufe entgegenzunehmen, besonders die ihrer rachsüchtigen Verwandten, war bestimmt keine leichte Aufgabe. Vielleicht war es wieder einmal an der Zeit, sich mit einer Gehaltserhöhung zu befassen. »Ja, das sage ich.«

Nur um zu zeigen, dass sie sich in ihrem eigenen Haus nicht entmutigen lassen würde, biss Susannah herzhaft in ihr Sandwich.

»Jetzt lass dich von mir nicht weiter aufhalten. Du hast sicher eine Menge zu tun und eigentlich keine Zeit, dich um mich zu kümmern. Aber ich weiß das Frühstück sehr zu schätzen.«

Während Finn davonhuschte, um die Aufgabenliste in Angriff zu nehmen, nippte Susannah an ihrem Tee. Wie konnte die gute alte Francine ernsthaft zu Robin überlaufen? Warum sah keiner der Mitarbeiter Susannah als rechtmäßige

Erbin an? Robin lebte seit zwanzig Jahren nicht mehr auf Midsummer, obgleich die meisten der ursprünglichen Mitarbeiter damals schon dort gewesen waren. Hatten die Angestellten Susannah und Jimmys Arrangement, andere Menschen ihres bevorzugten Geschlechts zu treffen, wirklich gekannt und missbilligt? Sicherlich wären sie in diesem Fall bereits gegangen, solange Jimmy noch am Leben gewesen war.

Damit blieben zwei gleichermaßen unattraktive Möglichkeiten: Entweder hatte Robin ihnen allen etwas dafür versprochen. Oder sie mochten Susannah einfach nicht und fanden sie so unangenehm oder ungerecht, dass es sich sogar lohnte, ihren Arbeitsplatz zu verlassen. Das war definitiv die schlimmere Möglichkeit, aber zumindest fühlte sie sich etwas unwahrscheinlicher an als die erste. Wer konnte schon wissen, was für Lügen herumgingen, besonders jetzt, da die angedeuteten Verleumdungen es sogar in die Zeitungen geschafft hatten.

Bei der nächsten Gelegenheit wollte Susannah es Robin so richtig heimzahlen. Dieser Artikel hatte die Grenze überschritten, sodass jetzt nichts mehr verboten war, wenn es darum ging, sich zu wehren.

Sie hoffte nur, dass sie nicht so weit gehen musste.

Kapitel 9

»Du!«, rief Margo, als sie in den Pub kam, um sich zu Tess an einen Ecktisch zu setzen. »Warum versteckst du dich hier drin?«

»Ich bin für heute fertig. Mein letzter Termin war vor einer halben Stunde zu Ende. Beobachtest du mich oder so was?«

»Nein, ich wollte dir nur einen extradicken Kuss geben!« Und genau das tat Margo, indem sie Tess einen Schmatzer auf die Wange drückte. »Ich weiss nicht, was du neulich mit dem Pferd gemacht hast, aber ein gewisser Jemand hat seine Meinung geändert!«

»Wie bitte?« Vorsichtig, um den Bierdeckel zu treffen, stellte Tess ihr halb leeres Glas zurück auf den Tisch. »Wer hat was gemacht?«

»Karlson. Die Erbin von Midsummer. Sie hat vor etwa zehn Minuten angerufen und uns gebeten, den Vertrag zu schicken. Sie will uns doch als ihren Haupttierarzt.«

Tess lehnte sich gegen die gepolsterte Bank und atmete vor Überraschung laut aus. »Hat sie das wirklich gemacht?«

»Schau dir mein Gesicht an!« Margo zeigte auf ihr strahlendes Lächeln. »Hat sie wirklich! Ich dachte, ihr Pferd hätte nur eine Verstauchung.«

»Na ja, ja. Ich habe das einfach erledigt. Du weißt doch, bevor ich in London in die Haustierbehandlung hineingerutscht bin, war ich ursprünglich Pferdespezialistin. Anscheinend bin ich doch nicht der inkompetente Trottel, für den Lady Karlson mich an meinem ersten Tag gehalten hat.«

»Oder vielleicht hast du auch mit ihr geflirtet?« Margo winkte Adam zu, der ihnen eine weitere Runde Getränke brachte. »Wäre nicht das erste Mal, Tess. Du hast doch wirklich Übung darin, die Damen um den Finger zu wickeln.«

Tess nahm einen selbstgefälligen kleinen Schluck aus ihrem Glas. »Das würde ich nicht so sagen. Und ich bin sicher, es gibt niemanden, der sich weniger für mich interessiert, als Lady Karlson. Ich würde mich total blamieren.«

Bei der Erwähnung des Namens ihrer Vorgesetzten warf Babs ihnen von hinter der Theke einen misstrauischen Blick zu.

Tess bemerkte, dass ihre Unterhaltung etwas laut geworden war, und es schien, dass die Leute in dieser Gegend loyal waren. Umso erstaunlicher, da die meisten Menschen gegenüber dem Landadel zu einer Ab-mit-ihren-Köpfen-Einstellung neigten. Grinsend lenkte Tess das Gespräch wieder auf die Einzelheiten und machte währenddessen gute Fortschritte mit ihrem Bier. »Der Auftrag geht also komplett an uns?«

»Sieht so aus.« Adam lockerte seine Krawatte, dann nippte er an seiner Bierflasche. »Verdammt gute Arbeit, T. Sicher willst du unsere Zustimmung für die Auf-Abruf-Stellung, oder?«

»Wie? Stellung?« Tess versuchte zu verhindern, dass ihr Hirn unangebrachte Pfade einschlug. »Oh, du meinst, ich soll die Kontaktperson oben auf dem Anwesen werden?«

»Du brauchst nicht die ganze Zeit dort zu sein – dafür hat sie noch nicht genug Arbeit«, antwortete Margo. »Aber es wird von dir erwartet, dass du fast jede Woche vorbeikommst. Meinst du, du wirst mit ihr fertig?«

»Aber natürlich!«, sagte Tess. »Ich meine die Pferde. Ich werde mit den Pferden fertig. Und gerettete Hunde wird es dort später auch geben. Ich habe eine kurze Führung bekommen, als ich oben war und Billie Jean untersucht habe.«

Margo lehnte sich zu ihr, um Tess einen Klaps auf den Arm zu geben. »Das hast du uns aber schön verschwiegen! Na, egal, was du auch gemacht hast, das Ergebnis ist jedenfalls erstaunlich. Das bringt uns auf eine ganz andere Ebene und bedeutet, dass ich mir ein paar Monate freinehmen kann, um dieses Baby zu bekommen, ohne mir Sorgen machen zu müssen, wie wir die Rechnungen bezahlen sollen. Ich wusste, du würdest dich so oder so für mich einsetzen, Tess.«

»Irgendwie habe ich mich auch für mich selbst eingesetzt«, erklärte Tess. »Ich habe alles, was ich besitze, in die Praxis gesteckt. Jetzt bin ich einfach froh, dass es klappt. Aber Lady Karlson ist schwierig. Ich denke, wir sollten uns nicht zu sehr in Sicherheit wiegen. Sie könnte uns nächste Woche feuern, weil wir den Pferden keine Schleifen in die Mähne geflochten haben.«

»Wenn man vom Teufel spricht.« Adam nickte in Richtung der Bar.

Tatsächlich war Susannah gerade gekommen. Sie unterhielt sich mit Babs und dem jungen schlaksigen Kerl, der an den meisten Abenden im Pub aushalf. Sie wirkte viel entspannter als bei ihrer letzten Begegnung und trug anstatt der Reitkleidung ein schickes schwarzes Kostüm, das ebenso gut zu einer Anwältin oder Bankkauffrau gepasst hätte.

»Sie ist sicher nicht wegen uns hier, wenn ihr gerade erst telefoniert habt.« Tess überlegte, ob sie an die Bar gehen und sich noch einen Drink holen sollte. Sie wollte nicht, dass es so aussah, als hätte Susannahs Anwesenheit sie magisch angezogen. Aber wäre das eigentlich so schlimm?

Die Frau hatte etwas Interessantes an sich, das ließ sich nicht leugnen. Irgendetwas an ihr beflügelte immer wieder Tess' Fantasie. Doch sie war nicht sicher, ob es die flüchtigen Blicke auf den Menschen waren, den sie hinter dem hochtrabenden Titel sah, oder die Art, wie sich Susannah in der Sorge um ihr geliebtes Pferd zu verwandeln schien. Was es auch war, Tess wusste inzwischen, dass in Susannah mehr vor sich ging, als ihre oberflächlichen ersten Eindrücke hatten vermuten lassen.

Außerdem hieß das noch lange nicht, dass sie Freunde werden würden. Schließlich war Susannah Karlson eine waschechte Lady und Landbesitzerin, die einer Gesellschaftsschicht weit über Tess angehörte. Für Tierärzte aus der Arbeiterklasse, die möglicherweise auch noch der Meinung waren, dass die Aristokratie abgeschafft werden sollte, außer wenn es darum ging, ihre Pferde zu behandeln und ihre geretteten Hunden zu kastrieren, war sie nicht zu haben.

Da kam plötzlich Dave in den Pub geschlendert und lächelte jemanden an, von dem Tess annahm, es sei Finn. Beide kamen schnurstracks auf ihren Tisch zu.

»Hallo Finn«, sagte Adam mit einem einladenden Lächeln und bestätigte damit Tess' Vermutung. »Dich habe ich ja seit Ewigkeiten nicht mehr gesehen. Nicht, seit ich das letzte Mal bei Daves Mutterschafen war. Kennst du schon unsere neue Kollegin Tess?«

»Ich habe von ihr gehört.« Finn schenkte Tess ein mitfühlendes Lächeln, das besagte, dass wahrscheinlich nicht alles davon positiv gewesen war. »Auf jeden Fall, dass Ihnen meine Küche gefällt.«

»Sie ist toll!«, antwortete Tess. »Ist das der Papierkram, den Sie von uns brauchen?«

»Ja, hier ist der neue Vertrag.« Finn schob ihn über den Tisch.

»Vielen Dank. Wie geht es den Schafen, Dave?«, fragte Adam. »Tess war neulich bei dir, nicht wahr?«

»Alles in Ordnung«, antwortete Dave und warf Tess einen dankbaren Blick zu. »Ich habe gehört, dem Pferd geht es auch besser. Gut, dass Sie da waren.«

Tess zuckte die Achseln. »Ich gehe nur dorthin, wo ich gebraucht werde. Danke für die Hilfe mit Billie Jean. Schön, Sie kennenzulernen, Finn. Ich bin froh, dass

Sie mich nicht wegen der Stute zurückrufen mussten. Sie hat wohl gut auf die Behandlung angesprochen?«

»Ja, und Susannah scheint glücklich zu sein«, antwortete Finn. »Das ist diese Woche schon ein kleines Wunder. Ich schätze, deshalb habt ihr den Job bekommen. Habt ihr alle noch genug zu trinken?«

Adam und Margo nickten, da ihre Gläser noch fast voll waren.

Tess dagegen wusste nicht, ob sie das Angebot annehmen sollte. Warum waren all diese sozialen Dinge so verdammt schwierig? Sie hob ihr fast leeres Glas. »Ich hatte gerade ein Bitter, also –«

»Ich mach das«, sagte Susannah, die von der Bar zu ihnen herüberkam. »Wie ich sehe, ist die ganze Praxis in Bezug auf die Entwicklungen also auf dem neuesten Stand?«

»Sind wir, ja«, antwortete Margo. »Und danke, dass Sie es sich noch einmal überlegt haben. Wir werden Sie nicht enttäuschen.«

»Also, wer wird meine Anlaufstelle?«

»So nennen Sie das also?«, konnte Tess nicht umhin zu antworten.

»Nun, die Abmachung ist ja, dass ich einen Ansprechpartner bekomme. Einen Spezialisten, für den meine Tiere und ich Tag und Nacht an erster Stelle stehen. Wer ist der glückliche Gewinner? Elliot, Elliot oder Robinson?« Susannah drehte sich um und winkte Babs zu, die ihr ein frisch eingeschenktes Glas ihres besten Bieres überreichte.

Sie stellte es vor Tess, wodurch diese einen Blick auf Susannahs blutrote Seidenbluse werfen konnte, die aus diesem Blickwinkel einen interessanten Einblick bot.

In der Hoffnung, dass es so aussah, als habe Susannahs elegante Halskette ihre Aufmerksamkeit geweckt, konzentrierte sich Tess anschließend einen Moment lang darauf.

Doch als Susannah sich wieder aufrichtete, verriet ihr Grinsen, dass sie den kleinen Trick durchschaut hatte.

»Das haben wir gerade besprochen«, antwortete Adam für Tess. »Und da sie bereits eine Beziehung zu Bobby –«

»Billie Jean«, verbesserten Tess und Susannah ihn wie aus einem Mund.

»Richtig, da haben wirs. Also, ja, Sie bekommen Dr. Robinson. Jetzt, da Sie selbst gesehen haben, wie hervorragend sie ist, wissen Sie sicher, dass Sie in guten Händen sind.«

Tess nahm den ersten Schluck von ihrem frischen Bier und spürte, wie sie rot wurde.

»Ja, das glaube ich auch«, antwortete Susannah. »Trotzdem kann Finn jetzt noch den Vertrag mit Ihnen durchgehen, bevor sier Feierabend macht. Ich dagegen muss noch woanders hin.«

»Ja, klar.« Finn nahm sofort Platz, als Susannah den Pub verließ, während Dave losging, um ihre Getränke zu bestellen. »Seid ihr alle bereit, euch zu langweilen? Euer Anwalt muss das alles sowieso noch einmal mit euch besprechen.«

»Wir haben Zeit«, sagte Margo. »Gehen wir es durch.«

∽∾∾∽

Vor lauter Aufregung um den frisch an Land gezogenen Auftrag vergaß Tess ihr neues Haus, bis der Immobilienmakler anrief und fragte, wann sie die Schlüssel abholen würde. Endlich eine Chance, richtig auszupacken und sich einzuleben.

Auch das letzte bisschen Angst, dass die Annäherung an ihre Heimat in ihr eine blinde Panik auslösen würde, schien jetzt völlig verflogen. Hayleith fühlte sich sowohl vertraut als auch fremd genug an, um für Tess genau der richtige Ort zur richtigen Zeit zu sein.

In einer so kleinen Stadt standen nicht viele Objekte zur Auswahl, deshalb war sie froh, dass ihr Haus sich in einer ruhigen Gasse hinter dem Pub befand, gerade weit genug davon entfernt, dass kein Lärm aus dem Biergarten sie in ruhigen Nächten stören würde.

Nachdem Tess die Schlüssel abgeholt hatte, ging sie gemeinsam mit Margo zu ihrem neuen Domizil. Beim ersten Mal nicht allein in das Haus hineingehen zu wollen, mochte zwar albern sein, aber der zuverlässigste Maßstab auf der Welt war Margos unbändige Neugier. Einige hätten diese Eigenschaft als aufdringlich bezeichnet, aber für so etwas war Tess eine viel zu gute Freundin.

»Wow!«, rief Margo aus, während sie sich in den beeindruckenden Räumen umsah.

»Hier ist es schöner, als ich dachte«, sagte Tess. Die Wände waren nackt und weiß, die Decken hoch und die Fenster ließen sehr viel Licht herein. In so einem Haus könnte man malen. Schade nur, dass Tess die künstlerischen Fähigkeiten eines betrunkenen Pelikans hatte. »Schließlich weiß man nie, was einen erwartet, egal, wie viele Bilder auf der Webseite sind.«

»Ich war sicher, dass es nicht allzu schlimm sein würde. Der letzte Mieter, den ich kannte, war eine junge Familie. Dass das Haus jetzt frei wurde, ist ein tolles Timing. Obwohl du natürlich bei uns willkommen bist, solange du möchtest.«

»Nein, nein«, winkte Tess ab, während sie zur Küche hinübergingen. Sie war eine ganz gute Köchin, und hier hatte sie tatsächlich genug Bewegungsfreiheit, was ein Pluspunkt war. »Ich weiß, dass du darauf brennst, bei dir zu Hause das Kinderzimmer einzurichten, und mein Zimmer ist die naheliegende Wahl.«

Damit hatte sie Margo ertappt und ihre Freundin wurde rot. »Aber bis dahin sind es ja noch ein paar Monate …«

»Es wird Zeit, dass ich mein eigenes Reich habe. Ich bin von zu Hause zuerst in ein Studentenwohnheim, dann in WGs, in eine Wohnung mit meiner Freundin und schließlich zu Caroline gezogen. Ich glaube nicht, dass ich jemals länger als eine Woche ein Haus für mich allein hatte.«

»Dann hoffe ich, dass du hier sehr glücklich sein wirst. Es gibt zwei Schlafzimmer, richtig?«

»Ja, eins für mich und eins für Waffles. Wenigstens hier akzeptieren die Vermieter Haustiere.«

Margo konnte sich nicht beherrschen und war schon auf der Treppe. Tess folgte ihr, froh, dass die Stufen nicht knarrten. Ein kurzer Blick ins Badezimmer und das kleinere Schlafzimmer bestätigte, dass alles in Ordnung war, und sie ging zu Margo ins Hauptschlafzimmer.

Der Raum nahm die Hälfte des obersten Stockwerks ein und eine Wand bestand komplett aus Fenstern. Ganz angetan davon drehte sich Tess einmal um die eigene Achse.

»Und das ist also dein Liebesnest, hm?«, sagte Margo. »Tut mir leid, ist es komisch, wenn ich dich damit aufziehe nach der ganzen … du weißt schon … Uni-Sache? Ich sehe das alles total locker, ich schwör's.«

»Ehrlich, Margo, ich denke gar nicht mehr an … du weißt schon. Es ist eine alte Geschichte, und wir beide haben doch jetzt ein ziemlich gutes Leben.«

Es war schon eine Weile her, dass Margo zuletzt ihren unglückseligen One-Night-Stand im letzten Uni-Jahr erwähnt hatte. Tess hatte nie gefragt, ob Adam davon wusste und ob das der Grund für seine unlustigen Witze über Dreier war. Das ging sie nichts an und war für ihre jetzige Situation nicht von Bedeutung.

»Du bist so eine gute Freundin«, sagte Margo, und sie wurde tatsächlich ein bisschen weinerlich. In all den Jahren, die Tess sie kannte, hatte sie genau dreimal geweint, sodass Tess einen Moment lang nicht wusste, was sie tun sollte.

»Scheiß Hormone, tut mir leid«, sagte Margo dann.

Tess umarmte sie kurz. «Keine Sorge, das sind nur deine Mama-Superkräfte, die zu wirken anfangen.«

»Ich weiß, ich weiß. Übrigens: Wem gehört die Bude eigentlich? Jemandem, der hier gewohnt hat und weggezogen ist?«

Tess schaute ihre E-Mails durch, um zu sehen, ob der Besitzer irgendwo erwähnt wurde. Sie stand am Fenster und blickte auf den ruhigen Innenhof, den sie mit drei anderen Stadthäusern wie ihrem teilte, den dazwischen fließenden kleinen Bach und den Biergarten des Pubs. Nie hätte sie für möglich gehalten, dass ihr dieser Name eines Tages gefallen würde: The Spiky Thistle. Wo war sie gerade? Ach ja: E-Mails über das Haus.

»Der Makler hat alles unterschrieben.« Tess war bei der E-Mail mit der Kopie ihres Mietvertrags angelangt. «Warte, hier muss doch irgendwo der Name des Eigentümers sein.«

Und tatsächlich stand direkt über Tess' Namen und der als Makler fungierenden Firma der Name der einen Person, die sie unter diesen Umständen hätte erwarten müssen. Tess stöhnte auf.

»Was?«, fragte Margo. »O nein. Es ist doch nicht –?«

»Du hast es erfasst«, sagte Tess. »Unsere wichtigste Kundin ist auch meine Vermieterin. Warum genau bin ich wieder hierhergezogen? So was würde in London nicht passieren.«

»Es wird schon gut gehen. Du hast einen Vertrag, also hast du auch Rechte. Und Gräfin Koks scheint dir gegenüber mittlerweile fast tolerant zu sein. Das muss doch etwas zählen, oder?«

»Hoffentlich«, erwiderte Tess. »Komm schon, wir sollten wieder an die Arbeit gehen.«

Kapitel 10

Joan kam früh, was ihr gar nicht ähnlichsah, und brachte das köstlichste Essen, das Susannah je außerhalb eines Fünf-Sterne-Restaurants gesehen hatte. Bevor sie etwas sagen konnte, war es schon in den riesigen Kühlschrank geräumt, und an der Tür klebte eine Liste mit Anweisungen für später.

»Hey Boss?«

Susannah erstarrte, als sie Babs von der Küchentür aus rufen hörte.

»Oh«, sagte Joan scharf, als Babs mit einer Holzkiste voller leise klirrender Flaschen in Händen rückwärts in den Raum kam. »Du bist es …«

Susannah hatte das Gefühl, froh sein zu können, dass ihre Getränkebestellung nicht aus Rache auf dem Boden gelandet war. Niemand brauchte so früh am Tag schon zerbrochenes Glas. Babs hätte den Wein eigentlich erst in mehr als einer Stunde liefern sollen. Es musste so wirken, als wollte sich Susannah in Babs und Joans Streitigkeiten einmischen. »Alles in Ordnung hier?«, fragte sie. »Die Termine überschneiden sich wohl ein wenig, aber wir sind doch alle Profis, oder?«

»Morgen!«, rief Jonathan und trat durch die Seitentür ein, als würde er immer noch auf Midsummer arbeiten. Toll, er war der allerletzte Mensch, den Susannah gerade gebrauchen konnte. War er hier, um zu spionieren? Oder um noch mehr unangenehme Nachrichten zu überbringen? Susannah musste sich auf die Zunge beißen, um ihn nicht anzubrüllen. In seiner Karohose in gedeckten Farben und der passenden Weste über einem schwarzen Hemd sah er sowohl modisch als auch spießig aus. »Ich wollte nur kurz über heute sprechen.«

»Okay, ich habe dir alles dagelassen, was du brauchst«, wandte sich Joan an Susannah und schob die letzten Teller in den Kühlschrank. »Es braucht nur jemanden, der einen Ofen bedienen und mit den Warmhalteplatten umgehen kann. Steht alles in der Anleitung.«

»Wollen wir jetzt gleich abrechnen?«, fragte Susannah. Schnell schickte sie eine kurze SMS ab, in der sie Finn unter anderem zur Kontrolle der Menge aufforderte.

»Danke, aber das hat keine Eile«, antwortete Joan. »Ich schicke dir die Rechnung.«

»Du hast also aus dem Café ein Bistro mit Michelin-Sternen gemacht?«, fragte Babs, während sie die Flaschen viel langsamer als nötig auspackte.

»Und was geht dich das an?« Joan bewegte sich auf die Tür zu, doch das brachte sie auf Kollisionskurs mit Jonathan.

»Lassen Sie uns bitte zivilisiert bleiben, meine Damen«, sagte Jonathan mit einem tiefen Seufzer. »Niemand will eine Wiederholung der Halloween-Party, oder?«

»Du hast dir wohl zusammen mit diesem Haarschnitt hellseherische Fähigkeiten angeeignet?«, fragte Joan.

Das war genug, um Babs aus der Haut fahren zu lassen. In Leopardenbluse und schwarzem Rock marschierte sie quer durch die Küche, um sich zwischen Jonathan und Joan zu stellen.

»So kannst du nicht mit ihm reden!«

»Ich rede verdammt noch mal mit diesem Jungen, wie es mir passt!«, keifte Joan. »Schließlich hat er Susannah und mich verlassen, um für Robin Karlson zu arbeiten!«

»Und dazu hatte er jedes Recht!«, schrie Babs. »Für jemanden, der anderen ständig vorschreiben will, wie sie ihre Geschäfte zu führen haben, bist du ganz schön unflexibel, was Störungen in deiner eigenen kleinen Welt angeht!«

»Wirklich, es ist alles in Ordnung«, versuchte Susannah sich einzumischen, war es aber schon gewohnt, dass sie einfach ignoriert wurde, wenn diese beiden Wege sich kreuzten.

»Zufällig glaube ich an Loyalität«, fuhr Joan fort und richtete sich in ihrem weich fließenden blauen Maxikleid zu ihrer vollen Größe auf. »Jonathan ist bestimmt mal wieder hier, um Ärger zu machen, stimmt's, Freundchen?«

»Nein«, antwortete Jonathan. »Ich wollte nur erwähnen, dass Sie heute eine vegane Option für Mr Javit brauchen werden. Oh, und er bringt Robin als seinen Gast mit. Sie hatten ja allen erlaubt, zur Präsentation mit einer Begleitung zu erscheinen.«

Da kam Finn und Susannah sah ihre Chance zur Flucht gekommen. Während sie fluchend nach oben huschte, um sich umzuziehen, fühlte sie sich ein bisschen schuldig, weil sie Finn mit dem Bürgerkrieg in ihrer Küche alleingelassen hatte.

Wenn Robin Susannah heute aus der Fassung bringen wollte, musste sie sich etwas Besseres einfallen lassen, als bei den Kanapees und dem Smalltalk zu stören.

Der Smalltalk war vielleicht der qualvollste Teil des Ganzen, schlimmer noch als die Tatsache, dass Susannahs neue High Heels an den Zehen furchtbar drückten. Susannah sorgte dafür, dass alle Gläser gefüllt wurden und die Jugendlichen aus dem Dorf Tabletts mit Kanapees herumreichten, ohne jemanden zu beleidigen. Sie wusste nicht mehr genau, wie die beiden hießen, aber Finn behielt den Überblick über all das.

»Das ist ein wunderbarer Rotwein«, sagte Mr Johnson und holte Susannah damit in die Wirklichkeit zurück. »Sie verwöhnen uns heute wirklich.«

»Ach ja? Nun, wenn ich wichtige Gäste habe, bemühe ich gerne meine besten Köche und Sommeliers.« Susannah hörte sich selbst zu und war froh, nicht würgen zu müssen.

»Es ist mir wirklich ein Vergnügen, Lady Karlson. Ich habe Großartiges über Ihre Veranstaltungen hier auf Midsummer gehört. Ich, für meinen Teil, freue mich sehr, dass ich auf Ihrer Gästeliste stehe.«

Susannah schenkte ihm ein ermutigendes Lächeln. »Es war überfällig, ich weiß. Seit Jimmys Tod war mir die meiste Zeit des Jahres nicht sehr nach feiern zumute. Aber er wäre der Erste, der mir sagen würde, ich solle mich zusammenreißen und die Dinge hier in Angriff nehmen.« Bei der kleinen Lüge, dass ihre eigene Vision für Midsummer auch Jimmys gewesen sei, war ihr immer noch äußerst unwohl. »Und ich dachte, wem könnte man das Potenzial meines Anwesens besser zeigen? Bei diesen Plänen geht es nur um die Gemeinschaft.«

»Gemeinschaft?«, unterbrach sie Stadtrat Javit sofort. »Welcher Teil der Gemeinschaft wird Hunderte von Pfund für die Vermietung von Ferienhütten für Junggesellenwochenenden ausgeben, die am Ende das halbe Dorf in Schutt und Asche legen?«

»Ach du liebe Zeit. Da hat man Sie anscheinend falsch informiert, Stadtrat«, antwortete Susannah, und hätte dabei beinahe mit den Zähnen geknirscht. »Hatten Sie schon Gelegenheit, sich die Broschüre anzusehen?« Auf jeder freien Fläche lag ein kleiner Stapel davon. Keine Entschuldigung dafür, die Hausaufgaben nicht zu machen.

»Nein, aber ich habe meine Quellen«, sagte Stadtrat Javit. »Verzeihen Sie, wenn ich dem Wort eines lieben Freundes mehr vertraue als dem von jemandem, der neu in der Stadt ist.«

»Neu? Ich lebe seit fast zehn Jahren hier!« Susannah spürte, wie der Ärger in ihr aufstieg und versuchte, die Kontrolle darüber zurückzugewinnen. »Trotzdem, etwas frischer Wind kann nur gut für die örtliche Wirtschaft sein.«

»Und wo hast du gleich noch mal Wirtschaftswissenschaften studiert?« Robin glitt in die kleine Besuchergruppe, als habe sie Räder unter ihren schlichten braunen Schuhen. Jonathan klebte wie immer förmlich an ihr. »Ich für meinen Teil war ja am St. Andrew's-College, wie du weißt. Wie sagt man so schön, wenn es gut genug für das Königshaus ist, muss es wohl eine anständige Universität sein.«

Zu ihrer Begrüßung gab es höfliches Lachen, Händeschütteln und Luftküsse, was Susannah daran hinderte, die blöde Ziege an ihrem strengen Dutt aus der Gesprächsrunde zu reißen. Das Ding würde sich mit der Zeit wahrscheinlich sowieso lösen, da es so leblos wie alles andere an ihr war.

»Robin! Ich habe gehört, dass du als Gast von Mr Javit gekommen bist«, sagte Susannah und kniff die Augen zusammen. »Ich dachte, du wärst viel zu beschäftigt für eine kleine Veranstaltung wie diese, sonst hätte ich dich direkt angerufen.«

»Ich bin, wie Sie alle wissen, sehr interessiert an der Zukunft von Midsummer. Bei so vielen Dingen hier bin auch ich ein Teil seiner Vergangenheit und seiner Gegenwart, wenn man mich lässt. Mein Bruder war ein guter Mensch, und er hat immer großen Wert auf die Fortführung der wunderbaren Traditionen unserer Familie gelegt. Schon bevor er Mitglied des Oberhauses wurde, hat James sehr viel Arbeit in diesen Ort gesteckt.«

»Wir vermissen Lord Karlson sehr, Robin«, antwortete Mr Johnson. »Obwohl er immer sagte, dass seine liebe Frau ebenfalls viel zur Verwaltung des Anwesens beiträgt und er ohne sie nicht zurechtkäme.«

Susannah lächelte ihn dankbar an.

»Ja, zweifellos, zweifellos«, antwortete Robin und gab vor, über diese Aussage wirklich nachzudenken. »Aber wie Sie sicher alle wissen, meine Herren, braucht eine gute Ehefrau ganz bestimmte Fähigkeiten. Nicht jede von uns kann andere so führen, wie Männer das können. Ich zum Beispiel wurde dazu erzogen, weil mein verstorbener Vater Großes für sowohl James als auch für mich voraussah.

Dieser ganze James-Unsinn ging Susannah mächtig auf die Nerven. Niemand, noch nicht einmal seine eigene Mutter, hatte ihn jemals anders als Jimmy genannt. Es fühlte sich an, als redeten sie über einen Fremden, und Susannah hasste das. Sie trat näher an ihre Schwägerin heran und packte sie fest am Arm. »Ich glaube, Robin, wenn du dir mit den anderen die Präsentation ansiehst, wirst du sehen, dass ich sehr wohl Führungsqualitäten besitze. Aber da du mir dabei so eine große Hilfe warst, möchte ich dir noch kurz ein paar Fragen stellen. Und zwar unter vier Augen.«

Susannah war erleichtert, dass Robin sich von ihr mitziehen ließ, anstatt eine Szene zu machen. Sie schlüpften in einen der leeren Nebenräume der Eingangshalle, den mit dem ungenutzten Billardtisch. Selbst als Jimmy noch lebte, hatte er sich nur hin und wieder zum Lesen hier aufgehalten und nicht, um ein paar Kugeln mit einem Stock umherzuschubsen.

»Was fällt dir ein, diese Veranstaltung zu stören?«, platzte Susannah heraus, sobald die Tür geschlossen war. »Was soll das, Robin? Was habe ich dir getan? Erst die Sache in den Zeitungen und jetzt sabotierst du mich persönlich? Du könntest wenigstens fair kämpfen, so wie ich auch!«

»Ich kämpfe eben, um zu gewinnen! Du willst doch nur aus diesem schönen Anwesen einen Vergnügungspark machen, so etwas Grelles, Amerikanisches mit Riesenrad und Kriminellen, die auf der Toilette Drogen verkaufen. Das werde ich nicht zulassen!«

»Es wird nur ein paar abgelegene Ferienhäuschen geben, durch die ich einen Gnadenhof für Pferde finanzieren kann. Woher hast du diese verrückten Vorstellungen?«

»Ach, ich weiß doch genau, was du eigentlich planst«, zischte Robin. »Du hattest schon immer vor, Midsummer in etwas zu verwandeln, was James nicht wollte. Sonne, Mond und Sterne mussten so arrangiert werden, dass es Susannah passte. Jede geschäftliche Entscheidung, jeder Zukauf, jeder Verkauf ... Er hat einfach nicht mehr auf mich gehört. Dabei waren wir früher so ein gutes Team!«

»Wir waren eben verheiratet, Robin. Manchmal verändern sich die Dinge dann. Ich weiß aber, dass er deine Meinung immer respektiert hat. Er sagte die ganze Zeit *Robin würde dieses tun* oder *Robin sagt jenes*. Wir haben dich nie ausgeschlossen. Im Gegenteil, Jimmy sagte, dass du froh seist, die ganze Verantwortung los zu sein.«

»Sein Name ist James«, sagte Robin. »Aber geh ruhig da raus und mach dich zum Affen. Zeig ihnen deine vagen Vorhaben und deine idiotischen Pläne. Du weißt, dass du dafür nicht qualifiziert bist. Du bist nur ein bedeutungsloser Titel aus einer Konkursmasse. Ich habe bereits genug Stimmen für die Ablehnung deiner Baugenehmigung gesammelt, also viel Glück, wenn du versuchst, sie umzustimmen.«

»Das werde ich«, antwortete Susannah. »Aber muss ich das wirklich? Können wir uns nicht einfach vertragen, Robin?«

»Nein.« Robin zupfte ihre Jacke zurecht und schob sich an Susannah vorbei, um die Tür zu öffnen. »Er hat bereut, dich geheiratet zu haben, wusstest du das? Das hat er im Krankenhaus gesagt. Mit etwas mehr Wagemut hätte er ganz offen leben können, aber du hast ihm die ganze Mantel- und Degen-Heimlichtuerei eingeredet, um an sein Geld zu kommen.

»Was?« Susannah zuckte zusammen, als hätte Robin sie geschlagen. Die Idee zu ihrer Heirat war nicht von Susannah gekommen und mehr als einmal, wenn ein neuer Liebhaber Jimmy den Kopf verdreht hatte, war sie auf ihn zugegangen und hatte ihm gesagt, dass sie zu einer einvernehmlichen Scheidung bereit sei.

Nie hatte sie auch nur für eine Sekunde geglaubt, dass Jimmy ihr das übel nehmen könnte. Schließlich waren sie sich immer einig gewesen, dass das Führen gleichgeschlechtlicher Beziehungen sie beide ruinieren würde, wenn es außerhalb eingeschränkter und diskreter Affären geschähe. Endlich aus den Krallen ihrer Familie befreit, hatte sie sich so sehr nach Sicherheit und Stabilität gesehnt, dass sie ihren Plan vielleicht nicht genug hinterfragt hatte. Der Gedanke, dass sich Jimmy am Ende eingesperrt gefühlt, dass sie ihn irgendwie zu einem Leben voller Reue gedrängt haben könnte, war der Tropfen, der das Fass zum Überlaufen brachte und sie alle Höflichkeit vergessen ließ.

»Raus! Das ist mein Haus! Mach, dass du verschwindest, bevor ich dich eigenhändig rauswerfe! Ich habe täglich mit widerspenstigen Pferden zu tun, also wäre es eine leichte Übung für mich, dich an den Haaren durch die Eingangshalle zu schleifen, da kannst du dir sicher sein! Raus hier, verdammt noch mal und wag es nicht, noch mal hierherzukommen, sei es allein oder in Begleitung!«

Robin sah zunächst aus, als wolle sie etwas entgegnen, aber irgendetwas an Susannahs wütendem Gesicht gab ihr anscheinend zu denken. Die Tür schlug hinter ihr zu und Susannah stand da und starrte ihr nach.

Bestimmt hatte Robin alles nur erfunden, um sie zu verletzen, oder? Aber sie hatte so sicher, so absolut überzeugt geklungen. Wenn es die Wahrheit war, wollte sie damit rechtfertigen, dass sie verbissen versuchte, Midsummer wieder in ihren Besitz zu bringen? Oder war sie einfach nur so frustriert und verblendet, dass ihr jedes Mittel recht war, Susannah fertigzumachen?

Als Susannah vor der kleinen Versammlung stand, um ihren Vortrag zu halten, hatte sie noch immer keine Antwort darauf gefunden. Ihr Magen zog sich vor Angst zusammen. Anfangs fühlte es sich an, als ob die Grundmauern ihrer Welt und ein Großteil ihres Selbstvertrauens unter ihr zu bröckeln begonnen hätten. Doch dank eines beruhigenden Blicks von Finn fing sich Susannah nach den ersten auf die Leinwand projizierten Bildern wieder und hielt den Vortrag so, wie sie es beabsichtigt hatte. Die Zuhörer reagierten mit höflichem Applaus.

»Ich danke Ihnen, Mr Javit«, sagte sie, als der Stadtrat zu ihr herüberkam und ihr die Hand gab. Aus den Augenwinkeln sah sie Jonathan nach einem Blick auf sein Handy aus dem Raum schleichen, zweifellos hatte Robin ihn zu sich beordert. Sollte er ruhig Bericht erstatten, wie gut alles gelaufen war. »Dürfte ich fragen, wie Sie abzustimmen gedenken, wenn ich meinen Antrag stelle, wenn das nicht zu unhöflich ist?«

»Äh …« Er betrachtete seine Schuhe. »Bitte nehmen Sie es nicht persönlich, Lady Karlson, aber ich muss das wählen, was am besten zu unserer Region passt. Sie verstehen.«

»Ja, das tue ich.« Susannah suchte mit den Augen den Raum ab, sah in den versammelten Gästen aber keine potenziellen Verbündeten mehr. Es schien, als seien sie alle auf Robins Seite. Sie plapperten durcheinander und klopften sich gegenseitig auf die Schulter, während sie Susannahs Wein tranken und Pläne ausheckten, um ihren lang gehegten Geschäftstraum platzen zu lassen. Am liebsten hätte sie laut losgeschrien, aber natürlich wäre das sinnlos gewesen. Susannah kam aus einer Familie, in der die Frauen sich seit Generationen auf die Zunge beißen und Männer überlisten mussten, um ihren Willen durchzusetzen.

Susannah spürte überrascht, dass auf einmal Tränen in ihren Augen brannten. So schnell sie ihre Beine trugen, verließ sie den Raum, behindert nur von den verdammten hohen Absätzen. Da ihr kein anderer Ort einfiel, an dem niemand sie finden würde, ging sie in Richtung der Ställe.

Vielleicht war das das Beste. Menschen konnten einen immer wieder enttäuschen, aber Pferde nicht.

Während sie lief, strömten ihr die Tränen über die Wangen, aber wenigstens war niemand da, der es sehen konnte.

Kapitel 11

Es handelte sich keineswegs um einen offiziellen Besuch und er war auch nicht unbedingt notwendig. Billie Jeans erste Untersuchung hatte ergeben, dass die Verstauchung gut verheilt war, und das hübsche alte Mädchen war von den Pferdepflegern bereits in einem leichten Trab über die Koppel geführt worden.

Tess war nur zufällig in der Gegend. Was nicht schwierig war, zumal sich Midsummer über den Großteil der »Gegend« erstreckte.

Was machte also schon ein fünfzehnminütiger Umweg aus, wenn ohnehin alles eine Autofahrt entfernt war? Man konnte es als besonderen Service für einen neuen Kunden bezeichnen, den man sich auf jeden Fall warmhalten will. Tess setzte eben einfach ihr Versprechen an sich selbst um, ihre Karriere bis zu ihrem maximalen Potenzial voranzutreiben.

Ja. Nicht gerade überzeugend.

Sie war bereits im Stall und bemerkte, dass sich dort nichts regte. Keiner der Mitarbeiter des Gutshofes erschien. Tess seufzte erleichtert auf. Zumindest würde so niemand ihren außerplanmäßigen Besuch infrage stellen.

Auf dem Weg zu Billie Jeans Box rief sie den Namen der Stute. Ihre Gummistiefel knirschten auf dem rauen Zementboden und bei jedem Schritt wirbelte sie ein paar Halme Heu auf. Zwar waren die Ställe in jeder Hinsicht makellos, aber es gab nun mal einfach keine Möglichkeit, das Heu ohne Verlust in die Boxen zu bringen. Wie Glitter lösten sich immer einige Halme und fanden einen Weg in jede Ritze und jeden Spalt.

»Hey, mein Mädchen.« Tess tätschelte die zarte Schnauze des Pferdes. Die Antwort war ein Wiehern. Erst als Tess ihre Tasche auf den Boden stellte, hörte sie das Schniefen. Es kam nicht von einem Pferd. »Du siehst gut aus, Billie Jean. Heute ist es hier sehr ruhig.«

War da was? Nichts. Wer immer das Geräusch gemacht hatte, war jetzt völlig still geworden. Vielleicht vor Angst erstarrt.

»Ich komme jetzt in die Box«, sagte Tess in ihrem »beruhigt das wilde Tier«-Tonfall. »Lass mich mal einen Blick auf dein hübsches Bein werfen.«

Die Stalltür schwang nach außen, die Scharniere waren perfekt geölt, sodass es kaum ein Geräusch gab. Tess zählte bis drei, bevor sie eintrat, Billie Jean schlug mit dem Schweif und ignorierte sie die ganze Zeit.

»Sie haben mich gefunden.«

Tess hätte sich gewünscht, sie wäre überraschter gewesen, Susannah mit dem Kopf in den Händen auf einem Hocker sitzen zu sehen. Heute war sie besonders schick angezogen. Sie trug ein Kleid mit einem dieser winzigen Boleros über dem Oberteil und Schuhe, mit deren Absätzen man jemanden erstechen konnte. Nicht wirklich praktisch, um in den Ställen herumzustolzieren.

»Ich hatte Sie nicht gesucht«, sagte Tess. »Ich bin nur gekommen, um Billie Jean zu untersuchen. Ich kann wieder gehen ...«

»Nein, nein«, Susannah fuhr sich mit der Hand über das Gesicht, wobei Tess ihre kurzen, gepflegten Fingernägel auffielen. »Das Schlimmste haben Sie bereits gesehen, also können wir den unangenehmen Teil auch gleich ganz hinter uns bringen.«

»Bitte entschuldigen Sie die Störung. Ich bin normalerweise nicht der Typ, der einfach so irgendwo hereinplatzt.«

»Außer natürlich, wenn Sie unbefugt fremdes Gelände betreten.«

»Richtig. Abgesehen davon. Und noch einmal: Das war keine Absicht«, antwortete Tess fürs Protokoll. »Das war wohl wieder einer meiner Fehler. Passiert den Besten von uns. Genau wie heimlich zu weinen.«

Susannah grinste. Ihre Wimperntusche war ein wenig verlaufen, was ihr das Aussehen einer tragischen Heldin verlieh. Ihre Haare waren ursprünglich hochgesteckt gewesen, aber inzwischen hatten sich überall blonde Strähnen gelöst. »Kunstvoll zerzaust« stand ihr ärgerlicherweise gut.

»Brauchen Sie bei irgendetwas Hilfe? Falls Sie sich Sorgen um Ihr Pferd gemacht haben, es geht ihm wirklich gut.«

»Woher wollen Sie das wissen? Sie sind doch gerade erst gekommen.« Susannah schlang die Arme um ihren Körper. »Es sei denn, es ging ihr bereits gut, als Sie neulich nach ihr gesehen haben. Was eher die Frage aufwirft, was Sie jetzt hier tun?«

»Ich bin nur übervorsichtig. Erster offizieller Patient und so weiter.«

»Oder dachten Sie, sie erholt sich zu schnell? Hm? Wollten Sie vielleicht ein bisschen nachlassen, damit sie noch mehr Symptome zeigt, und Sie Ihren Wert ein zweites Mal unter Beweis stellen können?«

Bei diesen Worten wich Tess einen Schritt zurück. »Wenn Sie auch nur eine Minute denken, dass ich einem Tier wehtun würde, dass ich seine Schmerzen um eine Sekunde verlängern würde, nur um ... Das ist grauenvoll! Ich kann nicht glauben, dass Sie jemandem so etwas vorwerfen! Schon gar nicht mir, die ich nichts getan habe, das so etwas rechtfertigt!«

In Tess Ohren rauschte es. Sie konnte sich nicht erinnern, wann sie das letzte Mal so wütend gewesen war.

»Ach, kommen Sie schon. Ich wollte Sie doch gar nicht persönlich angreifen oder so etwas ...«

»Doch, das wollten Sie! Und genau das haben Sie!« Tess stand jetzt nicht mehr neben Billie Jeans Hinterbein. Sie marschierte an der Seite der Box entlang, bis sie Susannah direkt gegenüberstand und ihr ins Gesicht blicken konnte. In ein sehr schockiertes Gesicht.

»Anscheinend denken Sie, dass, nur weil Sie Geld und Land im Überfluss haben, alle anderen darauf aus sind, Sie ... ja was? Auszurauben? Dass wir alle nur Bauern und Kriminelle sind, die Ihnen Ihr schönes Leben versauen wollen?«

»Na, das ist jetzt aber ein wenig melodramatisch. Ich dachte, Sie wären nur allzu froh, zum Personal hier zu gehören.«

Wieder war da dieser herablassende Tonfall, dieser vornehme leichte Spott. Es spielte keine Rolle, dass Tess bewusst war, dass Susannah mit all dem aufgewachsen war und wahrscheinlich nichts dafür konnte, üblicherweise auf alle Menschen um sie herum herabzusehen. Ein Teil von Tess war sich sehr sicher, dass Susannah, wenn sie es nur versuchen würde, vielleicht sogar als normaler Mensch durchgehen würde.

»Vielleicht habe ich keinen Titel, aber trotzdem lasse ich mich nicht respektlos behandeln! Ich habe hart gearbeitet, um dahin zu kommen, wo ich jetzt bin, und viel Zeit und Mühe in mein Studium an einer Spitzenuniversität investiert. Meine Tierarztpraxis in London habe ich aus dem Nichts aufgebaut, und selbst als sie mir praktisch gestohlen wurde, ist es mir dennoch gelungen, einen Neuanfang hier zu schaffen. Ich biete eine Dienstleistung an – übrigens eine, die Sie brauchen – und verlange dafür einen fairen Preis. Das macht mich noch lange nicht zu Ihrem Personal oder zu Ihrer Bediensteten oder zu irgendetwas in der Art!«

»Hey, hey!« Susannah hob beschwichtigend die Hände. »Ich habe ... Nun, ich könnte sagen, es war ein Scherz, aber das stimmt nicht ganz. Ach, jetzt hören Sie schon auf, mich so anzustarren. Sie sind ziemlich furchterregend, wenn Sie die Beherrschung verlieren, Miss Robinson.«

»*Doktor* Robinson.«

»Und Sie erzählen mir, dass Titel keine Rolle spielen.«

Tess starrte sie an. Sie war zu wütend, um zuzugeben, dass Susannah in diesem Punkt recht hatte.

»Ich hatte einen schlimmen Nachmittag, okay?«, fuhr Susannah fort. »Wegen Leuten, die sich von ihrer schlechtesten Seite gezeigt haben. Von der gierigen, egoistischen und destruktiven Seite. Das hat mich ziemlich außer Fassung gebracht und so kam ich hierher auf der Suche nach angenehmer Gesellschaft und Frieden, bis sie alle gegangen sind. Was Sie gerade mit Ihrem perfekten Timing unterbrochen haben.«

»Ich würde eine richtige Entschuldigung vorziehen.« Tess verschränkte die Arme über ihrer Steppjacke mit dem hochgezogenen Reißverschluss. »Falls Sie wissen, wie das geht.«

»Ach ja? Und ich möchte, dass der Stadtrat aufhört, mir die Baugenehmigung zu verweigern, weil meine Schwägerin alle seine Mitglieder um den Finger gewickelt hat. Aber man kann nicht alles haben.«

»Kann man nicht?«

»Nein! Wollen Sie sich wirklich mit mir streiten und unseren Vertrag kündigen, bevor er überhaupt in Kraft getreten ist?« Susannah stand auf und stellte sich Tess in den Weg. »Wollen Sie Margo und Adam sagen, dass Sie es schon wieder vermasselt haben?«

»Das würde Ihnen gefallen, nicht wahr? Jemand anderen die Drecksarbeit für Sie erledigen zu lassen? Nun, ich werde nicht kündigen, also müssen Sie sich diesmal die Hände selbst schmutzig machen und mich feuern.«

»Oh, seien Sie nicht dumm. Warum sollte ich Sie feuern?« Susannah warf die Hände in die Luft und drehte sich weg. »Sie gehören zu den wenigen Dingen hier, die ich nicht hasse.«

Tess fühlte sich, als wäre sie gerade gegen eine Fensterscheibe gelaufen, von dessen Existenz sie nichts geahnt hatte. »Oh, machen Sie jetzt auch noch Witze?«

»Was?«

»Versuchen Sie immer noch, komisch zu sein? Sie waren nämlich unfreundlich zu mir, seitdem ich hierhergezogen bin! Selbst als ich Ihr Pferd versorgt habe. Sogar gerade eben, als ich gefragt habe, ob es Ihnen gut geht!«

Susannah wandte sich wieder Tess zu, um sich dem Konflikt zu stellen. »Schön! Es tut mir leid! Wirklich sehr leid. Ich bin so daran gewöhnt, mich verteidigen zu müssen, besonders in letzter Zeit. Das sickert in jedes Wort und jeden Gedanken und plötzlich macht sich der ganze Ärger dadurch Luft, dass ich zur Furie werde.«

»Wow. Das war eine Entschuldigung.« Tess streckte vorsichtig die Hand aus und berührte Susannahs Arm. »Ich wollte Ihnen nicht die Schuld für alles geben, was auf der Welt falsch läuft. Aber ich schätze, jetzt habe ich meine Antwort darauf, ob es Ihnen gut geht oder nicht.«

»Dass ich in einer Pferdebox gesessen und geweint habe, beantwortet diese Frage auf seine eigene Art. Wäre es Ihnen recht, wenn wir unsere Unterhaltung im Haus fortsetzen? Es sollte inzwischen aufgeräumt sein. Ich nehme an, Sie haben heute Abend nichts vor, wenn Sie so spät am Tag noch hierherkommen?«

Tess war sich nicht ganz sicher, wie es nach dem Wutanfall zu dieser Einladung auf einen Drink kam, also ließ sie sich einen Moment Zeit mit ihrer Antwort und klopfte dem Pferd auf den Rücken. »Es tut mir auch leid. Wegen meines Tonfalls, auch wenn ich das Gesagte durchaus so gemeint habe.«

»Klingt für mich nach einem Waffenstillstand. Außerdem müssen wir miteinander auskommen, und sei es auch nur, weil meine Tiere Sie mögen.« Sie warf einen Blick auf ihr Lieblingspferd. »Du bist eine verdammte Verräterin, Billie Jean.«

Die Stute schnaubte.

Sie gingen aus dem Stall und Susannah schloss die schwere Holztür hinter ihnen.

»Das sind fantastische Ställe«, sagte Tess. »Wann werden Sie sich weitere Pferde zulegen?«

»In den nächsten Wochen sehe ich mir einige Tiere an und werde so viele wie möglich nehmen, bevor ich die Einrichtungen erweitern muss.

»Ich schätze, darum ging es heute? Sind Sie deshalb so wütend?«

»Ja, ich fürchte schon«, sagte Susannah, als sie sich auf den Weg zum Haus machten.

In der Einfahrt parkte nur noch Tess' Wagen. »Es sieht so aus, als hätten wir das Haus wenigstens für uns allein.«

Statt durch den großen Haupteingang, führte Susannah Tess hinten herum zur Küchentür. In den Ecken stapelten sich Tabletts und Kisten, die offensichtlich nach diversen Veranstaltungen weggeräumt worden waren. Es sah eher nach einer Restaurantküche aus als nach etwas, das in ein Familienhaus gehörte. Im Hintergrund brummte eine Spülmaschine.

»Sollen wir uns einfach hier hinsetzen?«, fragte Tess, die die Vorstellung, weiter ins Haus hineinzugehen, nervös machte. Ihr Puls hatte sich zwar seit ihrem Ausbruch wieder normalisiert, aber sie war nicht ganz sicher, wie beständig die Dinge zwischen ihr und Susannah waren. »Das erspart mir, in Ihre Privaträume einzudringen.«

Oh, das konnte man jetzt leicht missverstehen. Beide unterdrückten hörbar ein Kichern.

»Sie können stattdessen in meinen Weinvorrat eindringen. Ich bin sicher, dass vom Empfang noch welcher übrig ist. Es sei denn, Sie möchten lieber ein Bier?«

»Ich kenne mich mit Wein ein wenig aus, müssen Sie wissen.« Tess nahm auf einem der hohen weißen Hocker Platz, die die Kücheninsel, eine große Chromplatte, säumten. Es handelte sich definitiv nicht um eine Küche aus einem spießigen, altmodischen Drama, und das machte sie neugierig auf den Rest des Hauses. »Aber wenn Sie etwas hätten, von dem Sie glauben, dass es mir aus der Ale-Abteilung gefallen würde …«

»Hm.« Susannah betrachtete sie einen Moment lang. »Warten Sie hier.« Sie verschwand aus der Küche und überließ es Tess, über die Größenordnung nachzudenken. Das Haus sah schon von außen groß aus, aber in Wirklichkeit musste es regelrecht riesig sein. Zehn, vielleicht vierzehn Schlafzimmer haben. Es war die Art von Herrenhaus, die die Leute vermieteten, damit andere darin heiraten konnten. Abgesehen davon, dass sie tatsächlich auch dort wohnten. Es gab Leute, die in solchen Häusern *wohnten*.

»Haben Sie sich verlaufen?« Tess konnte es nicht lassen, zu witzeln, als Susannah zurückkam. Es schien die Spannung zwischen ihnen ein wenig abzubauen. »Ich kann mir gut vorstellen, dass man eine Landkarte zur Orientierung braucht, selbst wenn man hier lebt.«

»So groß ist Midsummer eigentlich gar nicht. Nun, relativ gesehen schon. Man … gewöhnt sich einfach daran, nehme ich an. Hier.« Susannah reichte ihr eine Flasche mit einem handgeschriebenen Etikett.

»Was ist das?«

»Etwas vor Ort Gebrautes. Jimmy fand überall die tollsten Brauereien. Ich hatte in letzter Zeit nicht viel Grund, sie zu probieren.«

»Oh, wenn es etwas Besonderes ist, könnte ich nicht –«

»Bitte! Es macht mich glücklich zu wissen, dass jemand das Bier trinken wird. Ich versuchte, Dave damit zu beglücken, aber er ist ein Pils-Mann. Was immer das bedeutet.«

»Ich denke, es ist, als wäre man ein Schiraz-Mensch oder so etwas in der Art.« Tess fischte nach ihren Schlüsseln und nahm den Flaschenöffner in die Hand. »Ich komme vorbereitet.«

»Waren Sie bei den Brownies?«

»Ja, und …?« Tess warf sich in die Brust. »Brownies, Guides, Rangers, ich war eine Zeit lang Anführerin.«

»Ach wirklich?« Susannah zog eine Augenbraue hoch. »Übrigens, Sie haben die Rainbows vergessen. Haben Sie die übersprungen?«

»Nein, die gab es noch nicht, als ich im passenden Alter war.« Tess nippte am Bier. Es war leicht cremig und schwer im Abgang. Wirklich sehr lecker. »Wie kommen Sie darauf, dass ich nicht der Typ dafür bin?«

»O nein, das sind Sie schon. Mit Ihrer Outdoor-Ausrüstung und all den praktischen Fähigkeiten. Hatten Sie damals ein Junior-Tierarzt-Abzeichen?«

»Nein.«

»Jemand hat mir einmal gesagt, dass es hier schwieriger ist, einen Abschluss in Veterinärmedizin zu bekommen als in Humanmedizin. Stimmt das wirklich?«

Tess nickte. »Es war auf jeden Fall früher so. Dasselbe gilt für die Zahnmedizin, glaube ich. Wahrscheinlich, weil weniger Universitäten den Studiengang anbieten. Das treibt den Wettbewerb an. Ich hatte so ein Glück, nach Glasgow zu kommen.«

»Ich wette, Glück hatte nichts damit zu tun.«

»Haben Sie …?« Tess verstummte mitten im Satz.

»… etwas Lohnenswertes studiert? Gott, nein. Ich habe meinen Bachelor in Geschichte in Durham mit Ach und Krach geschafft, aber sie waren froh, als ich weg war. Ich denke manchmal darüber nach, ob ich nicht versuchen sollte, ernsthaft etwas zu lernen. Bei den meisten Themen höre ich lieber den Experten zu. Und geschäftlich? Ich habe dort mein Lehrgeld bezahlt. Habe alles aus dem Instinkt heraus entschieden und durch die Arbeit gelernt.« Susannah wirbelte das Eis in ihrem Glas herum. Darin war eine klare Flüssigkeit.

»Keine Lust auf ein Bier gehabt?«, fragte Tess.

»Ich kann das Zeug nicht ausstehen. Dagegen gibt es nichts, wogegen ein Glas Wodka nicht helfen würde, also habe ich mich für den Klassiker entschieden.

Tess nahm noch einen Schluck und ließ die Stille sich zwischen ihnen ausbreiten. Es war fast angenehm, so vor dem Rest der Welt verborgen zu sein.

»Sind Sie sicher, dass es Ihnen gut geht?«, fragte sie, gerade als das Schweigen sie eingelullt hatte.

»Nur das Übliche. Alte heterosexuelle weiße Männer, die versuchen, sich mir in den Weg zu stellen. Anscheinend geht es nicht darum, was man tut, sondern darum, wen man hier kennt.«

Tess konnte ein Schnauben nicht unterdrücken.

»Okay«, fuhr Susannah fort. »Ich habe selbst ein gewisses Privileg, aber im Ernst. Ich möchte Menschen Arbeit geben und einigen Tieren einen schönen, ruhigen Lebensabend ermöglichen. Und auf keinen Fall möchte ich in diesem riesigen Puppenhaus festsitzen und nichts Sinnvolles zu tun haben. Ist das so schrecklich?«

»Nein, das ist überhaupt nicht schrecklich.«

»Weißt du, wenn du mich nicht gerade anschreist, bist du eigentlich ganz nett, Tess.«

War das ein Friedensangebot? Auf jeden Fall fühlte sich Tess sehr gut damit, das Angebot anzunehmen und zum »Du« überzugehen. »Ich fange tatsächlich an, dich zu mögen, Susannah.« Tess zog den Namen in die Länge, als sei er eine Pausenhof-Hänselei. »Und ich war schon besorgt, dass ich keine neuen Freunde finden würde, wenn ich hierherziehe.«

»Richtig.« Susannah leerte ihren Drink in einem Zug. »Wer könnte nicht mehr Freunde gebrauchen?«

Kapitel 12

Susannah überraschte sich selbst, als sie am nächsten Morgen förmlich aus dem Bett sprang. Normalerweise hätte sie nach der ganzen Heulerei und ein paar Drinks die Sonne gefürchtet, aber das schottische Wetter hatte ihr zur Beruhigung einen kühlen, grauen Tag beschert.

Natürlich half es, dass Tess nicht zu lange geblieben war und sie letztendlich nicht übermäßig viel Alkohol getrunken hatten. Sogar noch besser: Tess hatte – wahrscheinlich aus einem ärztlichen Instinkt heraus – darauf bestanden, dass sie beide viel Wasser tranken und Susannah daran erinnert, für alle Fälle ein paar Kopfschmerztabletten neben ihr Bett zu legen. Das alles zusammen sorgte dafür, dass Susannah mit genug Energie für eine Runde auf dem Crosstrainer und ein bisschen Yoga in den Tag startete.

Unter der Dusche, einem ihrer liebsten modernisierten Teile des Hauses, bekam sie den Kopf völlig frei, während das Wasser auf sie herunterprasselte. Es war Reinigung und Massage in einem und an manchen Tagen wollte sie gar nicht mehr unter dem Wasserfall hervorkommen.

Schließlich kehrten ihre Gedanken doch wieder zur einen oder anderen Einzelheit des vergangenen Abends zurück und sie begann, über Tess nachzudenken und darüber, wie widerwillig sie sich verabschiedet hatte. Natürlich hatte Tess noch mit Waffles Gassi gehen müssen, denn er war seit dem Mittag bei Margo gewesen, aber trotzdem hatte sie den Heimweg lange hinausgezögert.

Susannah ließ den Wasserstrahl auf ihren Rücken prasseln. Wann genau hatte jemand das letzte Mal wirklich richtig Lust auf ihre Gesellschaft gehabt? Vor allem im vergangenen Jahr, als sie vor lauter Trauer und Stress noch weniger ansprechbar als sonst gewesen war?

»Da hat aber jemand gut geschlafen!«, stellte Finn fest, als Susannah ins Büro kam. Sie trug ihren schicksten Hosenanzug, marineblau mit Nadelstreifen. Er gab ihr immer das Gefühl, dass bei ihrem Anblick Banker oder Politiker vor Neid erblassen müssten. Sie hätte ihn bei der gestrigen Präsentation tragen sollen.

»Du siehst wie ein ganz neuer Mensch aus«, sagte Finn.

»Na, übertreib mal nicht.«

»Gestern bist du vor Ende des Empfangs verschwunden, und niemand hatte dich gesehen, als Dave mich abholen kam. Bedeutet das, es ist gut gelaufen, oder …?«

»Leider scheint eine gewisse Person ihren Namen und ihre Verbindungen genutzt zu haben, um den Stadtrat auf ihre Seite zu ziehen. Und das auch noch ziemlich erfolgreich.«

Finn schlug verärgert auf den Schreibtisch. Dadurch, dass sier heute die Brille gegen Kontaktlinsen eingetauscht hatte und anstatt der hippen Kleidung einen leichten Pullover trug, sah sier weicher, lässiger aus. Es war ein recht ansprechender Anblick.

»Was sollen wir also machen?«

»Gestern lautete meine Antwort: weinen, sich betrinken, vielleicht nach Einbruch der Dunkelheit hinausgehen und dem Mond Obszönitäten zurufen.«

»Hat es funktioniert?«

»Na ja, ich habe den Plan ein wenig abgeändert, wodurch ich mich heute frisch und bereit für die Erkenntnis fühle, dass es Zeit für eine echte Charmeoffensive ist. Robin hat diesen schmierigen Bastarden eine Fata Morgana verkauft. Sie hat hier keine Macht und trifft keine Entscheidungen. Sicher, sie hat Geld, aber sie ist nicht mehr die eigentliche Trägerin des Namens Karlson.«

Finn beugte sich gespannt auf dem Stuhl vor und schien Blut zu riechen. »Und?«

»Und wir müssen das allen bewusst machen. Sie daran erinnern, wer hier das Geld einbringt und die Geschäfte macht. Wer das Heft in der Hand hält. Es ist ein neuer Tag und höchste Zeit, dass ich mit aller Kraft für mich selbst einstehe. Erster Punkt: Hol noch heute einen Journalisten von diesem Käseblatt hierher. Wir müssen jetzt mehr tun, als nur auf gut Glück eine Pressemitteilung herauszugeben und auf das Beste zu hoffen.«

»Wirklich? Einen Journalisten?«

»Ja. Ich möchte, dass alles auf mich als trauernde Witwe zugeschnitten wird. Ich bin nicht glücklich über das Ende meiner Ehe, denn aus welchen Gründen wir auch immer geheiratet haben, wir waren jahrelang Partner und haben Midsummer am Laufen gehalten. Das sollte nicht hinter irgendeinem Geschwister-Unsinn zurückstehen. Nein, es muss um mich gehen, darum, dass Frauen Erfolg haben und niemand es wagen darf, sich dem in den Weg zu stellen.«

Finn nickte und begann, wie wild auf dem Tablet zu tippen.

»Außerdem möchte ich Termine vereinbaren, um die Pferde zu begutachten, die in den Stall kommen sollen. Kannst du, äh, dafür sorgen, dass jemand von der Tierarztpraxis mitkommt, um sie sich mit mir anzusehen?«

»Kein Problem«, antwortete Finn. »Sonst noch was?«

Susannah zögerte erneut und grub den Absatz ihres Schuhs in den dicken Teppich. Es war bestenfalls eine unausgegorene Idee, eine Vorstellung, wie sie ihr meist im Traum kam. Eine Idee, die den Sport, die lange Dusche und das Ankleiden überdauert hatte.

»Apropos wieder aufs Pferd steigen, na ja, sozusagen ... Es finden nicht zufällig in nächster Zeit ein paar kleine Veranstaltungen statt, bei denen ich interessante Leute treffen könnte? Ich glaube einfach, dass ich lange genug hier drinnen als trauernde Witwe festsaß, du nicht?«

Finn gab ein begeistertes Quietschen von sich.

»Ich hätte es kommen sehen müssen.«

»Ist das dein Ernst? Oh, Suze, das sind gute Neuigkeiten. Das ist doch wirklich mal ein Fortschritt!«

Susannah spielte am Knopf ihrer weißen Bluse herum und vermied es vorerst, aufzuschauen. Diese Dinge auszusprechen war schwer genug, auch ohne dabei noch Augenkontakt zu halten.

»Na ja. Ich gebe zu, dass ich mich hier oben etwas einsam gefühlt habe. Du bist toll, mehr als das, wirklich. Ich habe nur das Gefühl, dass es da draußen einen interessanten Menschen geben könnte. Jemanden, mit dem ich über andere Dinge als die Arbeit und die internen Abläufe von Midsummer sprechen könnte.«

»Aber du kannst doch ...«

»Ich weiß, Finn. Aber du verstehst, was ich meine. Das, was du mit Dave und seiner Liebenswürdigkeit hast, möchte ich auch – oder mich zumindest umschauen, wer da so unterwegs ist, denn vielleicht ist ja jemand ganz Wunderbares dabei.«

Finn stand auf, ging langsam um den Tisch herum und zog Susannah in eine plötzliche und heftige Umarmung. Einen Moment lang standen sie einfach so da.

»Bevor Jimmy starb, hat er zu mir gesagt, dass ich nach vorne sehen soll«, sagte Susannah. »Und wie du weißt, habe ich ab und zu heimlich die eine oder andere Frau getroffen.«

»Also dann keine Dating-Apps?«, fragte Finn. »Du willst es auf die altmodische Art versuchen?«

Susannah nickte. »Ich möchte nicht, dass mein Dating-Profil in der Zeitung landet, nur damit ich mit jemanden etwas trinken gehen kann, verstehst du?

»Ja, das verstehe ich voll und ganz. Du hast nicht vielleicht schon jemand Bestimmten im Sinn, oder, Susannah?«

Verdammt seien Finn und sien scharfer Verstand. Ehrlich, die schottische Polizei wusste nicht, was ihr da für ein erstklassiger Detektiv entging.

»Bitte, bei der Auswahl hier in der Gegend? Ich weiß, dass man heutzutage nicht mehr in der Großstadt leben muss, um andere Lesben zu finden, aber ich möchte gern eine Gleichgesinnte treffen, eine, die mich nicht nach dem dritten Date ausraubt ... Irgendwelche Vorschläge?«

»Ich fürchte, Lesbenbars sind heutzutage eine aussterbende Spezies«, antwortete Finn. »Aber es gibt einige schwul-lesbische Bars und viele einmalige Veranstaltungen in tollen Lokalen. Ich könnte dich begleiten, du weißt schon, zur moralischen Unterstützung.«

»Dann sähe es aus, als sei ich schon mit jemandem zusammen.«

»Ah, dann eine Gruppe? Nein? Wow, du bist mutig, dich allein auf die Piste zu wagen. Das könnte ich nie.«

»Schreibst du es in meinen Kalender, wenn dir etwas einfällt? Wir müssen mit wichtigeren Angelegenheiten als meinem Liebesleben weitermachen.«

»Wie könnte etwas wichtiger sein? Du bist bereit, wieder in den Sattel zu steigen, und ich meine nicht den von Billie Jean. Das ist ein großer Tag. Wir sollten auf jeden Fall zum Mittagessen Donuts holen.«

»Letzte Woche hast du gesagt, dass die Bestellung neuer Klebezettel ein guter Grund sei, Donuts zu essen«, sagte Susannah. »Aber okay, lass uns darüber nachdenken.«

»Keine Sorge, das werden wir ganz sicher.«

⁂

Finn brauchte nicht lange. Es dauerte genau einen Tag, drei Stunden und siebzehn Minuten, es sei denn, Susannahs Uhr ging etwas ungenau.

»Ich hab's!«

Susannah rechnete fast damit, dass noch ein »Heureka!« folgen würde. »Was hast du?«

»Den perfekten Abend für dich. Im Kilted Coo gibt es eine Lesbenparty. Du kennst den Pub, oder? Er ist nur ein paar Dörfer entfernt.«

»Und groß genug, um ... was zu veranstalten? Wenn du jetzt Speeddating sagst –«

»Ach, Suze, Speeddating ist doch schon längst out. Genauso wie blondierte Haarspitzen und Hannah Montana. Ehrlich, manchmal kommst du mir vor wie aus einer dieser alten romantischen Komödien.«

Das saß. Susannah zuckte getroffen zusammen. Vielleicht sollte sie besser mit einer Schüssel Popcorn und *Tatsächlich ... Liebe* zu Hause bleiben und sich einmal mehr darüber ärgern, dass die lesbische Handlung gestrichen wurde. »Und der Pub ist okay?«

»Es ist wirklich nett dort. Es gibt zwar nichts umsonst, aber du könntest dir dort nebenbei auch ein paar Ideen für den Spiky Thistle holen. Falls jemals der Tag kommen sollte, an dem du ihn ein bisschen aufpeppen willst.«

»Sag mir einfach den genauen Termin, bitte.«

»Er steht bereits in deinem Kalender. Es gibt auch eine Webseite, falls du Bilder von früheren Partys sehen möchtest. Es ist alles sehr stilvoll, keine Zwänge und keine kitschigen Spiele. Nur Leute, die Leute treffen und sehen, ob sie vielleicht etwas gemeinsam haben.

»Vielen Dank, Finn. Das Ganze ist mir zwar ein bisschen peinlich, aber bist ein Schatz.«

»Kein Problem. Willst du ausreiten?«

Susannah blickte auf ihre Reitbekleidung und die Stiefel hinunter und winkte mit der Reitgerte. »Entweder das –oder ich gehe zu einer Kostümparty, bei dem das Thema Derby ist.«

»Du solltest besser deine Witze noch mal überdenken, bevor du sie irgendeiner ahnungslosen Frau auftischst, Chef. Vielleicht fängst du damit an, dass du reich bist und Pferde hast. Spiel deine Stärken aus.«

»Danke für den Hinweis.«

✦

Es kam nicht oft vor, dass Susannah in Richtung Dorf ritt. Zwar machten die gepflasterten Straßen den Pferden nichts aus, schließlich hatten sie robuste Hufe und kräftige Beine. Aber es bedeutete, dass sie in näheren Kontakt mit Autos und idiotischen Fußgängern kamen, was Susannah ihnen zuliebe möglichst vermied.

Dennoch war es wichtig, den Pferden Abwechslung zu bieten, und die Strecke hatte gerade die richtige Länge, um einmal von den bekannten Wegen abzuweichen, die sie mit Billie Jean während ihrer Erholungszeit beschritten hatte. Letztere war im Übrigen sehr erfolgreich gewesen, denn das Pferd trabte dahin, als hätte sie noch nie auch nur einen Zeh angestoßen.

Der schnellste Weg zurück nach Hause führte hinter dem Pub hinunter und durch die Felder, eine gute Gelegenheit, sich wirklich bis zum Galopp hochzuarbeiten. Susannah dachte nebenbei flüchtig an eines der kleineren Anwesen in ihrem Besitz, das genau in dieser Richtung lag. Ein bezauberndes kleines Zwei-Zimmer-Haus mit Efeu rund um die Tür. Eigentlich sollte es ihr nicht gehören. Jimmy hatte geschworen, nach dem Pub kein weiteres Dorfgrundstück mehr zu kaufen. Dann hatte die dort lebende Familie bei einem schrecklichen Unfall ihren Sohn verloren und wollte schnell verkaufen, um an einen weniger von Erinnerungen belasteten Ort zu ziehen. Jimmy, der stets sehr mitfühlend gewesen war, hatte ihnen eine mehr als großzügige Summe dafür bezahlt und sogar die Umzugsfirma organisiert, um ihnen die Kosten zu ersparen.

Während Susannah die holprige Straße entlangritt, überlegte sie, ob sie seinem Beispiel gerecht werden könnte. All das Geld und die Entscheidungen darüber, wie es ausgegeben werden sollte, lagen nun bei ihr. Würde sie auch einem Nachbarn auf diese Weise helfen, jetzt, da sie es sich leisten konnte? Eine Umfrage unter den Dorfbewohnern würde wahrscheinlich nicht zu ihren Gunsten ausfallen, vor allem in letzter Zeit.

Sie war fast schon an dem Haus mit seinem malerischen Innenhof und den Nachbargebäuden, die es überragten, vorbeigeritten, als die Haustür aufging und Waffles herausgeschossen kam. Diesen Hund erkannte Susannah inzwischen überall, und seine Besitzerin wurde ihr langsam genauso vertraut.

Tatsächlich folgte Tess dem Hund und rief ihn bei Fuß, als sie das Klappern der Pferdehufe hörte. Dann bemerkte sie, dass Susannah die Reiterin war, und tat etwas für die Region wirklich Ungewöhnliches: Sie lächelte.

»Kommst du nachsehen, ob ich das Haus schon verwüstet habe?«, rief sie Susannah zu.

»Wie bitte?« Susannah war sich nicht sicher, ob sie absteigen sollte. Von einem so edlen, großen Pferd herunter mit ihr zu sprechen erschien ihr ein bisschen arrogant, zumal Tess nicht gerade groß war, sie maß sicherlich nicht viel mehr als einen Meter fünfzig.

»Ich habe den Vertrag gesehen. Du bist meine Vermieterin. Ich nehme an, es schadet nicht, dass wir uns angefreundet haben, nicht wahr?«

»Nun, darüber bin ich froh, ja.«

»Nicht so froh wie ich. Ich will nicht auf einen Schlag arbeits- und obdachlos sein. Veränderungen dieser Art hatte ich schon genug für ein ganzes Leben, vielen Dank.«

»Ach so, ja. Dank deiner Ex. Caroline war ihr Name, oder?«

Tess schien erstaunt, dass Susannah sich das gemerkt hatte.

»Wir sprachen erst gestern Abend darüber. Das hat mein Gedächtnis jetzt nicht allzu sehr strapaziert.«

»Richtig, das sollte es nicht überfordern.«

»Jedenfalls erinnere ich mich, dass du gestern sehr beleidigt warst, als du das Gefühl hattest, ich würde deine Gewissenhaftigkeit infrage stellen. Oder habe ich mir deine Beschimpfung nur eingebildet?«

Tess' Naserümpfen deutete an, dass sie wusste, worauf Susannah hinauswollte. Das sah wirklich sehr hübsch aus. Eigentlich war ihr ganzes Gesicht sehr hübsch. Es zog Susannahs Blick beinahe magisch an.

»Du meinst, als meine Vermieterin erwartest du den gleichen Vertrauensbonus?« Tess scharrte mit einem Stiefel über den Boden. »Das ist nur fair. Ich sollte aufhören, über dich zu reden wie über eine Romanfigur von Dickens.«

»Ich habe Dickens nie gemocht – er erinnert mich immer an meine Schulzeit«, sagte Susannah. »Natürlich, das würde ich so sagen. In Dickens ist jemand wie ich normalerweise der Bösewicht. Wilkie Collins dagegen könnte ich jeden Tag lesen.«

»Sie sind ein ziemlicher Nerd, Eure Ladyschaft.«

»Genug davon«, warnte Susannah und winkte mit der Reitgerte in Tess' Richtung, als wolle sie ihr den Mund verbieten. »Für dich bin ich Susannah. Vielleicht arbeitest du dich eines Tages bis zu Suze hoch, wir werden sehen.«

»Na ja, ich brauche ja schließlich auch meine Ziele.« Tess' Lächeln wurde jetzt geradezu frech. »Ich muss wieder an die Arbeit. Ich will keinen Lohnausfall riskieren und dann die Miete nicht bezahlen können. Meine Vermieterin ist nämlich ein richtiger Drachen, weißt du …«

»O ja, sie ist furchterregend. Dass sie Feuerspeien kann, ist noch dein kleinstes Problem.«

Tess lachte und ging mit dem in großen Kreisen um sie herumspringenden Waffles davon.

Zu ihrer eigenen Überraschung musste Susannah selbst lachen. Wann hatte sie sich zuletzt so unbeschwert gefühlt? Sie machte sich auf den Heimweg. Vielleicht war sie tatsächlich endlich bereit, wieder unter Leute zu gehen.

Kapitel 13

»Nein, nein, nein … Soll ich es dir noch in anderen Sprachen sagen? Non. Niet. No. Oh, das war jetzt ein spanisches Nein. Du kapierst schon, was ich meine, ja?« Vorsichtig, da sie gerade auf der obersten Sprosse der Leiter stand, drehte Tess sich halb zu Babs um und warf ihr einen finsteren Blick zu.

Es war nicht die stabilste Leiter, mit der sie je gearbeitet hatte, aber einem geliehenen Gaul schaut man bekanntlich nicht ins Maul. Das Betreiben einer Kneipe machte einen eindeutig nicht gerade zum Do-it-yourself-Enthusiasten. Tess sehnte sich nach der bevorstehenden Lieferung all ihrer Sachen, von den Möbeln, die die leeren Räume füllen sollten, bis hin zu den Werkzeugkästen und persönlichen Kleinigkeiten, die aus ihrem neuen Haus ein Zuhause machen würden.

»Du solltest es dir zumindest überlegen, Doc«, antwortete Babs, die auf einer umgedrehten Kiste in Tess' neuem Schlafzimmer saß, den Daily Mirror las und an einer riesigen Tasse Tee nippte. Wenn man bedenkt, dass sich die beiden vorher nur zweimal getroffen hatten, fühlte sich Babs auf jeden Fall wie zu Hause. »Das ist übrigens schief«, fügte sie dann hinzu und nickte mit dem Kopf in Richtung der Vorhangschiene, die Tess gerade montierte.

»Nein, ist es nicht«, widersprach Tess, aber ein kurzes Anlegen der Wasserwaage bestätigte, dass Babs einen verblüffend guten Blick für solche Dinge hatte. »Okay, fertig. Danke für die Vorhänge. Ich gebe sie dir zurück, wenn ich mich entschieden habe, was ich mit diesem Zimmer mache. Aber so bleibt es den Nachbarn vorerst erspart, mich nackt zu sehen.«

»Nun, das wäre effektiver, als zu einer Dating-Party für Lesben zu gehen«, sagte Babs. »Aber da du Vorhänge und Bescheidenheit vorziehst, möchte ich dich wenigstens aus dem Haus locken, um Leute zu treffen.«

Tess kletterte die Leiter wieder hinunter. Obwohl sie nur ein weißes Tanktop und Cargoshorts trug, war ihr jetzt sehr warm. Ein Haus einzurichten war eine schweißtreibende Arbeit. »Weißt du, als ich neulich im Pub erwähnt habe, dass ich mehr Leute treffen will, meinte ich als Freunde.«

»Mhm, klar. Ich kann dir gar nicht sagen, wie viele Freunde ich schon bei einer Dating-Party gesucht habe. Oft bin ich frustriert, weil mir ein gutes freundschaftliches Gespräch fehlt.«

Als Tess mit den Augen rollte und ins Badezimmer ging, klingelte im Schlafzimmer das Telefon. »Kannst du mal rangehen? Ich will meinen Stromanbieter nicht wechseln und war auch in keinen Unfall verwickelt.«

Es dauerte nur ein paar Minuten, sich frisch zu machen, aber als Tess zurückkam, um die nächste Aufgabe in Angriff zu nehmen, plauderte Babs immer noch.

»Ja, natürlich. Na ja, vielleicht steht es mir nicht zu, das zu sagen«, sagte sie gerade, »aber wir freuen uns alle sehr, dass Tess so glücklich ist. Eigentlich, Caroline, sieht es so aus, als wollte sie gerade zum Auto gehen. Ich werde ihr sagen, sie soll Sie stattdessen zurückzurufen.«

»Caroline?« Tess spürte, wie ihr Magen sich zusammenkrampfte, als Babs den Anruf beendete. »Du hättest sie einfach wegdrücken sollen.«

»O nein, ich bin froh, dass ich rangegangen bin«, antwortete Babs und erhob sich von der Kiste. Ihr kupferfarbenes Haar war zu einem beeindruckenden Knoten hochgesteckt und sie trug eine bequeme Latzhose mit einem rosa T-Shirt darunter. »Du hast mir so viel über sie erzählt, als du das letzte Mal an meinem Tresen gesessen hast, und Caroline hatte mir auch eine Menge zu erzählen. Anscheinend ist sie verlobt?«

»Ja, ich wollte eigentlich –«

»Aber das dürfte dich nicht stören, du hast ja auch eine neue Freundin ... Gibt es etwas, das du mir erzählen willst?«

»Hast du ...?«

»Ich habe dich gedeckt, keine Sorge. Aber du wirst nicht glauben, wie sie denkt, dass deine Freundin heißt!«

Tess suchte nach einer weniger peinlichen Erklärung, aber ihr fiel so schnell nichts ein. Musste ihr das wirklich ausgerechnet vor einer von Susannahs treuesten Anhängerinnen im Dorf passieren?

»Nach dem Gespräch zu urteilen scheint Caroline nicht gut darin zu sein, sich Namen richtig zu merken. Sie fragte, ob du Susan zu ihrer Hochzeit mitbringen möchtest. Und ich kam nicht umhin zu denken, dass Susan verdammt nach Susannah klingt. Schon komisch.«

Tess setzte sich auf eine Kiste und knetete ihre Knie, um mit den Händen etwas zu tun zu haben.

»Meinst du nicht, du hättest es mitbekommen, wenn ich mit deinem Boss rummachen würde? Oder dass nicht zumindest Margo es bemerkt hätte, da ich immer noch in ihrem Gästezimmer schlafe?«

Babs klopfte Tess auf die Schulter, ihr blumiges Parfüm war etwas erdrückend. »Du musst dir nichts ausdenken. Du bist so ein hübsches Mädel, es wird sowieso nicht lange dauern, bis du jemanden findest. Susannah könnte das auch nicht schaden, aber sie muss selbst wissen, wann sie dafür bereit ist.«

»Ich wollte nicht … Babs, es ist wirklich super wichtig, dass du weißt, dass da kein Wunschdenken meinerseits im Spiel ist. Der Name ist mir nur herausgerutscht, weil ich etwas über Susannah in der Zeitung gelesen hatte und Caroline über mich sprach, als würde ich nie wieder eine Freundin finden. Es war wirklich nur ein verrückter Zufall, also erwähn es Susannah gegenüber bitte nicht, okay?«

»Ja, ja, ich werde mich anstrengen, nichts durchsickern zu lassen. Aber du bist immer noch zu haben?« Babs nippte an ihrem Tee und in ihren Augen funkelte es.

»Ja, ich bin immer noch zu haben. Wenn du versprichst, deinem Boss nichts über mich zu sagen.«

»Gut, ich verspreche es. Aber du kommst mit zur großen Party im Kilted Coo und wirst ein paar lustige neue Leute kennenlernen. Nur Arbeit ohne Spaß macht Tess –«

»Lesbisch und blass?«, vervollständigte Tess den Reim mehr schlecht als recht und wusste bereits, dass das nicht annähernd ausreichen würde, um Babs abzuschrecken.

»Du wirst Spaß haben. Vertrau mir. Und außerdem akzeptiere ich kein Nein als Antwort.«

<hr />

Tess war nicht klar gewesen, dass sie offensichtlich zugestimmt hatte, auf einen großen Teil ihres Freitags zu verzichten, um sich auf das große Ereignis vorzubereiten. Wie lange konnte es schon dauern, ein paar Klamotten, ein bisschen Eyeliner und ein Haarpflegemittel auszusuchen? Okay, gut, sie war ein bisschen eigen, was ihr Haar betraf, wenn sie es offen trug. Dieser Teil war etwas zeitaufwendiger.

Außerdem stellte sich heraus, dass Babs ihre Ankündigung ernst gemeint hatte, das Ganze zu einer Gruppenveranstaltung zu machen. Als Tess durch die Hintertür des Pubs in den Wohnbereich schlüpfte, war dort bereits ein ganzer Pulk von Frauen versammelt. Einige hatte sie bereits im Dorf mehr oder weniger ausschließlich in Bikerklamotten oder komplett in Femme-Fashion gesehen, ein paar waren ihr noch fremd. Die Vorstellungsrunde verlief unübersichtlich und Tess behielt keinen einzigen Namen, aber bald wurden die Getränke ausgeschenkt, und das war Einladung genug.

»Hast du Alternativen mitgebracht?«, fragte Babs, als sie von der Bar zurückkam. »Ich finde nämlich nicht, dass Arbeitsjeans und ein T-Shirt aussehen, als ob du dir Mühe gegeben hast.«

»Die Jeans sind schön eng«, bemerkte eine der Frauen, die aber bereits eine Partnerin hatte, sodass Tess das Kompliment für bare Münze nehmen konnte, aber auch nicht für mehr.

»In meiner Tasche habe ich noch ein paar andere Sachen«, sagte Tess und nippte an der Bierflasche, die Babs ihr gegeben hatte. »Es ist gerade mal halb sechs – wir wollen doch nicht schon los?«

»Nein, wir haben noch Zeit.« Babs hatte sich in einem großen, alten Lehnsessel niedergelassen. Sie war bereits umgezogen und hatte sich für diesen Anlass zurechtgemacht. Ihr dunkelgrünes Kleid brachte ihre Vorzüge perfekt zur Geltung. Ihre Nägel waren passend dazu lackiert. »Ich bin überrascht, dass du nicht Margo als moralische Unterstützung mitgebracht hast.

»Ach, eigentlich wollte sie mitkommen«, antwortete Tess und öffnete ihre Tasche, um andere Garderobe herauszusuchen. »Aber in ihrem Zustand ist ein ganzer Tag auf den Beinen anscheinend hart an der geschwollenen-Knöchel-Front.«

»Dass sie ein Kind erwartet, musste sie ja irgendwann ein bisschen bremsen«, sagte Babs. »Los, das Badezimmer ist da drüben, wenn du dich schnell umziehen willst. Es gibt nichts, wovor man Angst haben muss, Doc. Wir gehen alle nur feiern und lassen uns ein bisschen gehen.«

Tess nahm das Gästebad so lange in Beschlag, wie sie glaubte, damit durchkommen zu können. Als sie fertig war, gefiel sie sich eigentlich ganz gut. Das offene Haar schmeichelte ihrem Gesicht und zumindest ihr Make-up – Smokey Eyes und ein bisschen Lipgloss – wirkte, als hätte sie es extra für diesen Abend aufgelegt. Margo hatte trotz allem einen gewissen Einfluss gehabt, da sie Tess' Outfit ausgesucht hatte: schwarze, zerrissene Jeans und ein ärmelloses Top.

Unter Applaus und Pfiffen, die kein bisschen sarkastisch klangen, betrat Tess das Wohnzimmer. Obwohl sie abwinkte, tat das ihrem Ego natürlich gut.

»Bereit?«, fragte sie die versammelte Meute, die auf einen Blick den größten Teil des queeren Damenspektrums abdeckte.

Die Antwort war ein kollektives Heben von Gläsern und Flaschen.

»Okay, noch einen Drink und dann rufen wir die Taxis, ja?«, schlug Tess vor. Der allgemeine Jubel bestätigte, dass sie richtig lag.

Der Pub war wirklich nett, das musste man fairerweise zugeben. Tess konnte verstehen, warum Joan ihn empfohlen hatte. Er war nicht nur sehr viel geräumiger als der Thistle, die Deko schien hier auch nicht von irgendwann nach dem Ende des Zweiten Weltkriegs zu stammen. Ihre Gruppe war bei Weitem nicht die erste und Tess war verblüfft, dass eine relativ kleine Grenzstadt an einem Wochenende ein so vielfältiges Publikum anzog.

Als sie an der Theke anstand, wurde ihr bewusst, dass der heutige Abend wirklich ein großes Ereignis zu sein schien. Die Leute waren von weither gekommen. Tess stellte sich vor, dass dies eine Alternative zu Wochenendtrips in Großstädte wie Edinburgh und Glasgow war.

»Zum ersten Mal hier?«, fragte die Barfrau. Ihr Haar war knallpink und auf einer Seite rasiert. Ihr Namensschild, auf dem *Lizzie* stand, hatte sie an dem fast einzigen unzerrissenen oder mit Nieten verzierten Stück Stoff ihres Shirts befestigt.

Tess brauchte nicht an den Hotpants und Netzstrümpfen hinunterzusehen, um sicher zu sein, dass sie an den Füßen ein abgenutztes Paar Doc Martens trug. Schließlich wusste sie, wie Punk aussah. »Ist das so offensichtlich?«, antwortete sie. »Ich hätte gern ein Bitter. Eigentlich wollte ich für meine Freunde mitbestellen, aber die haben sich schon unters Volk gemischt.«

»Keine Sorge. Du kriegst den Dreh schnell genug raus. Pass nur auf die Kneipenhockerinnnen auf. Die kommen früh an und suchen nur nach jemandem, der für sie bezahlt. Und der Billardtisch wird meist von den Baby Dykes belagert. Sei vorsichtig, wenn du spielen willst.«

Tess schüttelte den Kopf. »Und wenn ich dir mein Sternzeichen sage, meinst du, du kannst dann auch noch eine Seelenverwandte für mich finden, wo du schon dabei bist?«

»Wenn ich das so einfach könnte, glaubst du, ich würde dann hier hinter der Theke stehen und Gläser spülen? Übrigens, es kommen auch immer ein paar Hetero-Touristinnen hierher. Irgendwie witzig.« Lizzie zeigte auf das Frauengrüppchen an der Tür, das in seine Cocktails lachte. »Sie machen normalerweise keinen Ärger und hier werden sie mal einen Abend lang nicht von Männern angebaggert. Bist du nur hier, um die Szene auszukundschaften, oder willst du dir wirklich jemanden angeln?«

»Du ... bist eine von der direkten Sorte, oder?« Tess griff nach ihrem Glas und nahm dankbar einen Schluck. »Ich bin mir noch nicht sicher. Meine neue Freundin hat mich im Grunde zum Mitkommen genötigt, also mal sehen.«

»Na, dann viel Spaß. Wenn dir jemand auf die Nerven geht, sag mir einfach Bescheid. Die meisten hier wissen es besser, als sich mit Lizzie anzulegen.«

Tess nickte und ging, um in der Menge unterzutauchen. Sie war nicht gerade auf der Suche nach potenziellen Dates, aber ein paar Frauen fielen ihr im Vorbeigehen auf. Sie selbst war nicht gerade der schlanke, androgyne Typ, der immer gefragt zu sein schien. Dennoch erntete sie einige anerkennende Blicke, die darauf hindeuteten, dass die eine oder andere Kurve hier für durchaus attraktiv befunden wurde.

Und nahe der Grenze gab es auch keinen Mangel an kecken Barfrauen. Tess sah, wie Babs und Lizzie über die Theke hinweg miteinander redeten und sich dabei gegenseitig zum Lachen brachten. Überall in dem großen Raum fanden sich bereits Paare zusammen oder ließen sich Leute in Gruppen nieder. Die Musik wurde fast komplett vom Stimmengewirr übertönt, aber wahrscheinlich war das gut so, denn soweit Tess das erkennen konnte, lief gerade kitschiger Europop.

Sie nahm einen tiefen Schluck Bier und postierte sich an einer der Säulen in der Mitte des Raumes. Es war ein perfekter Aussichtspunkt, von dem sie fast alles überschauen konnte, ohne zu viel Aufmerksamkeit auf sich selbst zu ziehen. Während ein Lied ins nächste überging, sah sie auf ihr Handy, und trotz vieler Blicke auf das Frischfleisch schien niemand daran interessiert, sich ihr zu nähern. Tess hatte das Gefühl, dass sie die Laufarbeit selbst erledigen musste.

Toll. Das würde noch einen weiteren Drink erfordern.

Letzten Endes war es gar nicht so schwer. Babs kam herüber, um Tess aus ihrer einsamen Lage zu retten, und stellte ihr einige der anderen Stammgäste vor. Dann verließ sie sie mit einem Augenzwinkern und kehrte zu ihrem Gespräch mit einer älteren Frau an die Bar zurück. Es machte tatsächlich Spaß zu hören, dass Leute mit allen möglichen Hintergründen, unterschiedlichen Jobs und von verschiedenen Orten gekommen waren.

Okay, möglicherweise spürte Tess kein Kribbeln, weil sie niemanden auf Anhieb attraktiv fand, aber all diese neuen Menschen zu treffen machte ihr klar, wie viel Platz in ihrem Leben für Begegnungen war.

War sie die ganze Zeit einsam gewesen, ohne sich dessen bewusst zu sein?

Bei dieser trostlosen Entdeckung wurde ihr klar, dass ihr der Lärm und die Hitze all dieser Körper zu schaffen machte. Sie schnappte sich ihre Lederjacke, die sie längst ausgezogen hatte, und ging zur Hintertür. Für einen Moment hätte sie schwören können, Finn gesehen zu haben, aber angesichts der Tatsache, dass sier total in Dave verknallt war, war das nicht sehr wahrscheinlich.

Als Tess auf den Parkplatz trat, wünschte sie sich, noch zu rauchen. Dadurch konnte sie immer ein paar Minuten Abstand von stressigen Situationen gewinnen. Es sei denn, sie wurde von einem anderen Raucher in die Enge getrieben, der Feuer wollte, was oft gerade dann geschah, wenn sie sich zu entspannen begann.

Da tippte ihr jemand auf die Schulter. Sie drehte sich um und sagte: »Tut mir leid, ich ...« Die Person, die ihre Aufmerksamkeit suchte, war die letzte, die sie erwartet hatte.

»Keine Sorge, ich will keine Zigarette schnorren. Hätte nicht erwartet, ausgerechnet dich hier zu sehen.« In ihrem ärmellosen blauen Kleid mit dem dünnen goldenen Gürtel um die Taille schien Susannah ein wenig zu frieren.

Einen fürsorglichen Moment lang überlegte Tess, ob sie ihr ihre Jacke anbieten sollte. »Wirklich? Warum nicht?«

»Du wirkst auf mich einfach nicht so, als würdest du freitagabends auf die Pirsch gehen. Das finde ich übrigens gut.«

»Vorsicht, ich könnte anfangen zu denken, dass du mich tatsächlich nicht hasst.«

Susannah rieb sich über die nackten Arme. »Ich dachte, das hätten wir inzwischen hinter uns. Sehr unsicher von Ihnen, wieder um Komplimente zu betteln, Doc.«

»Oh, hier.« Am Ende siegte doch die Ritterlichkeit. Tess zog die Jacke aus und legte sie Susannah über die Schultern, bevor sie sich dagegen wehren konnte. »Ich kann ein bisschen frische Luft vertragen. Schließlich bin ich dazu geboren, oder?«

»Cheshire ist ja auch nicht gerade dafür bekannt, ein tropisches Paradies zu sein«, bemerkte Susannah. »Das ist eine schöne Jacke. Vielleicht gebe ich sie nicht zurück.«

»Du hast es also nicht eilig, wieder reinzugehen?« Tess wusste nicht genau, was sie da fragte, aber plötzlich lag eine Spannung in der Luft, sodass die feinen Härchen auf ihren Unterarmen sich aufrichteten.

»Weißt du, ich glaube, es geht mir gut, wo ich bin.« Susannah lehnte sich an die Mauer und schenkte Tess ein kleines, charmantes Lächeln.

Kapitel 14

Sie hätte nicht hier draußen sein dürfen.

Finns Anweisungen waren ganz einfach gewesen: reingehen, etwas trinken und sich umsehen. Susannah hatte es nicht einmal geschafft, diese drei einfachen Schritte zu befolgen.

Nun lehnte sie an einer Mauer und trug eine geliehene Jacke, die nach einem Parfüm mit einer leicht holzigen Note roch, vermischt mit dem unverkennbaren Duft von feinem Leder, und das Zusammenspiel all dieser Tatsachen brachte sie zum Lächeln. Einem unkontrollierbaren, die Wangenmuskeln dehnenden Honigkuchenpferdlächeln. Eine Zeit lang hatte sie geglaubt, ihr Gesicht hätte vergessen, wie das geht.

»Dir scheint es wirklich gut zu gehen. Da, wo du bist«, antwortete Tess schließlich.

Wurde sie ... O ja, sie wurde tatsächlich rot. Und der helle Teint, den allen Rothaarigen gemein hatten, ließ ihre Verlegenheit offensichtlich werden.

»Wenn du nicht reingehen willst, könnten wir vielleicht ein bisschen spazieren gehen?«, fuhr Tess fort. »Ich habe das Gefühl, das hier könnte ein beliebter Platz sein, um äh ...«

Susannah kicherte. Unglaublicherweise. Sie hatte keinen einzigen Tropfen Alkohol angerührt, und doch fühlte sie sich seltsam benommen. »O ja, stimmt. Ich möchte natürlich niemandem die Tour vermasseln. Sieht aus, als ob der Weg da zum Fluss hinunterführt.«

»Eigentlich ist es ein Bach.« Es klang sehr liebenswert, wie Tess das Wort mit ihrem schottischen Akzent aussprach. »Oder ein Wasserlauf, würde man wohl da sagen, wo du herkommst.«

»Ich wusste gar nicht, dass Tierärzte nebenher Linguistik-Vorlesungen hören.« Susannah stieß sich von der Mauer ab und ging voraus. »Du überraschst mich immer wieder.«

Tess fiel automatisch in Gleichschritt.

Es war viel zu lange her, dass Susannah etwas so Einfaches wie einen Spaziergang mit einer anderen Person gemacht hatte. Zu oft streifte sie allein über ihr Anwesen.

»Wie machst du das bloß?«, fragte Tess. »Du sprichst über etwas, wie zum Beispiel die Tatsache, dass ich dich überrasche, aber es klingt immer gleich wie eine Anschuldigung. Bei unseren Unterhaltungen fühle ich mich die meiste Zeit, als hätte man mich mit der Hand in der Keksdose ertappt.«

»Verzeih mir«, sagte Susannah, und es war ihr unerwartet sehr wichtig, dass Tess es auch tat. »Ich bin aus der Übung.«

»Worin?«

»Nenn es, wie du willst: entspannt plaudern, Freundschaften schließen, mit anderen zusammen sein. Ich könnte das alles auf die Trauer oder ein schwieriges Jahr im Allgemeinen schieben, aber die Wahrheit ist, dass ich darin schon immer schlecht war. Ehrlich gesagt kann ich viel besser mit Pferden umgehen als mit Menschen.

»Ich glaube, es gibt noch Hoffnung für dich.« Tess blickte auf das schmale Gewässer. Ihr Tempo wurde gemächlicher. »Wenn wir uns nicht gerade gegenseitig anschnauzen, sind die Gespräche mit dir eigentlich ganz angenehm. Nicht, dass ich das zugeben würde, natürlich nicht. Ich nehme an, du bist es gewohnt, dass alle vor dir katzbuckeln. Das macht es schwer, sich mal einfach mit anderen zu betrinken, und so habe ich immer neue Leute kennengelernt. Allerdings hat diese Methode nach der Uni auch nicht mehr so richtig funktioniert.«

»Babs hast du jedenfalls für dich eingenommen«, antwortete Susannah und wählte ihre Worte sorgfältig. »Sie nimmt nicht einfach irgendjemanden zu einer wilden Party mit. Eigentlich überrascht mich, dass sie sich nicht selbst bei dir engagiert hat.«

»Ich glaube, ich bin nicht ihr Typ.« Tess öffnete den Mund, als wolle sie dem Gedanken weiter nachgehen, schien aber ihre Meinung zu ändern.

»Man weiß nie, wen Menschen gut finden und wen nicht. Mich zum Beispiel scheinen nur wenige zu mögen. Selbst meine Schwägerin hasst mich inzwischen, obwohl wir uns früher gut verstanden haben. Ich glaube, Trauer macht seltsame Dinge mit Menschen. Sie lässt sie nur noch eigener werden.«

Sie kamen zu einer Bank mit Blick auf die breiteste Stelle des Flusses. Susannah hatte keine Lust, sich zu setzen, sie hätte noch kilometerweit gehen können. Stattdessen lehnte sie sich gegen die Rückenlehne. Einen Moment später folgte Tess ihrem Beispiel. Hinter ihnen floss das Wasser langsam weiter.

»Ist das der Grund, warum du sie mit ihrem Verhalten durchkommen lässt?«, fragte Tess. Ihre Stimme war so leise, dass sie vom Plätschern des Wassers, dem Rauschen der Bäume und dem fernen Dröhnen und Hupen der Hauptstraße fast vollständig übertönt wurde. »Oder hoffst du, dass sie es irgendwann einfach so wieder ändert? Ich dachte, du schonst sie aus Respekt vor deinem Mann.«

»Nein, das ist nicht mein Stil«, sagte Susannah, und auch wenn sie nie wieder miteinander sprechen würden, wollte sie, dass Tess es verstand. »Und im Interesse unserer neuen Freundschaft denke ich, dass es ein oder zwei Gerüchte gibt, die es wert sind, angesprochen zu werden. Jimmy und ich, wir hatten zwar eine gute Partnerschaft, aber unsere Beziehung war keine romantische. Ich glaube, das hast du schon mitbekommen.«

Tess nickte. »Ich möchte wirklich nicht neugierig sein. Es ist nur so, dass es in Hayleith viel Gerede über dich gibt. Aber das meiste davon nehme ich nicht ganz so ernst. Du solltest dasselbe tun, falls die Leute jemals über mich reden.«

»Das werde ich. Ich hätte mehr tun sollen, um Teil des Dorflebens zu werden, das sehe ich jetzt ein. Niemand kann eine überhebliche Adlige da oben in ihrem Elfenbeinturm leiden. Vielleicht ist es noch nicht zu spät, wenn ich auf dem Anwesen einige große Veränderungen vornehme. In der Zwischenzeit bringt es mir nichts, Robin anzugreifen, ich würde ziemlich viel riskieren. Aber wenn ich mich an die Regeln halte, zumindest in der Öffentlichkeit, dann bin ich ihr gegenüber im Vorteil.

»Du meinst also, du brauchst niemanden, der sich mal ihr Auto mit einem Hockeyschläger vornimmt?«

»Meldest du dich freiwillig?«

»Wo würde ich einen herkriegen?«, fragte Tess. »Ihr seid vielleicht alle fröhliche Hockeyspieler, aber ich bin auf die Art von Schule gegangen, in der alle Sportgeräte verboten waren, die auch als Waffen benutzt werden konnten. Abgesehen davon konnten sich sowieso nicht viele so etwas leisten.«

Susannah lächelte wehmütig. Obwohl ihrem Vater in regelmäßigen Abständen das Geld ausgegangen war, hatte sie es irgendwann immer wieder zurück in die Schule geschafft. Der eine oder andere Verwandte hatte auch für schöne Ferien bezahlt, sodass es immer etwas gegeben hatte, worauf man sich freuen konnte. Sie wusste es besser, als Tess gegenüber vorzugeben, sie könne das nachvollziehen.

»Nun, danke jedenfalls für das Angebot. Und wenn ich tief genug in meinen Schränken herumwühle, finde ich vielleicht einen Hockeyschläger für dich, falls sich die Gelegenheit ergibt. Möglicherweise habe ich sogar noch meine alten Klamotten.«

Tess wandte sich ihr nun ganz zu mit einem Grinsen, das weit mehr als nur freundlich war. »Du sprichst nicht zufällig von diesen winzigen Röckchen und den eng anliegenden ärmellosen Oberteilen, oder? Denn das ist wirklich nicht fair.«

»Fair?« Susannah konnte sich dumm stellen, wenn sie wollte. »Ich wusste gar nicht, dass du so ein Sportfan bist, Tess.«

Tess musste lachen. Das zu schaffen, fühlte sich wirklich verdammt gut an. Es war ein sehr schönes Lachen.

»Trotzdem gibt es vorerst keine Selbstjustiz«, fuhr Susannah fort. »Irgendwie werde ich mich schon durchsetzen – weil ich das meistens tue –, und danach wird man sehen, ob ich so manches wieder kitten kann. Ob du es glaubst oder nicht, ich hasse es eigentlich, wenn Leute es auf mich abgesehen haben.«

»Ich kann verstehen, dass das anstrengend ist.«

»Ist es auch.« An das Gefühl, verstanden zu werden, hätte sich Susannah dagegen ohne Weiteres gewöhnen können. »Aber es ist gut, dass du so einfallsreich bist. Wenn du wirklich meine Kämpfe für mich austragen willst, kannst du gern einige davon übernehmen.«

Hoppla. Das hatte nicht ganz so kokett klingen sollen. Tess' Wangen wurden wieder rot.

Da sie jetzt ganz dicht nebeneinanderstanden, konnte Susannah sehen, dass Tess' Nase und Wangenknochen mit hellen Sommersprossen übersät waren. Ihre Nase war perfekt geformt, etwas eher Seltenes. Sie war weder zu lang noch zu rund und hatte keinerlei Dellen oder Unebenheiten. Ein Schönheitschirurg hätte sie sicher als Standardmodell ausgewählt, falls so etwas existierte.

»Ich glaube, ich kann ganz gut mit meinen Händen umgehen«, antwortete Tess, obwohl die lange Pause es eher wie eine Verteidigung als einen geistreichen Kommentar klingen ließ. »Mindert es nicht deine Chancen, jemanden kennenzulernen, wenn du hier bei mir bist? Ich vermute, dich hat auch jemand auf diese Party geschleppt, so wie es Babs bei mir getan hat?«

»Ach, keine Eile.« Susannah strich mit den Händen seitlich über ihre Oberschenkel. »Das ist einfach – wie könnte man es nennen – der Auftakt. Der erste Schritt auf einem langen Weg, so etwas in der Art.«

»Also, nur um das klar zu bekommen und mich nicht allein auf Gerüchte zu verlassen: Wenn du zu so einer Party gehst, heißt das, du bist tatsächlich daran interessiert, Frauen zu daten? Da du doch jahrelang mit einem Mann verheiratet warst ...«

Sieh an, sieh an. Wird der Doc etwa mutig? Das war für Tess geradezu direkt. »Wie gesagt, meine Ehe war eher eine Vereinbarung zwischen zwei Menschen, die sich nicht in der Lage fühlten ... andere Beziehungen einzugehen. Meine Familie war das Gegenteil von unterstützend, als sie bemerkte, dass ich mich für Mädchen interessierte. Jimmy bot mir einen sicheren Ausweg und dazu noch ein schönes, bequemes Leben. Und wir waren durchaus glücklich zusammen.«

Ausnahmsweise fühlte es sich nicht wie Verrat an, die Wahrheit über ihre Situation auszusprechen. Es fühlte sich an, als wäre man endlich ehrlich, nachdem man die Wahrheit zu viele Jahre unter den Teppich gekehrt oder um sie herumgeredet hatte. »Und während ich offen mit dir darüber rede, war dies bis vor Kurzem noch nicht öffentlich bekannt. Oder zumindest habe ich es noch niemandem bestätigt.«

»Ich habe nur gefragt.« Tess hob die Hände.

So machten sie weiter, Stoß und Parade führten wie beim Fechten schließlich zur Kapitulation. Einen Moment lang ließ Susannah ihre Schultern nach unten sinken. Sie war so müde. Warum war sie heute Abend unterwegs und versuchte, noch einmal von vorn anzufangen?

»Du bist ein guter Fang«, sagte Tess plötzlich. »Es wundert mich, dass du es durch die Bar geschafft hast, ohne gleich zu einem Date geschleppt zu werden.«

»Das war eine beeindruckende Schmeichelei«, Susannah sagte es mit einem Lächeln. Es war viel Aufwand, sich so zurechtzumachen, besonders seit sie die vierzig überschritten hatte. Sie war an Komplimente gewöhnt, erwartete sie vielleicht sogar in vielen Zusammenhängen, aber bei Tess wirkte es, als meine sie das Gesagte auch ernst. »Mach ruhig weiter.«

»Susannah, ich –«

Es war nur ein Kuss. Susannah beschloss im selben Sekundenbruchteil, in dem sie ihre Lippen auf die von Tess presste, es tatsächlich zu tun. Es gab keinen Plan, keinen Vorsatz, der über das Vermeiden weiterer heikler Gesprächsthemen hinausging. Es hätte lächerlich wirken können, wie eine falsch getimte Geste mit der Folge, dass Tess sich zurückzog oder ihr ins Gesicht lachte. Stattdessen wurde Susannah auf jene prickelnde Weise zurückgeküsst, die zwei Menschen bis ins Innerste miteinander verbindet.

Es war etwas holprig. Nasen zusammen, Winkel anpassen, aber der sanfte, beharrliche Druck der Küsse, die ineinander übergingen, war ebenso konstant wie köstlich.

»Wow.« Als Tess sich schließlich von Susannah löste, waren ihre Augen geschlossen. Es dauerte einen Moment, bis sie sie wieder öffnete. »Damit hätte ich heute Abend wirklich am allerwenigsten gerechnet …«

»Vielleicht war ich jetzt mal mit Überraschen dran. Übrigens küsst du ziemlich gut. Falls du irgendwie Punkte zählst oder so.«

»Ich möchte das noch mal machen.« Tess neigte das Gesicht in Susannahs Richtung.

Susannah war voll und ganz dafür, aber gerade als sie sich bewegte und das ungemein angenehme Erlebnis wiederholen wollte, sah sie jemanden auf dem Weg herankommen. Das war eigentlich kein Grund aufzuhören, das war ihr klar, aber sie erstarrte.

Die Person – ein Mann, den sie nicht erkannte – ging aus der entgegengesetzten Richtung zum Pub. Der gesunde Menschenverstand sagte ihr, einfach weiterzumachen, aber Tess hatte sich bereits zurückgezogen, ihr Gesichtsausdruck war zutiefst verletzt.

»Ich, äh …«, begann Susannah.

»Nein, ich versteh schon«, sagte Tess mit einem Seufzen, das ganz tief aus ihr zu kommen schien. »Impulsive Entscheidungen bereut man eben manchmal. Sieh es einfach als schlechte Idee.«

Susannah konnte fühlen, wie ihr der Moment entglitt, und auf eine gewisse Weise wusste sie, dass sie das aufhalten konnte, wenn sie es nur versuchte. »Nein, nein, ich habe meine Meinung nicht geändert. Ich habe nur … kurz Luft geholt …«

»Wow, was Ausreden angeht, ist das wirklich … wow. Hör zu, ich hab's kapiert. Dass Impulse vergehen, passiert den Besten von uns. Dann hast du dich daran erinnert, dass man uns hier draußen tatsächlich sehen kann, und dachtest, dein extravaganter Ruf könne Schaden nehmen, wenn du mit einem einfachen Tierarzt –der auch noch weiblich ist –herumknutschst.«

»Tess –«

»Ehrlich, ist schon in Ordnung. Ich bin nicht beleidigt.« Für jemanden, der nicht beleidigt war, hätte Tess' Bild ohne Weiteres neben der Definition des Adjektivs im Wörterbuch erscheinen können. »Wahrscheinlich war es nur der Druck der ganzen Single-Party. Du hast dich einfach für einen Moment vergessen, und ich war zur falschen Zeit am richtigen Ort.«

»Tess, nein …« Susannah griff nach Tess' Arm, aber diese war bereits in Bewegung und entfernte sich von der Bank. »Es ist wirklich nichts Persönliches«, sagte Susannah, doch selbst in ihren eigenen Ohren klang das halbherzig. »Ich werde ab jetzt nicht mehr verstecken, wer ich bin. Deswegen bin ich doch überhaupt nur hierher gekommen. Es war nicht die Angst, erwischt zu werden. Und auf keinen Fall hat es etwas damit zu tun, dass du Tierärztin bist. Ich weiß nicht, wie du auf diese Idee kommst. Ich habe nur ... eine Pause gemacht. Das ist wohl kaum ein Verbrechen. Hör zu, können wir nicht vielleicht noch mal von vorne anfangen? Warum gebe ich dir nicht einen Drink aus, und dann sehen wir –«

»Lass uns die Dinge nicht noch komplizierter machen, als sie sowieso schon sind, okay?« Tess streckte die Hand aus. »Jetzt hätte ich ganz gern meine Jacke zurück. Wir können ja alles auf die Überzeugungskraft einer wirklich coolen Jacke schieben.«

»Da hast du sie!« Wütend riss Susannah sich die Jacke von den Schultern. Mochte die Luft um sie herum noch so kühl sein, sie weigerte sich zu zittern, solange Tess es sehen konnte. »Aber ich finde wirklich, du bist zu hart, wenn du so tust, als ginge es hier nur um den Klassenunterschied. Oder um Geld, oder was auch immer du andeuten willst. Wenn ich tatsächlich so eine hochnäsige Kuh wäre, hätte ich einen solchen Impuls gar nicht erst gehabt. Du siehst also –«

»Vielen Dank, dass du mir die Eigenheiten des britischen Klassensystems erklärst. Das hat mich gerade noch rechtzeitig daran erinnert, warum ich mich nicht auf die ganze Katzbuckelei einlasse. Ich würde sagen, dein Moment des Überdenkens hat uns beiden wahrscheinlich viel Zeit und Peinlichkeiten erspart. »Das hier«, sie machte eine Geste, die sie und Susannah einschloss, »war eine ganz miese Idee.« Und damit marschierte sie zurück zum Kilted Coo.

Der Pub war voller attraktiver Frauen, die wahrscheinlich alle viel besser mit dieser Situation fertig geworden wären. Doch trotz aller Scham und Verärgerung konnte Susannah nicht anders, als sich mit der Fingerspitze über die Unterlippe zu streichen. Sie kribbelte immer noch und wartete auf eine Fortsetzung des Kusses. Nach Tess' Abgang zu urteilen, würde sie darauf aber noch sehr lange warten müssen.

Susannah zog ihr Handy aus der Tasche und schrieb eine Nachricht an Finn. Selbst in der langen Zeit, in der sie keine Dates gehabt hatte, waren die Frauen kein bisschen weniger unerträglich geworden. Das war von allen unnötigen Dingen das Letzte, über das sie sich ärgern wollte.

Offensichtlich war Tess völlig auf ihre unterschiedliche gesellschaftliche Stellung fixiert, sonst hätte sie es gar nicht erst zur Sprache gebracht. Für Susannah war das überhaupt kein Thema gewesen. Und natürlich hatte diese verflixte Frau sich überhaupt nicht für ihre jeweiligen Steuerklassen interessiert, als sie Susannah so begeistert zurückgeküsst hatte. Tja, immer dieser blöde Stolz.

Was noch mehr schmerzte, war, dass Tess auf die schambesetzte Geschichte rund um Susannahs Sexualität gezielt hatte –und dann auch noch an einem Abend, an dem Susannah dachte, sie hätte die Reste von Selbsthass und das Verstecken endlich hinter sich gelassen. Das bewies nur, dass der ganze Abend ein riesiger Fehler gewesen war und es Zeit wurde, in das sichere Midsummer zurückzukehren.

Kapitel 15

Tess war versucht, Finns E-Mail einfach zu ignorieren, aber alle Nachrichten an ihre Arbeitsadresse waren auch für die beiden anderen Geschäftspartner sichtbar.

Außerdem klang ein Tag, an dem man sich Pferde ansah, die einen Gnadenhof brauchten, als könnte das gut für die Seele sein. Selbst in Begleitung der Frau, die sie vor ein paar Wochen geküsst und dann innerhalb von fünf Minuten zurückgewiesen hatte.

Es wäre cool und auch unglaublich reif gewesen, wenn Tess hätte behaupten können, seitdem nicht einen Moment an das Debakel gedacht zu haben. Leider konnte sie nicht aufhören, darüber nachzudenken. Susannah mochte vielleicht der Welt dieses hochnäsige Bild von sich präsentieren, aber sie küsste verboten gut.

Tess stach mit den Daumennägeln auf das Handydisplay ein, während sie antwortete.

Gut. Lassen Sie mich einfach wissen, wann ich S abholen soll, und dann sehen wir weiter.

Lady Ich-küsse-dich-und-ändere-dann-meine-Meinung würde annehmen, dass sie mit ihrem Land Rover fahren würden, aber Tess fühlte sich immer noch in die Defensive gedrängt. Sie konnten ebenso gut ihr Auto nehmen, und wenn sie stundenlang mit jemandem unterwegs sein musste, der sie küsste und es sich dann anders überlegte, dann hatte sie wenigstens Heimvorteil. Und die Kontrolle über die Musik.

Tess steckte ihr Handy zurück in die Tasche, wandte sich ihrem Kaffee zu und betrachtete dabei den Karottenkuchen, den Joan mit derselben Sorgfalt und Aufmerksamkeit in die Glasvitrine stellte, als sei sie mit der Reinigung der Kronjuwelen beauftragt worden.

»Wenn Sie ein Stück haben wollen, müssen Sie mich darum bitten, bevor ich die Tür wieder zuschiebe«, sagte Joan, als sie Tess beim Starren erwischte. »Aber was Sie wirklich probieren sollten, sind diese Erdbeertörtchen.« Sie nickte zu dem kleinen Tablett mit sechs kleinen Bergen voll saftiger Erdbeeren hinüber, die unter dem klebrig-süßen roten Sirup glänzten.

Tess errötete. Sie sahen wirklich herrlich aus, und ihr Magen gluckste zustimmend.

»Kuchen lässt Sie rot werden?«, wunderte sich Joan, als Tess zum Tresen kam.

»Nein, es ist nur … es ist eigentlich albern.« Tess schüttelte den Kopf. »›Erdbeertörtchen‹ war mein Spitzname in der Schule, um mich zu hänseln. Tja, niemand ist so witzig wie Teenager, oder?«

»Und?«, fragte Joan und in ihrem Ton lag etwas Herausforderndes. »Waren Sie ein Törtchen?«

»Ich glaube, die haben es ironisch gemeint. Die Verehrer standen bei mir damals nicht gerade Schlange. Und ich glaube nicht, dass ich schon wusste, was eine Lesbe ist, geschweige denn, dass ich eine war.«

Joan machte ein kleines spöttisches Geräusch, aber sie schob ein Törtchen für Tess auf einen Teller. »Das geht aufs Haus.«

»Wofür? Ich meine: Danke. Aber warum?« Tess hatte nie gelernt, einem geschenkten Gaul nicht ins Maul zu schauen.

»Ich habe gehört, was Sie letzte Woche für Mrs Thompson und ihre Katze getan haben. Viele Leute hätten sie in die Praxis bestellt, aber das hätte sie nicht gekonnt. Es war gütiger, das arme Kätzchen zu Hause gehen zu lassen.«

Tess nickte. Die Tatsache, dass die meisten Patienten innerhalb weniger Minuten erreicht werden konnten, machte es viel einfacher, Mitgefühl zu zeigen, und die Termine in dieser Praxis folgten auch nicht so dicht aufeinander wie in London. Dass Hausbesuche den schlimmsten Teil ihrer Arbeit ein wenig erleichterten, war ein klarer Vorteil.

»Das war das Mindeste, was ich tun konnte. Schauen Sie ab und zu bei ihr vorbei? Ich fürchte, sie ist einsam.«

»Ja, das tue ich. Wir kümmern uns hier umeinander, wie Sie wahrscheinlich schon mitbekommen haben.« Sie machte eine Pause. »Ich will ehrlich zu Ihnen sein, Dr. Robinson. Als Sie zum ersten Mal nach Hayleith kamen, war ich mir nicht sicher, was Sie angieng. Aber abgesehen von Ihrem schlechten Geschmack in Bezug auf Pubs haben Sie sich gut eingelebt.«

Tess wollte zunächst protestieren, dass sie doch nicht in eine andere Stadt fahren musste, wenn sie direkt neben ihrem Haus einen Pub hatte. Aber sie wusste es besser und verkniff sich den Kommentar. »Es ist schön, so willkommen zu sein.

Ich kann mir wirklich vorstellen, mich hier endgültig niederzulassen, vor allem jetzt, wo mein Haus mit Möbeln ausgestattet ist und ich tatsächlich wieder alle meine Kleider habe.«

»Sie wären noch sesshafter, wenn Sie eine nette junge Dame treffen würden. Kein Glück gehabt im Kilted Coo?«

In Joans Augen lag ein wissender Ausdruck. Für jemanden, der noch nicht einmal dort gewesen war, schien sie bestens darüber informiert zu sein, dass etwas passiert war.

»Nein, die ganze Angeberei und das Herumstolzieren auf der Suche nach Dates waren letztendlich ein bisschen viel für mich. Stattdessen bin ich spazieren gegangen. Ich nehme das hier einfach ...«

»Sind Sie irgendwohin gelaufen, wo es schön war? In der Umgebung gibt es ein paar wirklich schöne Wanderwege.« Ohne, dass Tess darum bitten musste, machte Joan ihr noch einen Kaffee. »Aber denken Sie daran: Sie sollten nicht einfach alleine losgehen.«

»Oh, ich war vollkommen sicher. Und ich habe nicht gesagt, dass ich allein war«, antwortete Tess augenzwinkernd. »Aber ich würde mir noch keinen Hut für die Hochzeit aussuchen, wenn Sie verstehen, was ich meine.«

Sie erwartete, Joan würde etwas Witziges entgegnen, aber stattdessen schaute Joan direkt über ihre Schulter und sagte: »Hallo, Lady Karlson. Das Übliche?«

Lass das einen Scherz sein! Lass es eine ausgeklügelte Falle sein, um eine zutreffende Vermutung zu bestätigen. In der Hoffnung, hinter sich nur ein halb leeres Café zu sehen, drehte Tess sich um. Doch noch während sie in der Bewegung war, wusste sie, dass die Hoffnung vergebens war, denn ihr stieg der Duft des unverwechselbaren Parfüms und des teuren Shampoos in die Nase, den sie zuletzt auf der Bank aus nächster Nähe gerochen hatte.

Susannahs Gesichtsausdruck war undurchschaubar. In der einen Hand hielt sie ihre Brieftasche und mit der anderen streichelte sie Waffles' Kopf. Der große, flauschige Verräter war nämlich auf der Suche nach Aufmerksamkeit angelaufen gekommen, hatte aber keinen Gedanken daran verschwendet, seine ergebene Besitzerin vor der Anwesenheit anderer Leute zu warnen.

»Heute nur einen doppelten Espresso, Joan. Zum Mitnehmen.«

»Ich gehe mal aus dem Weg«, sagte Tess. »Waffles, hör auf, die Leute zu belästigen. Tut mir leid, er lässt einem wirklich keine Wahl, wenn er weiß, dass man ihn mag.«

»Das macht nichts«, antwortete Susannah.

Waffles warf Tess mit seinen großen braunen Augen einen vorwurfsvollen Blick zu und blieb an Susannahs Seite sitzen.

Joan wandte ihre Aufmerksamkeit Susannah zu und nickte dabei zu Tess. »Dr. Robinson hat mir gerade erzählt, wie viel Spaß sie neulich bei der großen LGBT-Party hatte. Hatten Sie nicht gesagt, dass Sie auch dorthin gehen wollten?«

»Vielleicht habe ich erwähnt, dass Finn mich hinschleifen wollte, ja«, antwortete Susannah.

»Dann sind Sie beide sich womöglich sogar begegnet«, beharrte Joan, während sie den Espresso zubereitete. »Oder Ihre Wege haben sich gekreuzt …«

»Ich muss jetzt dringend weiter.« Susannah legte etwas Bargeld auf den Tresen und riss Joan fast den Pappbecher aus der Hand, als diese ihn ihr hinhielt.

»Und wir fahren uns morgen die Pferde ansehen, ja?« Eigentlich hätte Tess Susannah so schnell wie möglich entkommen lassen sollen, aber irgendein nerviger kleiner Impuls in ihr verlangte, sie zum Bleiben zu bewegen.

»Wenn der Kalender das sagt, dann ja. Aber wenn du zu beschäftigt bist, verstehe ich das natürlich.«

»Überhaupt nicht. Finn sagt mir noch, wann ich dich abholen komme.«

»Aber –«

»Danke für die Erdbeertorte, Joan.« Tess nahm den Teller und ihren Kaffee in die Hand und ging zu ihrem Tisch zurück, erleichtert, dass Waffles ihr folgte. Seine erste Loyalität galt immer Snacks, von denen er dachte, er könne sie vielleicht stibitzen.

Für einen Moment sah es so aus, als würde Susannah an Tess' Tisch kommen, um sich mit ihr darüber zu streiten, wer fahren durfte. Aber stattdessen schlenderte sie auf ihren langen Beinen hinaus und zwang Tess, ihren Blick geradeaus zu richten und nicht den Anblick der sich entfernenden Susannah Karlson zu genießen.

Tess war zehn Minuten zu früh, also stellte sie den Motor ab und betrachtete die Vorderansicht des Midsummer-Anwesens. Mit ihrer Schätzung, dass es über mindestens zehn Schlafzimmer verfügte, hatte sie das letzte Mal wohl richtig gelegen. Die beiden Flügel des Hauses waren einer so imposant wie der andere und Tess spekulierte, hinter welchem der riesigen Fenster wohl Susannahs Schlafzimmer lag.

Vor ein paar Jahren, als der Buckingham Palace zum ersten Mal für Besichtigungen geöffnet worden war, hatte Caroline Tess umgeben von einem

Haufen Touristen hineingeschleppt. Während sie alle von den antiken Teesets und schweren Seidenvorhängen fasziniert schienen, hatte Tess die Minuten gezählt, bis sie wieder gehen konnten. Reichtum hatte sie noch nie beeindruckt.

Hatte Susannah eines dieser lächerlichen Himmelbetten? Tess würde es wohl kaum in nächster Zeit erfahren. Jedenfalls nicht, wenn sie nicht mindestens einen zweiten Kuss hinbekamen. Wie sahen wohl die anderen Zimmer aus? Ob es einen Fitnessraum gab? Susannah machte offensichtlich viel Sport und ... *Ups*, dieser Kuss hatte Tess' Konzentrationsfähigkeit –was die Gutsherrin betraf –wirklich zugesetzt.

Gerade überlegte sie, ob sie Zeit hatte, in den Stall zu gehen und den Pferden kurz Hallo zu sagen, als Susannah aus der Eingangstür trat.

Heute war sie ganz und gar wie eine Dame vom Lande gekleidet, mit cremefarbenen Reithosen, die sich eng an ihre wohlgeformten Oberschenkel schmiegten und in den vertrauten Reitstiefeln verschwanden. Darüber die leicht gesteppte Barbourjacke in Marineblau, zugeknöpft und mit geschlossenem Gürtel, unter der ein Stück grauen Kaschmirs zu erkennen war. Kein Reithelm, da sie sich die Pferde nur anschauen wollten, aber Susannah trug ihr Haar wieder zu einem tief sitzenden Knoten geschlungen.

Sie blieb kurz vor dem Auto stehen, betrachtete es und schüttelte langsam den Kopf, bevor sie die Beifahrertür öffnete und einstieg. »Du bist pünktlich. Gut«, sagte sie statt einer Begrüßung. »Bist du sicher, dass dieses Ding mit den holprigeren Straßen klarkommt? Die Farm liegt wirklich am Ende der Welt. Wir werden fast in England sein.«

»O nein, nicht England«, witzelte Tess, ohne zu lächeln. Sie wollte den Motor starten, und natürlich tat sich zunächst nichts. Leise fluchend versuchte sie es noch einmal. Dieses Mal sprang er laut dröhnend an. Mit einem Seitenblick auf Susannahs zweifelnden Gesichtsausdruck tippte Tess auf die Musikanlage ein und ließ die Playlist, die sie gerade gehört hatte, jegliche Gesprächsmöglichkeit beseitigen.

Sie waren bereits die ganze lange Einfahrt hinunter und bis auf die Hauptstraße gefahren, als Susannah die Hand ausstreckte und die Lautstärke herunterdrehte.

»Du gestattest?« Tess hätte die Musik zwar einfach wieder aufdrehen können, war jedoch zu neugierig, ob Susannah reden wollte. Vielleicht war sie aber auch nur kleinlich und wollte ihr Revier abstecken. Es wäre schließlich nicht das erste Mal.

»Melissa Etheridge? Wirklich? Gab es in der Klischeefabrik keine neuen CDs mehr?«

Sie fuhren am Pub vorbei und beide hoben eine Hand, um Babs zu winken, die draußen stand und sich mit einem Lieferwagenfahrer stritt.

»Erstens ist es nur eine Playlist, das heißt, es gibt noch andere Musik. Zweitens ist Melissa eine Legende und ich lasse es nicht zu, dass ihr Name in diesem Auto beschmutzt wird.«

»Beschmutzt?«

»Du weißt schon, was ich meine. Sicher wäre es dir lieber, wenn wir uns etwas Klassisches auf einem BBC-Sender anhören würden, aber einige von uns mögen Lieder, bei denen man mitsingen kann.« Als sie aus dem bewohnten Teil der Stadt heraus waren, beschleunigte Tess das Tempo. Ab hier wurden die Straßen lang und kurvenreich. Sie sah sich fast immer die Route an, bevor sie irgendwo hinfuhr, und blätterte durch ihre Karten-App, als würde sie abgefragt werden. Wäre sie nur an dem Tag, an dem sie in Hayleith ankam, so gewissenhaft gewesen.

»Du weißt nicht das Geringste über meinen Musikgeschmack«, entgegnete Susannah und kehrte zu der frostigen Stimme zurück, die sie normalerweise für ihre sich einmischende Schwägerin reservierte. »Ich könnte genauso gut die Karaoke-Königin der Grenzgebiete zu Schottland sein.«

»Ich hasse Karaoke.«

»Das ist, als würdest du sagen, du hasst Spaß«, sagte Susannah, und Tess wusste wirklich nicht, ob sie das ernst meinte oder nicht.

Tess verfiel in Schweigen und ließ Melissa Pat Benatar Platz machen, zu deren Gesang Susannah tatsächlich mitsummte.

Die nächsten paar Meilen sprach nur das Navi, bis Tess die Neugierde überkam. »Ist das jetzt also eins deiner Standardlieder beim Karaoke?«, fragte sie.

Anstatt einer Antwort seufzte Susannah laut auf. Okay, es war also ein Witz gewesen. »Ich bin eigentlich eher Cher-Fan. Es muss etwas sein, das man aus voller Kehle schmettern kann.«

Tess warf ihr einen kurzen Blick zu, aber Susannah war auf den vor ihr liegenden Weg konzentriert und anscheinend todernst. »Entschuldige, aber das glaube ich erst, wenn ich es sehe.«

»Gut. Ich lasse Babs einen ihrer berüchtigten Karaoke-Abende arrangieren. Du musst natürlich auch singen, sonst kommen wir nicht ins Geschäft.«

»Na klar.« Tess fühlte sich jetzt in ihrer Einschätzung sicher. »Ich werde auf der Bühne stehen. Gleich nach dir. Ich könnte es mit Country versuchen, mit Dolly Parton vielleicht?«

»Ich bin mir nicht sicher, ob du genug Busen dafür hast«, murmelte Susannah.

Tess wand sich ein wenig unter ihrem Sicherheitsgurt. Sie wollte zwar nie richtig vollbusig sein, man konnte sie aber wohl kaum als flachbrüstig bezeichnen. Am wichtigsten war aber, dass Susannah körperliche Eigenschaften zur Sprache brachte, was darauf hindeutete, dass sie über sie beide nachgedacht hatte. Punkt für Tess. Nur schade, dass sie keine Ahnung hatte, was sie spielten, wie die Punkte vergeben wurden oder wie ein Sieg aussehen würde.

»Wenn du irgendwann auf einen Kaffee oder so anhalten willst, ich habe nichts dagegen«, sagte Susannah etwas später und stellte die Musik leiser. »Das ist das Mindeste, was ich dir anbieten kann, wo du doch fährst.«

»Ist okay, ich berechne dir ja die Zeit, schon vergessen?«

»Ja, richtig. Ist es nicht schön, dass wir wieder auf vertrautem Boden sind, Doc?« Susannah verschränkte ihre Arme vor der Brust und schaute aus dem Seitenfenster.

Wenn Tess es nicht besser gewusst hätte, hätte sie womöglich gedacht, dass Susannahs Gefühle dieses Mal verletzt worden wären. So gerieten sie immer wieder aneinander, fanden jede scharfe Kante, die noch nicht weggeschliffen worden war, fielen bei brisanten Themen über jeden Stolperdraht. »Ich halte nur die geschäftliche Seite am Laufen«, fügte Tess erklärend hinzu. »Das heißt nicht, dass es nicht … schön ist, heute mit dir unterwegs zu sein.«

Das brachte ihr einen gereizten Blick ein, aber Tess konzentrierte sich auf den wenigen Verkehr vor ihnen.

»Das klang vorhin wie eine lästige Pflicht«, sagte Susannah.

»Sich ein paar neue Pferde anzusehen ist keine lästige Pflicht. Und ich finde es auch nicht unangenehm, in deiner Nähe zu sein. Der kleine Ausrutscher neulich, der … na ja, der muss nicht bedeuten, dass wir nicht trotzdem Freunde bleiben können. Wir brauchen nur offensichtlich ein wenig Übung.«

»War es für dich wirklich nur ein Ausrutscher?«, fragte Susannah nach einem Moment und starrte entschlossen auf die vor ihr liegende Straße, als sei sie die Fahrerin. »Du schienst mir völlig einverstanden gewesen zu sein, bis du etwas falsch verstanden hast.«

Tess umfasste das Lenkrad fester. Großartig. Nichts machte an einer Demütigung mehr Spaß, als sie erneut zu erleben. »Ich habe Ihnen damals einen Freibrief gegeben, Eure Ladyschaft. Sie haben etwas getan und es anschließend bereut. Sicher, diese Reue kam bei Ihnen etwas schneller als bei den meisten anderen, aber ich verstehe.«

»Langsam begreife ich, dass du überhaupt nichts verstehst«, antwortete Susannah wieder schnippisch.

Leider standen ihr sowohl der schnippische als auch der herrische Gesichtsausdruck extrem gut. Zeit für Tess, nach vorne zu sehen. Susannahs Blick brannte auf ihrer Wange.

»Hättest du dir meine Erklärung angehört, hättest du erfahren, dass es rein gar nichts mit Bedauern zu tun hatte«, sagte Susannah. »Tatsächlich bereue ich es auch jetzt nicht, obwohl du dich völlig unmöglich verhältst.«

»Die Farm kommt gleich auf der rechten Seite«, sagte Tess und war dem Navi um ein paar Sekunden voraus. »Und was meinst du damit, dass du es nicht bereust? Niemand drückt sich einfach grundlos vor einem zweiten Kuss.«

»Ich hatte einen Grund. Ich habe eine Pause gemacht und es ging dabei nicht um dich. Es war nur … eine Reaktion auf dich. Auf diesen Kuss. Und er war es durchaus wert, sich einen Moment Zeit zum Nachdenken zu nehmen. Jedenfalls bis du zu einem falschen Schluss gekommen bist.«

Tess redete sich ein, was in ihren Ohren hämmerte sei der Bass des Liedes, doch er war kaum hörbar. Susannah bereute den Kuss nicht, sondern hatte sich einen Moment Zeit nehmen wollen, um ihn zu würdigen. Bedeutete das, dass Tess' Temperament zu früh mit ihr durchgegangen war? Gab es Grund zur Hoffnung, dass die attraktive, einflussreiche Lady Karlson noch für einen weiteren Kuss offen sein würde? Das wollte sie auf jeden Fall herausfinden. Vorzugsweise jedoch nicht, während sie ein fahrendes Auto steuerte.

»Nun, es war die einzige Schlussfolgerung, die mir in dem Moment zur Verfügung stand.« Tess hoffte, dass das genug nach einer Entschuldigung klang, ohne tatsächlich eine zu sein.

Susannah öffnete ihren Mund, als wollte sie argumentieren, räusperte sich aber und nickte stattdessen. »Das ist es«, sagte sie. »Wir sind da.«

Kapitel 16

Im Nachhinein betrachtet war die Fahrt nicht so unerträglich gewesen, wie sie hätte sein können. Dennoch sprang Susannah förmlich aus dem Auto, sobald es stand. Der Boden war schlammig, sogar noch direkt vor dem Farmhaus, und sie vermutete, dass der Grund, weshalb die Pferde verfügbar waren, rein finanzieller Natur war.

Tess übernahm die Führung, ohne dass sie sie darum bitten musste – durch ihre unkomplizierte Art, mit Menschen in Kontakt zu kommen, war sie klar im Vorteil. Das verbesserte wahrscheinlich nicht Susannahs Ruf, distanziert zu sein, aber es gab ihr zumindest die Gelegenheit, Tess zu beobachten und zu sehen, wie sie auf die lockere Art ihren Charme versprühte und unterwegs zur Koppel mit ihrem Fachwissen punktete. Dort liefen zwei wunderschöne Rappen umher, zufrieden in der Gesellschaft des jeweils anderen.

»Wir ziehen in die Stadt. Unser Sohn besitzt dort ein Haus. Es geht ihm gut«, erklärte der Bauer, strahlend vor Stolz, auch wenn er erschöpft aussah. Er trug einen Overall und eine flache Mütze, hatte einen ungepflegten Bart und vom Nikotin gelbe Finger. »Meine Frau hat immer gesagt, sobald der Bauernhof zu viel Arbeit macht, wolle sie ein besseres Leben. Das bin ich ihr inzwischen schuldig.«

»Und anderen Viehbestand haben Sie nicht?« Tess schlüpfte durch den Zaun der Koppel, um sich den Pferden zu nähern.

»Nein, jetzt ist alles verkauft. Oder geschlachtet. Tut mir leid«, fuhr er fort und nickte Susannah zu, da er anscheinend zur Ansicht gelangt war, dass sie ein empfindliches Gemüt hatte. »So ist das nun mal auf einer Farm.«

»Dessen bin ich mir bewusst, danke.« Susannah erschrak darüber, wie verkrampft sie klang, und schwang sich, ohne groß darüber nachzudenken, hinter Tess zwischen den Holzbalken hindurch.

Nachdem sie eine erste Einschätzung vorgenommen hatte, blickte Tess auf. »Sie sind beide in guter Verfassung.« In ihrem regenfesten Mantel, den schwarzen Jeans und den Gummistiefel, die nach dem Marsch über das Feld wieder relativ schlammfrei waren, sah sie ganz geschäftsmäßig aus. »Ich habe ganz vergessen, nach ihren Namen zu fragen.«

»Wahrscheinlich werde ich sie umbenennen, falls das funktioniert«, sagte Susannah, als das größere der schwarzen Pferde herüberkam, um sie abschätzend zu beschnuppern. Sie streckte ihm die flache Hand mit einem Stück Karotte hin, das sie aus der Tasche gezogen hatte. »Ich will nämlich nicht noch einen Stall voller Tennisspieler.«

»Hmm, der Bursche hier hat eine etwas steife Hüfte«, sagte Tess und fuhr mit der Hand darüber. »Aber das ist nur eine Kleinigkeit und beeinträchtigt seinen Gang nicht. Die beiden haben immer noch einen gewissen Wiederverkaufswert, also solltest du dem Mann ein faires Angebot machen.«

»Oh, es steckt noch viel Leben in ihnen. Was sagt ihr dazu, Jungs? Würdet ihr gerne auf Midsummer herumstreunen? Wir werden uns sehr gut um euch kümmern. Ja, das werden wir.«

»Du liebst deine Pferde wirklich, oder?«

Susannah warf Tess einen vernichtenden Blick zu. Bei der Liebe ging es nicht darum, in einem kindischen Tonfall mit einem Tier zu sprechen. Es ging darum, sie zu pflegen, zu beschützen und sich gut um sie zu kümmern, ihnen ein Leben ohne Sorgen zu ermöglichen, auch wenn es vorher schwierig gewesen war. Nur der Rest war Spaß. »Warum hast du Waffles nicht mitgebracht? Er versteht sich doch gut mit Pferden, oder nicht?«

»Waffles kann mit allem und jedem, vorausgesetzt, sie haben Nahrung oder Aufmerksamkeit zu bieten. Ich weiß einfach nie, ob die anderen Tiere ihn mögen werden, deshalb hängt er meistens in der Nähe der Praxis herum, während ich auf den Weiden unterwegs bin.«

»Vermisst er dich nicht?«

»Doch, aber ich mache es hinterher mit Streicheleinheiten und Leckerchen wieder wett. Außerdem ist er ein bisschen wie ein inoffizieller Therapiehund. Er beaufsichtigt gerne die stationären Patienten und hilft ihnen, sich ein wenig zu entspannen, wenn ihre Besitzer sie erst einmal verlassen müssen. Margo scheint jedenfalls zu glauben, dass es hilft.«

Susannah legte sich eine Hand aufs Herz, fast ein wenig spöttisch, aber sie war wirklich gerührt. »Dein Hund macht dir alle Ehre. Wahrscheinlich sogar mehr, als dir zusteht.« Ihre Lippen kräuselten sich belustigt. »Sollen wir zurückgehen und dem Mann sagen, dass wir sein letztes Problem lösen werden?«

»Der Verkauf des Hofes ist das letzte Problem. Im Moment bewegt sich hier nicht viel Eigentum«, sagte Tess, während sie im Gleichschritt zum Zaun marschierten. »Er wird darauf hoffen müssen, dass jemand bereit ist, auf eigene Faust loszulegen. Vielleicht ein Arbeiter von einer Farm in der Nähe.«

Susannah kannte niemand geeigneten, aber möglicherweise wusste Dave jemanden. Gleich nach ihrer Rückkehr würde sie Finn auf den Fall ansetzen. Mit diesem Gedanken im Hinterkopf bot sie zweihundert Pfund mehr für die Pferde, als bereits abgemacht gewesen war, und erntete ein beeindrucktes leises Raunen von Tess. Besser so, als dass gesunde Pferde zum Abdecker gebracht wurden.

Dann trafen sie die Vereinbarungen für die Abholung und Susannah ging beschwingt mit Tess zurück zum Auto. »Soll ich die ausziehen?« Sie zeigte auf ihre Stiefel, als Tess sich auf den Fahrersitz setzte und die Gummistiefel gegen praktischere Laufschuhe austauschte.

»Nein, keine Sorge, dafür sind die Gummimatten da. Ich bezweifle sowieso, dass jemand in diesem Teil der Welt den Innenraum seines Autos sauber halten kann. Außerdem sind das tolle Stiefel«, sagte Tess und warf ihre eigenen in den Kofferraum.

»Ja, nicht wahr?« Susannahs Stimmung verbesserte sich mit jeder Sekunde. Komplimente waren schließlich immer gut. »Ach, ich bin so froh, dass wir das gemacht haben.«

»Ab Dienstag stehen zwei Pferde mehr in deinen Boxen«, antwortete Tess. »Das ist ein guter Anfang.«

»Ja. Tatsächlich ist es der wirkliche Anfang von allem. Ich habe so viel Zeit mit Reden und Planen verbracht. Aber das ist jetzt ein Meilenstein – die erste echte Veränderung auf dem Gelände, die ich ganz allein vorgenommen habe.

»Nimm das, böse Schwägerin!«, rief Tess mit einem kleinen Siegesjubel, während sie den Motor anließ.

Diesmal sprang er sofort an, trotzdem entging Susannah nicht, dass Tess leise erleichtert aufseufzte. Wenn sie ehrlich war, fand sie das Auto völlig in Ordnung – ein wenig protzig vielleicht und mit etwas viel Schnickschnack. Aber es hatte eben Spaß gemacht, Tess damit zu necken. Vieles, was mit Tess zu tun hatte, erwies sich immer wieder als lustig, nun ja, abgesehen von den Küssen, die zu Missverständnissen führten. Susannah wusste nicht, ob sie dieses Missverständnis inzwischen vollständig geklärt hatten, aber es war so schön, Tess wieder lächeln zu sehen. Vielleicht wäre es besser, wenn Susannah einmal nicht so viel reden würde. Taten waren ohnehin immer viel eher ihre Stärke gewesen.

»Ich glaube, ich habe auf dem Hinweg nicht weit von hier einen Pub gesehen«, sagte Susannah. »Ich weiß, du darfst als Fahrerin nichts trinken, aber würdest du nachsichtig mit mir sein? Dein Orangensaft geht auf jeden Fall auf mich.«

»Na klar.« Tess lenkte mit ruhigem Selbstvertrauen, während sie die schmale Straße entlangbrausten. »Meinst du den etwas abgelegeneren Pub mit den vielen Bäumen drumherum?«

»Er sah nett aus. Und langsam denke ich, ich sollte mir ein wenig Inspiration holen, um den Thistle endlich renovieren zu lassen.« Wow. Woher stammte denn diese Idee? Doch sobald Susannah ihren Gedanken ausgesprochen hatte, wurde ihr klar, dass sie ihn schon länger gehabt hatte. Veränderungen, die ihr aufgezwungen wurden, waren immer schwierig und verwirrend gewesen, aber selbst gefällte Entscheidungen, etwas zu ändern, fühlten sich sehr nach Macht an. Eigentlich fühlten sie sich sogar nach Freiheit an.

Sie parkten und traten durch eine Seitentür ein. Die rustikale Einrichtung des Pubs verzauberte beide sofort. Susannah löste ihr Versprechen ein und holte die Getränke. Sie freute sich, dass Tess einen Tisch mit niedrigen Sofas im hinteren Teil der Kneipe wählte. So früh am Nachmittag waren außer ihnen nicht viele Gäste anwesend, sodass sie fast völlig ungestört waren. Der Raum wurde von einem riesigen Kamin dominiert, in dem an kälteren Tagen zweifellos ein Feuer prasselte.

»Du hättest Champagner bestellen sollen«, meinte Tess und nippte klaglos an ihrem Orangensaft. »Schließlich hast du was zu feiern.«

»Das hätte ich gemacht, aber ich glaube, den gibt es hier nicht glasweise. Und allein eine ganze Flasche zu trinken, wäre …«

»Traurig?«

»Du sagst es. Vielleicht können wir beide uns irgendwann eine Flasche genehmigen, wenn du nicht hinter dem Steuer sitzen musst.« Oh. Jetzt fing sie wieder an zu flirten. Susannah hatte damit begonnen, bevor sie es überhaupt bemerkt hatte.

»Was machen wir jetzt?«, fragte Tess, die sofort auf der Hut war.

»Ehrlich gesagt, ich weiß es nicht. Mir ist ein wenig schwindlig, und wir sind hier in einer ruhigen Ecke, weit weg von zu Hause, mit nur diesem kleinen Tisch zwischen uns … Ich weiß, dass ich diejenige war, die damals auf Pause gedrückt hat –«

»Eigentlich hat es sich nicht wie eine Pause angefühlt. Es fühlte sich an, als hättest du den Stoppknopf gedrückt, dann auf Stand-by geschaltet und zur Sicherheit den Stecker gezogen.«

»Willst du damit sagen, dass du zu mehr bereit gewesen wärst?« Susannah versuchte es mit Leichtigkeit. »Ich weiß, dass ich total verkrampft war und den Moment kaputtgemacht habe. Vielleicht hätte ich dir meine Gründe besser erklären sollen, aber du hast mich trotzdem ziemlich vorschnell verurteilt.«

»Okay, gut. Es ist möglich, dass ich etwas überreagiert habe.« Tess stellte ihr Glas ab und rieb mit den Händen über ihre Oberschenkel, als seien sie kalt. Sie wand sich ein bisschen in ihrem Sessel, wodurch ihr Pferdeschwanz hin und her schwang. »Und ich muss zugeben, dass einflussreiche Frauen bei mir ein wunder Punkt sind. Besonders, wenn sie Macht über mich haben. Als ich London verlassen habe und neu anfing, ging es mir vor allem darum, einer schwierigen Situation zu entkommen. Ich habe mir geschworen, mich auf nichts einzulassen, was meine Arbeit oder meine Lebensumstände beeinträchtigen könnte. Du hättest sogar noch mehr Kontrolle darüber als Caroline. In gewisser Weise.«

»Aber der Unterschied ist, dass ich diese Macht nicht will. Ich habe nicht die Absicht, sie zu missbrauchen. Du hast etwas Besseres verdient.«

»Es ist nur …« Tess schien einen Moment lang in einem echten Konflikt zu stehen.

Susannah stockte der Atem, als Tess von dem bequemen Stuhl gegenüber aufstand und sich auf die Couch neben sie setzte.

»Es ist einfach …«

»Einfach was?«, flüsterte Susannah fast, da sie den zerbrechlichen Moment nicht zerstören wollte. Ihr Weinglas ruhte fast vergessen in ihrer linken Hand. Ein Blick durch den Raum bestätigte, dass sie immer noch allein waren und niemand in Sicht war.

»Na ja, das alles ist mir wirklich, wirklich wichtig. Aber dann hast du mich geküsst, und auf einmal dachte ich, vielleicht ist es gar nicht so wichtig.«

»Ich bin nicht deine Vorgesetzte«, erinnerte Susannah sie. »Und was dein Haus betrifft – es gibt einen Vertrag, einen Makler und all das. Außerdem möchte ich an dieser Stelle anmerken, dass ich, auch wenn ich kurz zögerte, nachdem ich dich geküsst habe, trotzdem vorhabe, es wieder zu tun. Ich hoffe, das schafft die Unklarheiten aus der Welt?«

»Ich denke schon.« Tess rutschte auf dem weichen Sitz etwas näher.

Als sie so nahe war, konnte Susannah sehen, wie flach Tess atmete und wie groß und dunkel ihre Pupillen auf einmal waren. Die Sommersprossen waren deutlicher zu erkennen als sonst – kein Make-up für einen Tag auf dem Feld. Es wäre so einfach gewesen, die Hand auszustrecken und Tess die Haarsträhne zur Seite zu streichen, die ihr über ein Auge gefallen war.

»Vielleicht brauchten wir einfach dieses kleine bisschen Privatsphäre«, sagte Susannah und leckte sich schnell die Lippen. Sie schmeckten durch den Wein nach einem Hauch von Eiche und Pfirsich. »Um herauszufinden, was wichtig ist und was nicht. Vielleicht kommst du nicht darüber hinweg, wer ich bin. Oder ich kann nicht damit umgehen, wie du mich ständig herausforderst. Aber vielleicht werde ich es genießen.«

»Wahrscheinlich ist es eine schreckliche Idee. Und möglicherweise sollten wir unseren Gefühlen auf keinen Fall nachgeben. Zumal du diejenige bist, die unmöglich ist. Und doch …«

»Und doch?« Susannah konnte die Worte kaum flüstern.

Tess antwortete mit einem energischen Kuss, der Susannah den Atem nahm. Ihr Glas fiel ihr aus der Hand auf den Boden. Vage nahm sie wahr, wie der Wein über den Teppich spritzte, aber was war das schon gegen das Gefühl von Tess' Fingern, die ihr durch das Haar strichen?

Susannah zog sie näher zu sich heran und erwiderte den Kuss leidenschaftlich. Sie konnte sich nicht daran erinnern, wann sich das letzte Mal etwas so intim angefühlt hatte. Der Druck von Tess' Lippen war fest und sicher, und die spielerischen Bewegungen ihrer Zunge neckten sie. Selbst wenn sie sich aneinanderklammerten, schien es nicht nahe genug zu sein. Sie küssten und küssten sich und Susannahs Frisur war Tess und ihren nachdrücklichen Fingern nicht gewachsen. Allein der Gedanke daran, was sie anderswo mit ihnen machen könnte, ließ Susannah vor Erwartung erschauern.

Als Tess die blonde Lockenmähne richtig zu fassen bekam, gab sie einen anerkennenden Laut von sich. Sie wickelte sie einmal um ihre Hand, um Susannah nah bei sich zu halten, und schob die andere unter ihren dünnen grauen Pullover.

»Wir sollten vorsichtig sein«, flüsterte Susannah, als sie sich für einen Moment nach Luft schnappend und mit kribbelnden Lippen voneinander lösten. «Nicht, weil uns jemand sehen könnte. Das ist mir wirklich egal. Es ist nur, wenn du so fordernd wirst, in meinen Haaren wühlst und mich so küsst, na ja, ich bin mir nicht sicher, ob ich genug Selbstbeherrschung aufbringen kann.«

»Du meinst also, wir sollen aufhören, bevor wir noch verhaftet werden?«

»Ja, ungefähr so«, stimmte Susannah zu.

Dann rückte Tess wieder näher, drückte sie gegen die Kissen und die beiden genossen eine Reihe langer, inniger Küsse. Susannah musste sämtliche

Selbstbeherrschung aufbieten, um nicht die Beine um Tess' Hüften zu schlingen. Die Grenzen, die die Öffentlichkeit ihnen setzte, wurden immer offensichtlicher, und es gab so viele weiche Fleckchen, die nur darauf warteten, dass sie nach Hause kamen.

Susannah bemerkte zunächst gar nicht, dass ihr Handy klingelte. Das Geräusch war nur ein Ärgernis im Hintergrund, nicht mehr als das Summen eines Insekts. Dann zog Tess sich sehr widerwillig zurück und Susannah stöhnte.

»Wer immer das ist, ich feuere ihn«, sagte Susannah als Entschuldigung. »Bitte merk dir, wo wir stehengeblieben sind.«

Susannah suchte den letzten Rest Gelassenheit zusammen, holte tief Luft und nahm den Anruf entgegen.

Kapitel 17

Auf der Rückfahrt redeten sie nicht viel. Ein paar Mal strichen Tess' Fingerknöchel ganz unschuldig beim Schalten über Susannahs Oberschenkel. Eigentlich hätte diese nicht so weit rechts sitzen müssen und sie bewegte sich auch nicht weg, wenn es passierte.

Bei jeder Berührung, die Susannah zuließ, durchflutete Tess eine neue Welle der Erleichterung. Der Schmerz der ersten Ablehnung war nun durch die vielen Küsse und die Dinge, die sie besprochen hatten, fast vergangen. Eines stand bereits fest: Die Anziehungskraft zwischen ihnen war stark genug, alle Zweifel und Bedenken zu überwinden. Vielleicht war das unverantwortlich, aber für Tess fühlte es sich eher so an, als hätte sie endlich alle Entscheidungsmöglichkeiten zurückbekommen und würde das wählen, was sie am meisten wollte.

»Also …«, begann Tess schließlich, als sie etwa auf halbem Weg zurück nach Hayleith waren, »hat Finn gesagt, wie schlimm es ist?«

Susannah wurde aus ihren Gedanken gerissen. »Hm?«

»Ich habe gefragt, ob Finn dir Einzelheiten genannt hat. Ist das nur eine Hinhaltetaktik oder kann Robin dir wirklich Probleme machen?«

»Die Anwälte kümmern sich darum.« Trotz des fehlenden Empfangs auf der Strecke sah Susannah erneut auf ihr Handy. »Sie glauben nicht, dass die Verfügung Bestand hat, aber sie kann mich bremsen. Sie könnte dem Stadtrat auch einen Grund geben, mir die Baugenehmigung zu verweigern. Das ist der wahre Stolperstein.«

»Mein Angebot, ihr Auto mit einem Hockeyschläger zu bearbeiten, steht noch.« Tess drückte Susannahs Bein. »Und es tut mir leid, wenn ich dich im Pub von wichtigeren Dingen abgelenkt habe.«

»Was? Ach nein«, widersprach Susannah und lehnte sich zu Tess hinüber, um sie auf die Wange zu küssen. »Nein, wir sind die eine Sache, die gut läuft. Bitte denk nicht, ich interessiere mich nur fürs Geschäft und für Geld und –«

»Nein, natürlich nicht«, erwiderte Tess schnell. »Ich habe dich doch mit den Pferden gesehen und all die Dinge gehört, die du über deine Ziele gesagt hast. Du verdienst diesen Widerstand nicht, Suze.«

»Oh, du denkst, du bist schon auf die Spitznamen-Ebene befördert worden?«, neckte Susannah sie.

Tess genoss es, wie sich die Leichtigkeit wieder einschlich. Eine Tierarztpraxis über Wasser zu halten, war in gewisser Weise stressig, aber sie konnte sich nicht vorstellen, jeden Tag eine so große Verantwortung zu tragen. An Susannahs Stelle hätte sie vielleicht das Ganze verkauft und sich schon in jungen Jahren in ein nettes Häuschen in Südfrankreich zurückgezogen. So machten das doch reiche Leute, oder?

»Na ja, sollte ich diese Anforderungen noch nicht erfüllt haben, arbeite ich mich gerne weiter an sie heran«, antwortete Tess.

»Du hast bereits gute Fortschritte gemacht. Die Unterbrechung tut mir wirklich leid.«

»Ich weiß, ich weiß.«

»Es ist nur so, dass es Dinge gibt, die die Anwälte ohne mich nicht tun können. Ich muss mit den richtigen Leuten sprechen, ein paar Unterlagen unterschreiben, herausfinden, was als Nächstes kommt.«

Tess nahm Susannahs Hand.

»Hey, es ist wirklich in Ordnung. Ich habe die Bestellung gerade ans Universum geschickt. Wir holen es ein andermal nach. Zumindest hoffe ich das.« Selbst als sie versuchte, zuversichtlich und beruhigend zu klingen, konnte Tess nicht verhindern, dass sich bei ihr leise Zweifel einschlichen. Reiche, wunderschöne, einflussreiche Frauen wie Susannah verliebten sich normalerweise einfach nicht in den Dorftierarzt.

Tess ließ Susannahs Hand los, um zu schalten. In diesem Moment wäre es großartig gewesen, einen Automatikwagen zu fahren. »Ich bringe dich jetzt zurück in dein Büro, damit du denen, die es verdienen, die Hölle heißmachen kannst.«

Sie fuhren in angenehmem Schweigen weiter und Tess lächelte, als Susannah ihre Hand wieder auf Tess' Oberschenkel legte.

⁓૦૦⁓

»Du bist früh zurück.« Margo kam in die Teeküche, wo Tess sich gerade mit Waffles wiedervereint hatte. »Ich dachte, du und Gräfin Koks, ihr wärt fast den ganzen Tag unterwegs.«

»Sie wird die Pferde von der Farm abholen lassen und es blieb keine Zeit mehr, zum zweiten Verkäufer zu fahren.« Tess kraulte Waffles hinter den Ohren, bis seine

Hinterpfote im Takt des Schwanzes auf den Boden klopfte. »Mehr Arbeit für uns, juchhu!«

»Juchhu?« Adam zog seinen Arztkittel aus und gesellte sich zu ihnen. »Ich glaube, dieses Wort habe ich dich noch nie sagen hören.«

»Er hat nicht ganz unrecht.« Margo fuhr mit der Hand unbewusst über ihren Kugelbauch, der sich in den letzten Wochen immer mehr bemerkbar gemacht hatte. »Du siehst verdächtig munter aus für jemanden, der gerade Stunden mit unserer schwierigsten Kundin verbracht hat.«

»Du hast doch nicht etwa Ketamin genommen, oder? Die Partydrogen sind nur für die Tiere, schon vergessen?«, fragte Adam und er hatte Glück, dass das nur ein Scherz war.

Trotzdem fand Tess, dass er nicht ganz so nervig war wie sonst. »Nein, ich war mir nur ein paar schöne Pferde ansehen, das ist alles. Das jüngere hat eine leichte Hüftgelenksentzündung, das wird also unsere erste Aufgabe sein.

»Deine erste Aufgabe«, antwortete Margo. »Ich habe keine Lust auf einen Ausflug nach Midsummer. Wahrscheinlich muss bei ihr das Personal auch im Stall schlafen.«

»So schlimm ist sie nicht«, begann Tess zu protestieren und erkannte zu spät, dass sie in die Falle getappt war.

»Aha!«, riefen Margo und Adam wie aus einem Mund.

»Du magst sie wirklich!«, triumphierte Margo. »Jetzt musst du blechen, Adam! Ich habe dir gleich gesagt, sie hat neulich abends was angestellt.«

»Jetzt warte mal«, sagte Adam. »Den Ruf von jemandem zu verteidigen ist kein Beweis für irgendwas. Es ist ja nicht so, als hätten sie hinter dem Fahrradschuppen geknutscht oder etwas in der Art.«

Tess wünschte sich mehr als alles andere, dass sie nicht den typischen Teint einer Rothaarigen hätte. Bei jedem anderen Hautton hätte sie ihre Verlegenheit vielleicht verbergen können, aber jetzt fühlte sie, wie die Röte ihr ins Gesicht schoss.

»Oho!« Margo fiel bei dieser Entwicklung fast vom Stuhl. »Theresa Claire Robinson, du hast uns etwas verheimlicht. Es gibt Klatsch und Tratsch, und du hast ihn einfach für dich behalten. Das geht gar nicht!«

»Äh, ohne die Pyjamaparty-Stimmung kaputtmachen zu wollen«, schaltete sich Adam ein, »aber sollten wir nicht ein bisschen besorgt sein, dass wir uns hier über unseren größten Brötchengeber lustig machen? Midsummer Estate kann uns ernsthaft über Wasser halten. Die ersten Besuche und Dienstleistungen haben uns schon ein paar Tausender eingebracht.«

»Adam!« Margo zerknüllte das Papier, in dem sie ihr Mittagessen mitgebracht hatte, und warf es ihm an den Kopf. Es prallte von seinem stark gestylten kurzen Haar ab und traf stattdessen Tess an der Schulter. »Tess ist unsere beste Freundin. Ihr Glück ist wichtiger als Geld.«

Es war schön, das zu hören, obwohl Tess vermutete, dass der Enthusiasmus eher darauf zurückzuführen war, dass Margo immer noch versuchte, den Mangel an Ehrlichkeit beim Beginn ihrer Partnerschaft wettzumachen.

»Da gibt es nicht viel zu erzählen.« Tess kniete sich neben Waffles und zog ihn in eine Umarmung. »Ja, okay, gut. Ein kleines bisschen Küssen. Ein bisschen Reden. Viel zu viele doofe Unterbrechungen, und das war's dann auch schon.«

»Ich dachte, ihr könnt euch nicht leiden?« Adam klang entschlossen, recht zu behalten. »Oh, warte, ist das so eine Art Hass-Sex-Sache?«

»Sorry, dass ich deine Schmelz-die-Eiskönigin-Fantasien störe, aber ich habe die Frau hinter dem extravaganten Titel kennengelernt, und sie ist nicht so, wie die Gerüchte vermuten lassen. Sie ist nicht besessen von Macht und davon, die kleinen Leute zu bescheißen. Susannah ist –«

»Ach, jetzt nennst du sie schon Susannah?«

»Halt die Klappe, Adam«, sagte Margo. »Tess, du siehst richtig verliebt aus, Mädel.«

»Lass uns noch nicht mit L-Wörtern um uns werfen, okay?« Tess fragte sich, ob das Rotwerden jemals aufhören würde. »Bitte erwähnt es ihr gegenüber nicht, und wenn ihr es vermeiden könntet, im Pub darüber zu tratschen, wäre ich euch äußerst dankbar. Ihr seid beide nicht in einer Kleinstadt aufgewachsen, aber ihr müsstet doch wissen, wie viel Druck Klatsch auf die Leute ausübt. Ich will das einfach nicht kaputtmachen, bevor es eine Chance hat.«

»Du willst es ernsthaft mit ihr versuchen«, stellte Margo fest, während sie um den Tisch herumkam, um Tess auf die Füße zu ziehen und sie dann mit einer Umarmung zu erdrücken. »Natürlich«, versprach sie dann. »Wir werden tun, was immer du willst. Und, hey, vergiss nicht, dass du immer zu mir kommen und über alles reden kannst. Es ist kein Klatsch, wenn man seiner besten Freundin von dem Mädchen erzählt, das einem gefällt.«

»Ich danke dir.« Tess atmete tief aus. Als das mit Caroline angefangen hatte, hatte sie weder eine Verschnaufpause noch eine Unterstützung gehabt. Es war alles so intensiv gewesen. Caroline hatte darauf bestanden, dass Beziehungsangelegenheiten völlig privat seien und nicht mit Freunden oder der Familie besprochen werden durften. Manchmal fragte sich Tess, wie sie das damals hinbekommen hatte. »Ich verspreche, wenn es etwas zu erzählen gibt, bist du meine erste Anlaufstelle.«

»Ich schätze, jetzt, wo du zurück bist, hast du nicht zufällig Lust, dich um meinen Papageien-Termin zu kümmern?«, fragte Margo, als sie sich voneinander lösten. »Ich bin mir auch nicht zu schade, dich mit einem von den Brownies zu bestechen, die ich gestern Abend gebacken habe.«

»Geht klar, aber nur wegen der Brownies.«

∽∞∾

Tess fand es nicht weiter schlimm, dass sie bis zur Schlafenszeit nichts von Susannah gehört hatte. Natürlich dachte sie daran, ihr selbst eine Nachricht zu schicken, obwohl sie ihre Handys bisher nur für Arbeitsgespräche benutzt hatten. *Wäre das zu aufdringlich?* Bei dem Ärger, der vorher über Susannah hereingebrochen war, war es nicht unwahrscheinlich, dass sie zu beschäftigt oder erschöpft für ein Gespräch sein würde. Schließlich legte Tess sich schlafen, ohne der Versuchung nachzugeben, aber sie hatte auf alle Fälle eine unruhige Nacht.

Am nächsten Morgen kam sie gerade aus der Dusche, als sie unten an der Tür ein Klopfen hörte. Eingehüllt in ihr Badetuch lief sie murrend die Treppe hinunter. Warum bloß konnte der Postbote Sachen, die nicht durch den Briefschlitz passten, nicht einfach auf der Türschwelle liegen lassen? Als sie jedoch die Tür einen Spalt öffnete, stand davor nicht Jerry, der siebzigjährige Postbote, sondern Susannah.

»Oh.«

»Guten Morgen. Tut mir leid, dass ich unangekündigt auftauche. Ich … na ja, ich habe den Anblick meines Handys satt, aber ich muss mit dir reden. Ich wollte nur kurz aus dem Haus, da bin ich einfach ins Auto gestiegen und –«

»Da bist du jetzt«, vervollständigte Tess. Sie öffnete die Tür ganz. »Hereinspaziert. Du hast mich gerade vor dem Anziehen erwischt.«

Susannahs Blick glühte, während er an Tess' handtuchverhülltem Körper auf und ab wanderte. An den meisten Tagen fühlte sich Tess nackt oder leicht bekleidet ein wenig unwohl in ihrer Haut. Sie war sich sehr bewusst, dass weiblichere Figuren wie die ihre nicht auf Zeitschriftencovern oder Fernsehbildschirmen erschienen, aber unter Susannahs Aufmerksamkeit spürte Tess, wie sich ihre Muskeln anspannten und sie sich ein wenig aufrichtete. Auch wenn sie natürlich wieder errötete.

»Ich habe Kaffee mitgebracht.« Susannah hielt ein Tablett mit zwei Bechern hoch, ließ Tess dabei aber keine Sekunde aus den Augen. »Weil ich deinen Morgen nicht zu sehr durcheinanderbringen wollte. Obwohl …«

»Ich würde meinen Gedanken gerne zu Ende führen«, antwortete Tess, und das hätte nicht wahrer sein können. »Aber ich habe heute einen schwierigen ersten Termin und kann die Familie nicht im Stich lassen.

»Etwas Trauriges also.« Susannah hatte sofort verstanden. »In diesem Fall gib mir nur einen Moment, damit ich dich aufmuntern kann. Es wäre nicht gut, wenn sich unsere beste Tierärztin den ganzen Tag lang niedergeschlagen fühlt.«

Sie stellte den Kaffee auf den Küchentisch und griff nach dem Knoten, der Tess' Handtuch an Ort und Stelle hielt. Einen Moment lang umklammerten ihre Finger die weiße Baumwolle und Tess glaubte, das Tuch würde gleich herunterfallen. Doch dann zog Susannah sie lediglich näher an sich heran und ihr Kuss war so heiß, dass Tess ganz weiche Knie bekam. Sie verlor fast das Gleichgewicht, aber sobald sich in ihrem Kopf nicht mehr alles drehte, ergriff Tess' ganz selbstverständlich die Initiative. Sie drückte Susannah mit dem Rücken gegen den Kühlschrank, die Hand auf dem Handtuch zwischen sich eingeklemmt, und sie knutschten hemmungslos.

»Tut mir so leid«, murmelte Tess, als sie für einen Moment voneinander abließen. »Es ist unglaublich verlockend, aber ich habe nur noch zehn Minuten Zeit. Wenn ich in mein Schlafzimmer gehe, muss ich allein sein.«

»Wir könnten –«

»Das, was ich mit dir vorhabe, dauert viel, viel länger als zehn Minuten. Du wirst Geduld haben müssen, Suze.«

Tess flüsterte Susannah ihren Spitznamen ins Ohr, bevor sie an ihrem Ohrläppchen knabberte, die perfekte Einleitung, die elegante Linie ihres Halses mit einer Spur von Küssen zu bedecken. Ihr Größenunterschied störte nicht, aber für jemanden, der nur ein Handtuch hatte, um den Anstand zu wahren, näherte sie sich gefährlichem Gebiet.

Susannah klagte leise, als Tess am Kragen ihrer seidigen Bluse anhielt und sich einen Schritt zurückzog, um einen Punkt zu machen. »Ich bin eigentlich gekommen, um dich etwas zu fragen. Hast du heute Abend Zeit?«

»Das ist sehr kurzfristig.« Tess nahm ihren Kaffee. Er war stark, heiß und mit Milch, ihre Lieblingskombination.

Susannah löste sich vom Kühlschrank, um ihren Espresso zu holen.

»Aber ich habe zufällig noch keine Pläne«, fügte sie hinzu.

»Ich muss heute Abend bei einem gesellschaftlichen Anlass erscheinen. Bis gestern wusste ich noch nicht einmal davon, aber im Grunde genommen muss ich den Stadtrat auf meine Seite ziehen, sonst kann Robin meinen Plänen echten

Schaden zufügen. Ich würde es ehrlich gesagt vorziehen, nicht allein in die Höhle des Löwen zu gehen, aber fühl dich nicht unter Druck gesetzt.«

»Willst du nicht … Ich meine, das ist öffentlich. Und außerdem bist du geschäftlich dort.«

»Eigentlich ist es eine Spendengala für das LGBTQ-Zentrum, das der Stadtrat eröffnet. Ich denke – und es tut mir leid, wie zynisch das klingt –, wenn die Stadträte auftauchen und versuchen, Akzeptanz für Vielfalt zu erreichen, und ich dann anbringe, dass die Ablehnung meiner Baugenehmigung wie Diskriminierung aussehen würde … Obwohl ich es wirklich hasse, diese Karte auszuspielen. Ich glaube, ich kann sie davon überzeugen, mich zu unterstützen, ohne dass ich mich auf dieses Niveau herabbegeben muss.«

Für Susannah war das eine untypisch lange Rede.

Tess mochte zwar offizielle Anlässe nicht besonders, aber sie wusste, dass dies der perfekte Zeitpunkt war, um eine Ausnahme zu machen. »Wenn jemand sie davon überzeugen kann, dass du Gutes im Sinn hast, dann du. Ich werde da sein. Sag mir einfach, was ich anziehen soll und wann du mich abholst.«

Susannah griff nach ihr und der Kuss war diesmal kurz und süß. »Vielen Dank. Ich danke dir. Ich verspreche, es dauert nicht den ganzen Abend und wir werden auch ein bisschen Spaß haben. Zumindest sind die Getränke umsonst.«

»Okay, jetzt gehst du aber besser, damit ich mich für die Arbeit fertig machen kann. Schick mir später eine Nachricht mit den Details.«

»Mach ich. Wirklich, Tess, das bedeutet mir sehr viel.«

»Du kannst mir später zeigen, wie viel, aber –«

»Ich bin schon weg.« Susannah ging rückwärts aus der Küche. »Und übrigens, ich werde heute Abend ein Kleid tragen, das dir sicher gefällt.«

Diesmal war es an Tess, frustriert zu stöhnen. Es sollte ein sehr langer Tag werden.

Kapitel 18

Susannah stellte den Rover auf dem Parkplatz des Pubs ab, weil es einfacher war, als die schmale Straße zu Tess' Haus hinunterzufahren.

Tess hatte ihr fast den ganzen Nachmittag über Nachrichten geschrieben und um weitere Einzelheiten darüber gebeten, was offiziell bedeutete, was genau Susannah anziehen wollte und ob sie sich irgendwie absprechen mussten. Das war süß, aber Susannah hatte kaum eine Minute für die Nachrichten übrig. Falls ihre Antworten zu kurz ausgefallen waren, musste sie hoffen, dass Tess ihr das verzieh. Sonst würde sie auf der Hinfahrt zu Kreuze kriechen müssen.

Vielleicht hätte sie Finn beauftragen sollen, passende Kleidung für Tess auszusuchen und zu ihr zu bringen. Schließlich handelte es sich um einen Gefallen, ob es nun ein Date war oder nicht. Es sah ganz so aus, als seien Kleider und Absätze nicht wirklich Tess' Ding, und Susannah schätzte, dass sie solche Events nicht mochte. Glücklicherweise ging sie nicht zu vielen.

Gott, war sie erschöpft. Seit zwei Tagen grübelte sie ohne Unterbrechung. Leider weniger über die Küsse im Pub als über die Hinterlist anderer Leute.

Müde und abgelenkt von ihren Gedanken klopfte sie zum zweiten Mal an diesem Tag an Tess' Tür. Es dauerte eine Weile, bevor diese sich langsam knarrend öffnete. Jemand sollte wirklich mal die Scharniere ölen.

Das Geräusch war störend genug, um Susannahs Aufmerksamkeit zu erregen. Als sie Tess dann sah, verschlug es ihr schlichtweg den Atem. Kein kleines Schwarzes und nicht einmal das flauschige weiße Handtuch von heute morgen hätten den Anblick, der sich Susannah bot, übertreffen können.

»Das habe ich vor ein paar Jahren für eine Kostümparty gekauft. Aber Caroline hat mich ausgelacht und so kam ich nie dazu, es zu tragen.«

Susannah nickte nur sprachlos, während sie versuchte, alle Einzelheiten in sich aufzunehmen. Da waren zunächst einmal die Haare: Nach hinten gekämmt und zu einer dezenten Hochfrisur aufgesteckt, sah sie von vorne fast maskulin aus.

Susannah ließ ihren Blick weiter nach unten wandern und sah, dass Tess eine schöne maßgeschneiderte Smokingjacke mit leicht wattierten Schultern und eng anliegender Taille trug. Als Tess über die Schwelle trat, glänzte das Revers seidig im letzten Sonnenlicht des Tages. Die weiße Bluse darunter war steif gestärkt und Susannah dachte, es würde bestimmt verlockend rascheln, wenn sie danach griff. Die schmal geschnittene schwarze Hose reichte bis zu den schwarzen Pumps mit Pfennigabsätzen, die Tess einen Hauch von Weiblichkeit verliehen als Ergänzung zum rubinroten Lippenstift und dem schweren, dunklen Eyeliner, der sie verwegener als sonst aussehen ließ.

Das Sahnehäubchen aber war die Tatsache, dass Tess' Lippenstift farblich genau zu Susannahs Kleid passte.

»Ich kann mich umziehen!«, platzte Tess heraus, als Susannah fassungslos schwieg. »Tut mir leid, ich dachte nur, es könnte ein cooler Effekt sein, und da ich nicht so viel Auswahl habe –«

»Nein, bloß nicht.« Susannah räusperte sich, um ihre Stimme wiederzufinden. »Auf keinen Fall! Du behältst das an, bis ich es dir später persönlich ausziehe, damit das klar ist.«

Als Tess Susannahs besitzergreifendes Knurren hörte, legte sie eine Hand auf den Türrahmen, um sich lässig abzustützen. »Oh, dann gefällt es dir also?«

»So sehr, dass du in noch größerer Gefahr schwebst, umgehend nach oben geschleppt zu werden, als heute morgen, wo du nur ein Handtuch anhattest.«

»Aber du musst jetzt dein Lebenswerk retten«, warf Tess ein. »Und ich will dich mindestens ein paar Stunden lang in diesem Kleid bewundern. Nur interessehalber: Wie hoch geht dieser Schlitz?«

So, wie sie stand, ließ das Kleid Susannahs Bein vom Knie an abwärts frei. Sie lehnte sich ein wenig nach vorne und spannte dabei ihre Wadenmuskeln an, um auf ihren Fünfzehn-Zentimeter-Absätzen im Gleichgewicht zu bleiben. Da teilte sich das Kleid weiter und verriet, dass der Schlitz fast bis zum Oberschenkel reichte. »Ist das genug?«

»O ja.« Tess wirkte ein wenig benommen und das stand ihr gut. Dann sah sie die Autoschlüssel in Susannahs Hand. »Warte, du fährst selbst?«

»Lange Geschichte. Das Auto, das uns abholen sollte, ist nicht aufgetaucht. Mach dir keine Sorgen. Ich kann immer noch etwas Spaß haben. Besonders wenn du dabei bist.«

»Na dann, auf geht's.« Tess schloss die Tür hinter sich. »Sonst schaffen wir es vielleicht nicht mit unversehrter Kleidung.«

»Nochmals vielen Dank, dass du mich begleitest«, sagte Susannah und war überrascht, als Tess auf die Fahrerseite ging und ihr die Tür aufhielt. Wie ritterlich. »Ich weiß, dass ich gesagt habe, es ginge vor allem ums Geschäft«, fuhr sie fort, während Tess auf den Beifahrersitz kletterte.

»Ich verstehe«, antwortete Tess und biss die Zähne zusammen. »Ich kann eine ganz normale Freundin sein, bis wir wieder alleine sind.«

»Nein, nein«, Susannah ließ den Motor noch nicht an. Stattdessen berührte sie Tess' Wange und drehte ihren Kopf leicht zu sich, sodass sie sich gegenseitig ansahen. »Ich habe es satt, mich zu verstecken, Tess. Mein Vater ist weg, Jimmy braucht meine Diskretion nicht mehr, und du wirst heute Abend von jedem Mann und jeder Frau auf dieser Veranstaltung neidisch betrachtet werden. Ich möchte mit dir an meiner Seite dort erscheinen und ich will mit dir angeben.«

»Und das ist kein Problem für dich? Fürs Geschäft? Denn ich bin mehr als stolz, heute Abend an Ihrer Seite zu sein, Lady Karlson. Sagen Sie nur ein Wort, und ich gehöre ganz Ihnen.«

»Gut.« Susannah verweigerte sich selbst das kurze Vergnügen eines Kusses. Die Vorfreude würde ihn später nur noch süßer machen. »Dann lass uns unser offizielles Debüt geben.«

Susannah hatte nicht mit der Hektik der Fotografen gerechnet. Es stellte sich heraus, dass neben der Lokalzeitung und einigen Bloggern auch ein Presseteam aus Edinburgh anwesend war, weil einige hochrangige Politiker sowohl aus Holyrood als auch aus Westminster an der Veranstaltung teilnahmen. Sie war das ganze fröhliche Händeschütteln zwar mehr als gewohnt, aber wenn diese hohen Tiere alle Aufmerksamkeit auf sich zogen, konnte dies möglicherweise ihren Zugang zu den Stadträten erschweren, deren Stimmen sie sich sichern musste.

»Du siehst aus, als ob du etwas aushecksch«, sagte Tess, als sie Susannah ein Glas Mineralwasser mit Limette brachte. Für sich selbst hatte sie einen Whisky geholt. »Wenn das eine Hitliste ist, können wir dann mit dem Barmann beginnen, der das hier immer wieder *Scotch* nennt? Es ist, als wüsste er nicht, auf welcher Seite der Grenze wir uns befinden. Das ist eine Frechheit.«

»Oh, das kommt definitiv auf meine Liste.« Susannah sah sich im Ballsaal des Hotels um, der mit funkelnden Lichterketten geschmückt und mit riesigen Blumengebinden dekoriert war. Es war wunderschön, fast romantisch, aber sie musste unwillkürlich daran denken, dass mehr Geld für wohltätige Zwecke zusammengekommen wäre, wenn sie einen Dorfsaal gemietet hätten, anstatt das Budget einer mittelgroßen Hochzeit zu sprengen.

»Hast du deine Zielpersonen schon gefunden?«

»Nein, aber der letzte Mensch auf der Welt, den ich sehen wollte, ist gerade hereingekommen.«

Susannah nickte diskret zum Eingang des Ballsaals hinüber und Tess folgte ihrem Blick. Zunächst schien es nur das übliche Meer alter weißer Männer mit schlecht sitzenden Fliegen zu sein, aber als sich das Meer teilte, war kein Zweifel mehr möglich, Susannah hatte Robin gesehen.

Susannah musste zugeben, dass sich ihre Schwägerin für diesen Anlass zurechtgemacht hatte, obwohl Robin dem blauen Samtkleid mit Puffärmeln nach zu urteilen, das sie trug, anscheinend dachte, sie ginge zur Hochzeit von Prinzessin Diana.

»Wird sie eine Szene machen?« Tess rückte näher und wollte beschützend einen Arm um Susannahs Taille legen, bevor sie einen Zentimeter über der roten Seide auf Susannahs Hüften innehielt. »Falls das deine Pläne über öffentliche Dates ändert, ist das nämlich auch okay.«

»Zum Teufel damit.« Susannah drückte Tess' Hand an ihren Platz und drehte sich in ihrer leichten Halbumarmung, um sich gegen sie zu lehnen. Es war fast ein Tanzschritt.

»Wirst du mich jetzt küssen?« Tess' Gesicht wurde ganz ernst.

Einen Moment lang konnte Susannah weder die Musik noch die gedämpften Gespräche im Saal hören. Tess sah sie mit einer unausgesprochenen Herausforderung an, der gleichen Herausforderung, die eine Handvoll anderer Frauen im Laufe der Jahre auf die eine oder andere Weise gestellt hatten, einem Aufruf an Susannah, mutig zu sein, sich selbst und allen um sie herum endlich einzugestehen, wer sie war und was sie wollte. Es war in jeder Hinsicht ein Moment der Wahrheit, auf den es ankam. Und Susannah war erschöpft vom jahrelangen Lügen.

»Ja, warum nicht.« Mit einem schlichten Kuss befreite sie sich endlich vom Geist der Missbilligung seitens ihrer Eltern und verbannte deren Ablehnung zusammen mit Robins und der aller anderen, die es wagten, sie zu verurteilen, ins Feuer. Susannah kam mit der Hand nicht bis zu Tess Frisur, um sie zu zerzausen, aber sie konnte sie immerhin auf ihre Wange legen, während sie sie zu einem sanften, langsamen, fast keuschen Kuss an sich zog.

Aber an der Art, wie Tess den Kuss erwiderte, war wirklich nichts Keusches. Ihr Griff wurde kurzzeitig fester und Susannahs Gehirn erschuf die Vision, auf den nächstbesten Tisch gehoben zu werden, wobei Gläser zerbrachen, die grob aus dem Weg geschoben wurden.

Diese angenehmen Tagträume fanden ihr jähes Ende, als Robin sich näherte. Sie musste direkt über die Tanzfläche marschiert sein, die noch nicht richtig bevölkert war, obwohl die kleine Band in der Ecke ihr Bestes gab, die größten Hits von ABBA zu präsentieren. Vielleicht etwas klischeebesetzt, aber immer einen Tanz wert.

»Und was für ein Spektakel ist das jetzt?« Robins Schmuck klimperte praktisch an ihrem Hals und an ihren Ohren. »Wenn du glaubst, du kannst herkommen und das Andenken meines Bruders beschämen, indem du hier umherstolzierst mit ... irgendeiner ...«

»Frau?« Susannah sprang für sie ein. »Robin Karlson, das ist Dr. Tess Robinson. Tess, das ist die berüchtigte Robin. Ich glaube, sie dachte, sie hätte die Stadträte heute Abend für sich allein, damit sie ihre Kampagne der Schikanierung gegen mich fortsetzen kann.«

Robin hob ihre Hand, um auf Susannah zu zeigen – eine dieser unhöflichen Gesten, die nach Erdolchen aussahen und von Schulleiterinnen und streitbaren Betrunkenen so geliebt werden. Tess machte einen Schritt nach vorne und Robin wirbelte herum, um sie anzustarren.

»O nein«, warnte Susannah und schob sich wie ein menschlicher Schutzschild zwischen Robin und Tess. »Wenn du Tess auch nur ein Haar krümmst, wirst du es bereuen.«

»Uns wäre es lieber, wenn niemand eine Szene macht.« Tess war durchaus in der Lage, für sich selbst einzustehen.

Robin rümpfte die Nase, wahrscheinlich wegen Tess' breitem schottischen Akzent, der nicht einen Hauch von Vornehmheit hatte. Susannah unterdrückte eine unbehagliche Erinnerung daran, wie oft sie selbst ähnlich oberflächliche Urteile gefällt hatte.

»Ich bin eine geschätzte Unterstützerin dieser Organisation«, sagte Robin, obwohl Susannah aus zuverlässiger Quelle wusste, dass Robins sogenannte Unterstützerrolle sich auf einen gelegentlichen Scheck beschränkte, um den Schein zu wahren. Jonathan huschte durch den Raum, als ob er gerufen worden wäre, einen großen Kerl mit beginnender Glatze im Schlepptau, der Jimmy beunruhigend ähnlich sah.

»Gibt es Ärger, Robin? Brauchst du Hilfe?«

»Nein, Jonathan. Wenn jemand heute Abend gebeten wird zu gehen, weil er Ärger macht, dann werde nicht ich es sein«, antwortete Robin mit einem verächtlichen Schnauben. »Du tätest gut daran, nach Hause zu gehen und mit deinen Anwälten zu sprechen, Susannah. Ich bin sicher, wenn sie damit fertig sind, dich auszunehmen, werden sie dir sagen, dass ich gute Argumente habe und dass es wirklich besser ist, sich zurückzuziehen. Midsummer braucht einen geeigneten Nachfolger für seinen verstorbenen Gutsherrn. James wurde so geliebt.«

»Ja, Jimmy wurde geliebt«, stimmte Susannah zu, und irgendwo in ihrem Inneren brach schließlich der Damm des Anstands und des Bedürfnisses, ihre Gefühle zu verbergen. »Ich weiß das, weil ich diejenige war, die dabei war, als er krank wurde. Einige von uns haben ihn nur einmal im Monat besucht. Wenn er miterleben würde, was du seinem und meinem guten Namen und dem Vermächtnis des Nachlasses antun willst, wäre er angewidert. Unendlich angewidert.«

Langsam erregten sie Aufmerksamkeit. Susannah hatte zwar versucht, leise zu sprechen, aber ihre Körpersprache verriet sie. »Meine Anwälte sagen, dass du keinen Anspruch auf Midsummer hast, und bis jetzt habe ich dich geschont, weil ich die ganze Zeit dachte, du würdest aus Trauer handeln. Aber jetzt begreife ich, dass du nur hinter dem Geld her bist, und das bekommst du nur über meine Leiche.«

»Hör zu, ich weiß nicht, wie du es geschafft hast, meinen Bruder so lange mit deinem Arrangement hinters Licht zu führen«, blaffte Robin. »Aber du verdienst weder Midsummer noch Jimmys Geld. Ich wollte dir deinen tristen Pub überlassen. Vielleicht ist es an der Zeit, dass du hinter die Theke gehst und für deinen Lebensunterhalt arbeitest. Aber ich denke, jetzt werde ich das in meine Forderungen mit aufnehmen. Gott weiß, dass meine Familie dafür bezahlt hat.«

Ohne Robin anzurühren, stellte Tess sich jetzt zwischen die beiden und schirmte Susannah ab. »Ich denke, Sie sollten sich jetzt besser einen Drink holen und wieder zu Ihren Freunden gehen, falls Sie überhaupt welche haben. Sie können so viele Lügen erfinden, wie Sie wollen, aber Sie bringen Susannah nicht noch mehr in Verlegenheit, als Sie bereits getan haben. Wenn Sie noch einmal Ärger machen, werfe ich Sie eigenhändig raus.«

»Wenn ich Ihre Ratschläge brauche, sage ich es Ihnen«, antwortete Robin.

Einen kurzen kritischen Moment lang dachte Susannah, Tess' Temperament würde mit ihr durchgehen. Sie legte eine Hand auf ihren Arm und rieb ihn sanft. »Lass uns von hier weggehen«, schlug sie vor, während Robin zu der Schar von Angebern zurückstolzierte, mit denen sie gekommen war, und Jonathan in ihrem Kielwasser folgte. »Ich habe gerade eine der Stadträtinnen gesehen, an die ich mich wenden muss. Vielleicht kann ich sie an Bord holen, bevor Robin überhaupt merkt, dass sie hier ist. Und vielen Dank, ganz nebenbei.«

»Wofür?« Tess drehte sich um, ihr Kiefer war noch ganz angespannt und ihre Stirn lag in Falten, aber sie schien die Spannung abzuschütteln, als Susannah ihr einen vielversprechenden Blick zuwarf.

»Deine Ritterlichkeit«, antwortete Susannah. »Aber sie hätte nie so mit dir sprechen dürfen. Dafür werde ich sie zusätzlich zu allem anderen büßen lassen.«

»Das musst du nicht. Sie kriegt schon, was sie verdient.« Tess rückte Kragen und Ärmel ihrer Smokingjacke zurecht. Es war wirklich ein Wahnsinnslook. »Und jetzt gehen wir los und bezaubern die Stadträte.«

༄

»Du warst unglaublich«, sagte Susannah nicht zum ersten Mal. Sie lungerten an der Fahrertür ihres Autos herum, weil Susannah es mochte, von Tess im Arm gehalten zu werden. Es war keine besonders enge Umarmung, Tess' Arme waren nur locker um Susannahs Taille geschlungen, während ihre Hände knapp über ihrem Hintern lagen. »Wirklich, ich wusste nicht, dass du so charmant sein kannst. Ich glaube, mindestens einer dieser Ratsmitglieder hätte dir am liebsten einen Heiratsantrag gemacht.«

»Was soll ich sagen?« Zufrieden mit sich wirkend schob Tess eine lose Haarsträhne hinter Susannahs Ohr. »Es ist schade, dass es so eine lange Fahrt nach Hause ist. Sonst könnten wir den Champagner aufmachen und gleich hier feiern.«

»Noch kann ich mir meines Erfolges nicht sicher sein. Nicht, bis der Stadtrat nächste Woche tatsächlich über die Baugenehmigung abstimmt.«

»Okay, richtig. Wir sollten nach Hause fahren. Ich will dich ja nicht hetzen, aber –«

Susannah unterbrach ihren Satz. Sie konnte nicht widerstehen, sie musste diese Lippen küssen. Den ganzen Abend über, seit Robin sie angesprochen hatte, hatten sie sich streng familienfreundlich verhalten und nun lag die Gewissheit in der Luft, dass etwas Intimität überfällig war.

Tess griff mit der Hand in Susannahs Nacken, hielt sie fest und Susannah schwelgte bereits in dem Wissen, dass sie heute Nacht auf jeden Fall miteinander schlafen würden.

»Gut, dann lasst uns losfahren. Ohne anmaßend sein zu wollen: zu dir oder zu mir?«, fragte Susannah.

»Ich würde sagen, bei dir gibt es etwas mehr Privatsphäre«, sagte Tess, als sie auf dem Beifahrersitz saß. »Es sei denn, die Bediensteten kommen jeden Morgen hereingeplatzt?«

»Ich lebe nicht wirklich in Downton Abbey, weißt du.«

»Gut. Denn immer, wenn ich mir diese Serie ansehe, möchte ich am liebsten die Texte von Karl Marx verteilen und eine Revolution starten.«

»Und doch bist du hier und verrätst für mich deine Prinzipien.« Susannah lenkte den Land Rover gen Midsummer.

»Ah, ja, Prinzipien. Ich erinnere mich. Wie sich herausgestellt hat, sind sie deinem Anblick in diesem Kleid nicht gewachsen. Und dich so kampfbereit zu sehen, hat auch nicht gerade zu ihrer Einhaltung beigetragen.«

Auf dem Rückweg redeten sie nicht viel. Die Landstraßen waren nicht beleuchtet und die Dunkelheit wurde nur von nur gelegentlich auftauchenden Scheinwerfern durchbrochen.

»Ich liebe es, nachts zu fahren«, sagte Susannah. In wenigen Minuten würden sie die Grenze ihres Besitzes erreichen. »Besonders hier in der Gegend. Man fühlt sich, als sei man ganz allein auf der Welt.«

»Da ist was dran«, stimmte Tess zu. »Ist es noch weit?«

Gerade als sie die Frage stellte, machte Susannahs Wagen plötzlich ein jämmerliches Geräusch, das nichts Gutes verhieß. Sie waren in eine der Privatstraßen Midsummers eingebogen und hatten die Hauptstraße weit hinter sich gelassen. Jetzt verbargen sie hohe Hecken und die Tatsache, dass der Mond nur schwach durch den Nebel zu sehen war.

»Es wird alles gut werden«, sagte Susannah. Das Auto musste sie gehört haben, denn es kam mit einem lauten Knall zum Stillstand. »Oh, Mist!«

»Ich glaube, ich habe dich noch nie fluchen hören«, stellte Tess fest.

»Autos reparieren gehört nicht zufällig zu deinen verborgenen Talenten, oder?« Susannah kramte im Handschuhfach nach einer Taschenlampe. Als sie sich zu Tess hinüberbeugte, roch sie den holzig-rauchigen Duft ihres Eau de Toilette – wirklich sehr verlockend.

»Du hast dich doch über meinen Wagen lustig gemacht. Wirke ich etwa auf dich wie jemand, der sein Auto auseinandernehmen und komplett neu zusammenbauen kann?«

»Vielleicht mit Lego«, witzelte Susannah. »Tut mir leid, konnte ich mir nicht verkneifen.«

Es zischte und dann stieg Rauch von unter der Motorhaube her auf.

»Mist!«, jammerte Tess und der Ton stand in völligem Widerspruch zu ihrem lässigen Look. »Okay, im Auto zu bleiben ist also keine Option. Du weißt doch ungefähr, wo wir sind, oder?«

»Wir können die Straße zurücklaufen oder warten, bis jemand vorbeikommt und uns abholt«, sagte Susannah, als sie die Türen zuschlugen und sie die Schlüssel einsteckte. Beim Einschalten der Taschenlampe bemerkte sie zu ihrer Bestürzung, dass diese bereits nur noch schwach leuchtete. »Selbst wenn ich in diesen Schuhen zum Haus oder zum Dorf laufen könnte, wird uns dieses Licht nicht über die Felder bringen. Nicht weit genug.«

Über ihnen ertönte ein unheilvolles Grollen.

»O Gott, das ist jetzt bitte kein Donner.« Susannah versuchte, sich ein genervtes Stöhnen zu verkneifen. Sie nahm ihr Handy heraus und sandte ein Stoßgebet zum Himmel, dass sie Empfang haben würde.

Nichts. Ein Blick zu Tess bestätigte, dass es bei ihr genauso war.

»Okay, lass uns nachdenken«, sagte Tess, wobei es ihr nicht ganz gelang, ihre Panik zu verbergen. »Wo ist der nächste Ort zum Unterstellen, den du kennst? Von dort aus können wir es noch einmal mit telefonieren, Straßen entlanglaufen und anderen Dingen versuchen, aber ich glaube, dass es gleich anfangen wird zu regnen.«

»Wir müssten in der Nähe einer der unbewohnten Pachtfarmen sein.« Susannah hoffte, dass ihr innerer Kompass ungefähr stimmte. Sie musste die Situation in die Hand nehmen. Sie durchsuchte den Kofferraum nach Vorräten und förderte unter anderem eine Decke und eine Flasche Wasser zutage. Das war immerhin ein Anfang. »Ich glaube aber nicht, dass noch viel davon steht. Wir erfrieren, wenn wir beim Auto bleiben, und ich bin nicht begeistert von dem Rauch, der da aus dem Motor kommt.

»Mit ausgeschaltetem Motor sollte alles okay sein«, meinte Tess. »Aber bei der Kombination von Rauch und Benzin ist weniger definitv mehr. Ich glaube nicht, dass ich mich entspannen könnte.«

Dann setzte der Regen ein, dicke Tropfen fielen vom dunklen Himmel.

»In welche Richtung müssen wir?«, fragte Tess. »Hauptsache, dass wir uns erst mal unterstellen können, den Rest überlegen wir uns dann.«

Susannah orientierte sich kurz und sie begannen, die Straße entlang zu joggen. Wenn Susannah doch nur daran gedacht hätte, ihre Stiefel ins Auto zu legen. Tess gab ihr jedes Mal Halt, wenn sie auf den hohen Absätzen ins Stolpern kam.

»Da!« Susannah wies mit der Taschenlampe auf ein steinernes Gebäude. »Gerade noch rechtzeitig.«

Der Regen fiel jetzt immer dichter, was die Sicht weiter verschlechterte. Gerade als der erste Blitz den Himmel spaltete, erreichten sie etwas, das wie eine verlassene Scheune aussah.

»Beeilung!«, übertönte Tess den Regen.

Das musste einfach reichen.

Kapitel 19

So hatte Tess sich die Nacht nicht vorgestellt. Das war sicher.

Auf keinen Fall hatte sie sich in ihrer Fantasie ausgemalt, wie sie mit vom Regen feuchten Kleidern in einem trockenen, einigermaßen soliden Gebäude standen und nach Luft rangen. Wenigstens war ihnen so trotz des starken Windes nicht kalt geworden und hier waren sie vor dem höllischen Sturm geschützt, der draußen wütete.

Susannahs Brust hob und senkte sich schnell, während sie in ihrem feierlichen roten Kleid vornübergebeugt dastand, um wieder zu Atem zu kommen.

»Was ist das hier für ein Gebäude?«, fragte Tess und versuchte, sie nicht anzustarren.

»Es ist eine Hütte, eine Baracke, in der Landarbeiter oder vorbeiziehende Camper übernachten können. Ich hatte sie erst ganz vergessen. Ich dachte nur, zur Farm sei es weiter. Und das ist es wahrscheinlich auch.«

»Für mich ist das hier okay, wenn es das für dich auch ist.« Tess lief in dem Raum herum. Nicht, dass es viel zu erkunden gegeben hätte. Das Erdgeschoss war ziemlich niedrig, hier und da lag etwas altes Heu auf dem Boden. Es gab einen alten Campingkocher mit einer Gasflasche daneben, einen zerbrochenen Wanderstab und eine Tür, die zur Außentoilette führte. Besser als nichts.

»Es tut mir leid«, sagte Susannah und blieb nahe bei Tess, sodass die Taschenlampe beiden den Weg erhellte. »Dieses Auto hat mir noch nie Probleme gemacht. Wenn der Regen nachlässt, können wir versuchen, ob wir draußen Empfang haben. Hier drinnen habe ich nämlich keinen.«

»Wenigstens sind wir hier sicher«, antwortete Tess, während sie ebenfalls ihr Handy herausholte. Um Susannahs Taschenlampe zu schonen, schaltete sie die Taschenlampen-App ein. Sie beleuchtete eine stabile Leiter, die in ein Loch in der Decke führte. »Ach, es gibt einen Dachboden?«

»Wahrscheinlich sind dort die Schlafkojen«, sagte Susannah. »Wenn zu diesem Zeitpunkt noch etwas von ihnen übrig ist. Gehen wir hoch und sehen uns um. Es kann nur bequemer sein als dieser offene Raum hier.«

Tess nickte und nahm den winzigen Ofen in die Hand. Sie schüttelte die Gasflasche, um sicherzugehen, dass sie gefüllt war. »Okay.«

Susannah zog ihre Schuhe aus und kletterte, gefolgt von Tess, die Leiter hinauf. Das obere Stockwerk war überraschend gut in Schuss. Es gab keine undichten Stellen an der Decke, aber kleine Spalten in den Wänden, durch die etwas Licht fiel, sodass es hier viel weniger dunkel war. Auf dem Boden standen ein paar Paletten mit strohgefüllten Matratzen. So lange konnte es nicht her sein, dass der Ort zuletzt benutzt worden war.

Tess nahm auf dem größten »Bett« Platz, zog ihre Schuhe aus und stellte den Gaskocher auf. Ein paar Minuten später hatten sie etwas Licht und Wärme, für wie lange es auch immer reichen würde.

»Gut, dass du noch ein paar Dinge aus dem Auto mitgenommen hast«, stellte Tess fest.

Susannah setzte sich neben Tess und packte ihre Vorräte aus: eine Decke, die Tess auf die Matratze neben ihnen legte. Eine große Flasche Wasser. Ein paar Energieriegel und ein alter Mantel rundeten die Sammlung ab.

»Es war doch nicht verkehrt, vom Auto wegzugehen, oder?«, fragte Tess.

»Ganz und gar nicht. Wir mussten aussteigen, und hoffentlich wird, jetzt wo der Motor aus ist, nicht alles noch schlimmer. Diese Notrationen sind allerdings nicht gerade toll.« Sie runzelte die Stirn. »Das war nicht die Gastlichkeit, die ich mir für dich heute Abend vorgestellt hatte.«

»Hey, hey«, Tess griff nach Susannahs Hand. »Das hätte jedem passieren können. Schade um unsere Schuhe, aber wir werden es überleben.«

»Ich hatte Pläne«, antwortete Susannah. »Große Pläne. Ich versichere dir, dass wir beide sie sehr genossen hätten.«

»Was für ein Zufall. Ich hatte nämlich die Absicht, dich direkt ins Bett zu kriegen.« Tess versuchte mitzuhalten, aber in puncto Verführung war ihr Susannah weit voraus. Ein einziger Blick, ein kurzes Spiel mit der Zunge an ihren Lippen und Tess schmolz völlig dahin, bereit, von Susannah nach Belieben geformt zu werden.

»Ich bewundere deine Zuversicht, dass wir so weit gekommen wären. Ich habe ja schon gewettet, dass wir bereits auf der erstbesten weichen Oberfläche landen würden.« Susannah beugte sich näher, den Blick auf Tess' Lippen geheftet.

»Ach, wirklich?«

»Aber so weich muss sie gar nicht sein.«

Susannah streckte die Hand aus und drückte auf die improvisierte Matratze. »Hm. Trocken. Fest. Legen wir noch die Decke darauf und sie ist genau das Richtige für den Moment, meinst du nicht auch?« Sie zog eine Augenbraue hoch.

Diese einfache Geste brachte Tess völlig aus der Fassung. Das war kein beiläufiger Flirt mehr oder ein eilig ausgetauschter Kuss. Sie waren nur Zentimeter voneinander entfernt und hier saß Susannah, in ihrer ganzen Lady-Karlson-Pracht, und schlug vor, jetzt und auf dieser Matratze unanständige Dinge mit Tess anzustellen.

Schon allein die Vorstellung ließ eine Flutwelle der Sehnsucht durch Tess' Körper rasen. Das dumpfe, verlangende Pochen steigerte sich zu einem überwältigenden Begehren, durch das sie sich magnetisch voneinander angezogen fühlten. Susannah streckte vorsichtig die Hand aus, löste den Knoten von Tess' Fliege und ließ sie lose um ihren Hals baumeln. Dann öffnete sie Knopf für Knopf ihr Hemd.

Als es komplett offenstand, zog sie Tess an sich und küsste sie auf eine Weise, die keine Unklarheiten über ihre weiteren Absichten zuließ.

Irgendwann im Spiel ihrer Lippen und Zungen war ein leises Wimmern zu hören. Tess war sich nicht sicher, ob es von ihr kam.

Die primitive Umgebung dämpfte ihr Verlangen nicht im Geringsten. Die Kälte im Raum wurde durch die Hitze zwischen ihnen vertrieben und der glühende kleine Ofen stand in sicherer Entfernung zu der Stelle, an der sie langsam miteinander verschmolzen.

Tess fuhr mit der Hand über Susannahs Oberschenkel, den der Schlitz in ihrem Kleid freigab. Ihre seidige Haut schien endlos zu sein, die Seide des Kleides stellte bis zum letzten Zentimeter kein Hindernis dar. Tess spürte, wie sich Susannahs Beinmuskeln unter ihrer Handfläche anspannten. Die zahlreichen Tage im Sattel hatten ihren Körper zu einer lebenden Skulptur geformt, einem absoluten Kunstwerk.

Susannah nutzte den raffinierten Schnitt des Kleides aus, um eines ihrer langen Beine um Tess' Hüfte zu schlingen.

Ein leichter Ruck und das Kleid gab auch Susannahs Schultern frei. Tess begann, sie mit Küssen von der starken Kieferpartie bis zu den feinen, fast fragilen Vertiefungen an ihrem Hals und den Schlüsselbeinen genauer zu erkunden. Susannahs Haut war unglaublich zart, ob aufgrund teurer Crèmes oder einfach nur guter Gene, war Tess im Moment völlig egal. Alles, was sie wusste, war, dass sie sich unter ihren Lippen perfekt anfühlte, so wie es schon bei ihrem allerersten Kuss der Fall gewesen war.

»Gott, ich wollte dich schon den ganzen Abend«, flüsterte Susannah und packte Tess' Hemdkragen. »Irgendwann dachte ich, ich sollte einfach die Knöpfe aufreißen und es an Ort und Stelle mit dir treiben.«

»Wenn überhaupt, dann besteht das Wunder darin, dass wir den Abend ohne meine Hände unter diesem Kleid überstanden haben«, entgegnete Tess. »Es ist praktisch eine stoffgewordene Aufforderung, dich endlich an all den Stellen zu berühren, nach denen ich mich so sehr gesehnt habe. Ich glaube, genau deshalb hast du es auch angezogen, nicht wahr?«

Der Gedanke, wie Susannah aus ihrer Designer-Garderobe, die ihr wie ein Waffenarsenal zur Verfügung stand, ein Kleid auswählte, nur um Tess besinnungslos vor Begierde zu machen, war mehr, als Tess zu hoffen gewagt hatte.

Susannahs Schmunzeln war unverkennbar, als Tess ihre linke Brust durch den Stoff ihres Kleides umfasste und mit dem Daumen über die ohnehin schon steife Brustwarze rieb. Tess war entzückt über das Stöhnen, das aus Susannahs Kehle kam. Es schien, als würde sie beim Sex genauso lautstark sein wie in ihrem sonstigen Leben, und Tess konnte es kaum erwarten, das zu hören.

»Ich habe es angezogen, um sicherzugehen, dass du das, was dir heute Abend bevorsteht, auch wirklich zu schätzen weißt. Genauso wie du versucht hast, mich mit der ganzen Soft-Butch-James-Bond-Masche heißzumachen.«

»Und … das gefällt dir«, erwiderte Tess in wissendem Tonfall. »Du willst, dass ich dir gefallen will.«

»Sehr gut. Ein goldenes Sternchen für den Doc.«

Tess antwortete mit einem verlangenden Kuss und drückte Susannah nach hinten auf die Matratze, bis sie flach auf dem Rücken lag. Ein weiteres kleines Zupfen an dem Kleid entblößte mehr von ihrem Körper, ließ ihr Dekolleté bis hinunter zum oberen Rand ihres trägerlosen BHs sichtbar werden. Der Rest des Kleides stellte kaum ein Hindernis dar, aber Tess ließ sich Zeit, den weichen Stoff nach unten zu schieben, um Zentimeter für Zentimeter der leicht gebräunten Haut freizulegen.

»Wunderschön«, hauchte Tess, als sie das Kleid schließlich beiseitelegte. Sie richtete sich ein wenig auf und sog den Anblick, der sich ihr bot, in allen Einzelheiten auf. Einen Moment lang vergaß sie sogar zu atmen, so überwältigt war sie von der jegliche Selbstkontrolle verlierenden Susannah. Tess' Ungeduld, endlich jeden Millimeter ihres Körpers zu berühren, wuchs ins Unermessliche. Schnell zog sie ihren Blazer aus und warf ihn auf den wachsenden Kleiderstapel. Ihr Hemd, das Susannah aufgeknöpft hatte, hing halb über ihre Schultern herunter.

Der Hunger im Blick, mit dem Susannah sie ansah, war verzehrend, aber das war nichts im Vergleich zu dem Gefühl, als diese begann, mit den Händen die Kurven ihres Körpers nachzuzeichnen.

Tess' BH war nicht so filigran wie Susannahs, aber er hatte auch mehr zu verbergen. Mit einem geradezu gierigen Lächeln fuhr Susannah mit den Fingerspitzen am Rand der Körbchen entlang. Tess schnappte nach Luft. Jede Berührung, jede Bewegung von Susannah schien darauf abzuzielen, Tess um den Verstand zu bringen. Aber sie stützte sich auf ihre Unterarme, beugte sich nach vorne und drückte Susannah zurück auf das Bett aus Heu. Ihr letzter Rest an Selbstbeherrschung verflog, als Susannah sich unter sie schob und sich an sie presste. Da war sie wieder, die allmächtige Frau, die immer bekam, was sie wollte, und jeder empfindsame Teil von Tess verstand nun ganz genau, warum. Normalerweise war dies der Zeitpunkt, an dem Tess sich ihrer zusätzlichen Pfunde bewusst wurde, aber die Gier in Susannahs Blick ließ keinen Raum für Zweifel oder Angst.

Unter anderen Umständen hätte Tess vielleicht noch etwas gespielt, hätte Susannah noch für ein paar Minuten, die sich wie Stunden anfühlten, geneckt, doch sobald Susannah ihr Zögern bemerkte, packte sie ihre Schultern und grub die Fingernägel in ihre Haut.

Tess öffnete Susannahs BH und zog ihr das Höschen herunter, sodass sie nun völlig nackt vor ihr lag. Wenn Susannah vorher ein Kunstwerk gewesen war, so war sie jetzt eine Wirklichkeit gewordene Fantasie, wie sie so mit angehobenem Becken und erwartungsvoll gespreizten Beinen dalag, alles an ihrer Pose eine Einladung zu mehr. Wenn Tess nicht vorsichtig war, würde sie sich in ihrem Verlangen verlieren, aber verdammt, sie hatte es satt, vorsichtig zu sein. Sie platzierte eine Reihe entschlossener Küsse auf Susannahs Hüftknochen.

»Du kommst direkt zur Sache«, flüsterte Susannah mit rauer Stimme. »Anscheinend gefällt dir, was du siehst.«

Tess hielt kurz inne und fragte: »Willst du, dass ich es langsamer angehe?« Sie kniete nun über Susannah, die Dielen knarrten leise unter ihr. »Weil ich mir damit auch Zeit lassen kann. Und zwar die ganze Nacht.«

Anstatt einer Antwort vergrub Susannah ihre Hände in Tess Haaren und zog sie zu sich herunter. Anscheinend hielt die Lady nicht viel von Warterei.

»Dann werde ich also weitermachen«, flüsterte Tess.

Susannahs Griff wurde fester, als Tess sich mit mehr Enthusiasmus als jemals zuvor ihrem Vorhaben widmete. Sie liebte es, Frauen zu lecken, vielleicht weil ihr Geschmack ein unterschätzter Teil der Erfahrung war, aber das war eine andere Geschichte. Mit Susannah wollte Tess einfach alles tun, und das so oft wie möglich.

Obwohl es kein Vorspiel gegeben hatte, dem Tess normalerweise viel Zeit widmete, war Susannah bereits feucht, als Tess begann, sie mit der Zunge zu liebkosen, und so grub sie die Fingernägel in Susannahs Oberschenkel, die sich bereitwillig öffneten, um sie zwischen ihnen willkommen zu heißen.

Tess wandte sich Susannahs vor Erwartung schon ganz steifer Klitoris zu und leckte sie druckvoll.

»O Gott!« Susannah stöhnte.

Tess setzte ihr unerbittliches Tempo fort. Es gab noch so viel mehr von Susannah, das sie küssen und schmecken wollte, aber Susannah wand sich bereits unter ihren Berührungen.

Sie hatten den ganzen Abend darauf abgezielt und brauchten dringend Erleichterung. Je mehr Tess ihre Zunge tanzen ließ, wobei sie abwechselnd mit der Spitze und ihrer gesamten Fläche leckte, desto unbeherrschter wurde Susannah.

Die Muskeln in ihren Schenkeln spannten sich an und begannen zu zittern, ihre Hüften drängten sich immer stärker Tess' Mund entgegen. Als sie kam, schrie sie laut auf und schlug mit der Hand auf die Matratze, bis Stroh und Staub durch die Luft flogen.

Erst als ein zweiter Orgasmus sie erschüttert hatte, ließ Tess von ihr ab. Susannah wollte sich beschweren, aber es kam nur eine Art erstickter Schrei heraus.

Tess wischte sich mit dem Handrücken und dem Ärmel ihres offenen Hemdes über den Mund und genoss es, wie Susannahs Augen bei diesem Anblick ganz groß wurden. »So siehst du unglaublich aus.« Tess war immer noch auf den Knien. »Als ob ich deinen Schrein anbete.«

»Vorsicht«, antwortete Susannah, die jetzt ihre Stimme wiedererlangt hatte. »Ich könnte mich an diese Art von Hingabe gewöhnen. Aber ich war noch gar nicht dran, nicht wahr, Tess?«

Tess schluckte.

Susannah packte den Kragen von Tess' Bluse und zog sie zu einem selbstbewussten Kuss zu sich heran, anscheinend angespornt durch ihren eigenen Geschmack auf Tess' Lippen. Dann drehte Susannah sie auf den Rücken und legte sich auf sie. Als sie sich im Mondlicht über Tess beugte, sah sie aus wie eine Göttin.

»Ich werde das genießen«, kündigte Susannah an.

Nur Sekunden später war Tess vollkommen ihrer Meinung.

Kapitel 20

»Guten Morgen«, sagte Susannah, hellwach und mit einem entschlossenen Finger an Tess' nacktem Schlüsselbein entlangfahrend.

Tess gab ein leises Knurren von sich und versuchte, sich von ihr wegzudrehen.

Das Licht drang durch die Ritzen in den Wänden um sie herum wie Dutzende kleiner Laserstrahlen. Die Luft war zwar angenehm frisch vom Sturm, aber es war auch ziemlich kühl. Selbst in ihrer größtenteils getrockneten Kleidung und aneinandergepresst erzeugten sie nicht mehr genug Wärme, um das auszugleichen.

»Nein.«

»Nein? Ich sage dir, es ist Morgen, und du … weigerst dich einfach, das zu akzeptieren?«

»Mmh«, antwortete Tess. Sie versuchte, sich auf der Matratze umzudrehen, und wurde dabei von umherliegendem Stroh in die Wange gepikst. Ihre Augen waren immer noch geschlossen »Okay, das ist nicht mein Bett.«

»Und das soll nun der brillante analytische Verstand sein, auf den ich mich verlasse, wenn du meine Pferde untersuchst?«

»Hey!« Tess setzte sich auf. Sie trug keine Unterwäsche, das aufgeknöpfte Hemd linksherum, die Smokinghose zwar mit offenem Reißverschluss, aber im Grunde an Ort und Stelle. »Verdammt, ist das kalt.«

»Nun, dieser Campingausflug war nicht wirklich geplant, daher hatten wir leider keine Thermoschlafsäcke dabei. Das ist wahrscheinlich eine gute Ausrede, um aufzustehen und sich auf den Weg zurück in die Zivilisation zu machen.«

»Ja, richtig«, stimmte Tess zu. Sie streckte die Arme über den Kopf und drehte ein paar Mal ihren Kopf leise knacksend und mit einem erleichtert klingenden Stöhnen hin und her.

Susannah starrte unverhohlen auf ihre Brüste, die sich dadurch in Szene setzten.

»Oh, und hey. Guten Morgen.« Tess beugte sich vor, um Susannah zu küssen – ein sanfter Druck auf die Lippen.

Trotz ihres verwilderten Aussehens – Susannah mochte gar nicht daran denken, wie ihr eigenes Haar gerade aussah –glaubte Susannah, kaum jemals einen schöneren Menschen gesehen zu haben. Schön – ein Wort, das zu lange in ihrem Leben gefehlt hatte. »Lass uns zuerst nach dem Auto sehen. Danach laufen wir zur Straße und schnappen uns den Erstbesten, der vorbeikommt. Wir haben gerade mal sechs Uhr – unser Tagesablauf sollte also nicht allzu sehr durcheinandergeraten.«

Nachdem sie sich so gut wie möglich zurechtgemacht und aufgeräumt hatten, gingen sie zurück zum Land Rover. Zwar wusste Susannah, dass Autos eigentlich nicht schmollen konnten, aber das arme kaputte Ding schien definitv beleidigt zu sein.

»Willst du mal ausprobieren, ob es anspringt?«, schlug Tess vor. »Manchmal reicht es, wenn man sie einfach abkühlen lässt.«

Doch der Wagen verweigerte beharrlich seinen Dienst und klang mit jedem Versuch verärgerter.

»Okay, dann auf zur Hauptstraße«, sagte Tess. Warum habe ich noch mal zu diesem Anzug keine flachen Schuhe angezogen?«

»Weil du sowohl mit Geschlechterrollen als auch mit meiner Libido gespielt hast?« Susannah mochte diese Neckereien am Morgen danach. Es hätte sich peinlich anfühlen können, stattdessen streckte sie die Hand aus, damit Tess sie nehmen konnte, und sie fielen in einen langsamen Gleichschritt.

Tess hatte ihre strenge Frisur aufgelockert und das Haar wieder zu ihrem üblichen Pferdeschwanz gebunden.

»Die niedrigen Absätze sind zumindest nicht so schlimm wie meine«, fügte Susannah hinzu.

Tess warf einen anerkennenden Blick auf Susannahs schwarze High Heels und schien genauso beeindruckt wie gestern Abend. »Ich könnte dich Huckepack nehmen.«

»Nach einer Nacht auf diesem improvisierten Bett? Keine Chance. Ich möchte nicht daran schuld sein, dass du zum Osteopathen musst.«

»Bist du sicher?« Tess zog Susannah nah genug an sich heran, um sie wieder zu küssen. »Weil ich mich daran zu erinnern glaube, dass es dir gefallen hat, als ich mich gestern Abend richtig ins Zeug gelegt habe. Du bist ein bisschen Steifheit am Morgen danach mehr als wert.«

»Punkt für dich, Casanova«, antwortete Susannah. »Obwohl ich zugeben muss, dass ich mich auf das freue, was du mir mit dem Strap-on-Dildo versprochen hast.«

Tess verschluckte sich fast.

Susannah grinste. »Komm schon, jetzt ist es nicht mehr so weit. Und wir können sehen, wohin wir gehen.«

Nachdem sie eine knappe Viertelstunde gewartet hatten, kam ihnen Dave mit seinem Lieferwagen entgegen. Susannah war froh, ein freundliches Gesicht zu sehen. Das Letzte, was sie jetzt wollte, war peinliches Schweigen gegenüber einem völlig Fremden.

»Hallo, hallo.« Dave hielt direkt neben ihnen. »War heute Nacht etwa ein Rave, den ich verpasst habe?«

»Das ist nicht lustig, Dawidek.« Susannah bedeutete Tess, als Erste einzusteigen. Zum Glück passten sie alle drei auf den Vordersitz des riesigen robusten Wagens, denn jeder Zentimeter der Rückbank und der Ladefläche war mit Kisten und Säcken vollgestopft. »Aber kommst du jetzt wegen uns zu spät zum Markt?«

»Nein, ich bin immer zu früh. Ich bringe euch zurück zu uns und Finn wird euch den Rest des Wegs begleiten.«

Susannah kletterte hinter Tess auf die Sitzbank und lehnte sich mit einem Seufzer zurück. Trotz ihrer frühmorgendlichen Tapferkeit hatte sie überall Schmerzen, vor allem an Stellen, die in letzter Zeit nicht so kräftig trainiert worden waren.

Dadurch würde der Sport für den Rest der Woche noch härter als sonst werden.

»Danke«, sagte Tess, als sie losgefahren waren. »Mal sehen, wann wir wieder Empfang haben. Margo hat Waffles wohl über Nacht dabehalten, als ich ihn nicht abgeholt habe.«

»Hast du, äh ...«, setzte Susannah an, wobei sie Dave einen warnenden Blick zuwarf. Er sah mit einem Grinsen weg. »Hast du ihr gegenüber erwähnt, dass du über Nacht weg sein könntest?«

Tess wurde wieder rot. »Äh, ja. Zumindest habe ich es nicht ausgeschlossen.«

Susannah stupste Tess mit dem Ellbogen und sie lächelten sich verstohlen an. Das vertrieb die Kopfschmerzen, die sich hinter ihrer Stirn festgesetzt hatten. Sie legte ihre Hand auf Tess' Oberschenkel, eine Art Experiment, und als niemand reagierte, entspannte sie sich vollends.

Dave ließ sie am Tor des Farmhauses aussteigen, wendete eilig und winkte zum Abschied fröhlich. Er würde eindeutig zu spät kommen, war aber zu höflich gewesen, dies zu sagen.

Susannah machte sich in Gedanken eine Notiz, Finn eine gute Flasche Wein oder Ähnliches für ihn mitzugeben.

»Bevor wir Finns Morgen durcheinanderbringen«, sagte Tess und ließ Susannahs Hand los, »möchte ich dir nur sagen, dass ich dich nicht unter Druck setzen will.

Wir haben zwar gestern Abend unsere Beziehung im Grunde genommen öffentlich gemacht, aber ich weiß auch, was für eine große Sache das für dich war. Das mit uns ist noch am Anfang, daher verstehe ich es, wenn du abwarten willst, um zu sehen, wie es läuft.«

»In Hayleith finden die Leute solche Dinge ohnehin heraus, ob man es will oder nicht.«

»Trotzdem. Ich will nicht der Grund für noch mehr Stress sein. Abgesehen davon werde ich immer sehr stolz darauf sein, an deiner Seite zu stehen, sei es auf einem Wohltätigkeitsball oder einfach nur, wenn du dir bei Joan ein Croissant kaufst.«

Susannah überlegte einen Moment und blickte dabei auf das niedliche Bauernhaus vor ihnen. Hier war sie seit Jimmys Tod nicht mehr gewesen, immer zu beschäftigt für Ausflüge, während Finn ständig auf Midsummer war.

Jetzt erkannte sie, dass der Grund dafür etwas ganz anderes gewesen war: Sie hatte es vermeiden wollen, glückliche Paare in ihren bezaubernden, normal großen Häusern zu sehen. Heute schien das gar nicht so schlimm zu sein. »O nein, so leicht wirst du mich nicht los, Tess. Die Sache zwischen uns läuft gut. Im Moment gehen wir aber nur so weit, dass wir an diese Tür klopfen, damit Finn mich zum Duschen und Arbeiten mit nach Hause nehmen kann. Auf dem Weg dorthin können wir dich gerne an der Hauptstraße absetzen, damit du deinen Walk of shame fortsetzen kannst, falls das für dich einem öffentlichen Coming-out nahe genug kommt.«

»Suze, ich bin nicht –«

»Ich weiß, ich weiß.« Susannah küsste Tess zärtlich und genoss das Gefühl der weichen Lippen auf ihren. »Aber ich möchte das wirklich so. Es hat mir gestern Abend gefallen, mit dir auszugehen, also sollten wir das unbedingt wieder tun. Mit besseren Schlafmöglichkeiten.«

Sie wurden durch die sich öffnende Haustür unterbrochen. Finn stand da, die Zahnbürste in der Hand. »Kommt ihr zwei jemals rein? Oder braucht ihr noch ein bisschen länger, um eine Erklärung dafür zu erfinden, wieso Dave euch ganz zerzaust auf dem Feld gefunden hat?«

»Wir brauchen nichts zu erfinden«, sagte Susannah und führte Tess ins Haus. »Zusammengefasst: Das Auto hatte eine Panne, es hat geregnet und wir haben uns in einer Hütte untergestellt. Das war's.«

»Du hast den Teil vergessen, in dem ihr eindeutig ganz viel Sex hattet«, stellte Finn fest und verschwand wieder in Richtung Bad, sodass Susannah keine Zeit hatte, auf die Bemerkung einzugehen. »Nehmt euch einen Kaffee – neben dem Herd steht eine Kanne!«

Tess schubste Susannah beinahe aus dem Weg, um als Erste dort zu sein.

»Was wurde aus deiner Ritterlichkeit?«, fragte Susannah und bemühte sich sehr, nicht zu schmollen.

»Sieh mal, ich schenke zwei Tassen ein«, sagte Tess zu ihrer Verteidigung. »Aber das war reiner Instinkt. Niemand stellt sich zwischen mich und eine zuverlässige Koffeinquelle. Übrigens: Ja, du hast Stroh in den Haaren, falls du dich das fragst.«

Dann kehrte Finn zurück und sah sie mit unverhohlener Freude an, einer Freude, die sier sich normalerweise für Unterhaltungen über alte Buffy-Folgen oder die Vorzüge von Fliegen aufsparte. »Wenn ihr wollt, könnt ihr euch im Bad frisch machen. Im Schrank vor der Tür sind Handtücher und Zahnbürsten. Ich bin in ungefähr zehn Minuten fertig. Wir werden früh da sein, aber es klingt, als hätte ich viel nachzuholen.«

Susannah nutzte die Gelegenheit, für einen Moment allein zu sein, und ging ins Badezimmer, ohne darauf zu achten, worüber Tess und Finn sich unterhielten, als sie die Tür schloss. Ein langer, schmerzlicher Blick in den Spiegel bestätigte, dass die ungeplante, harte Nacht ihren Tribut gefordert hatte. Panda-Augen von der Wimperntusche, zerzauste, verknotete Haare, um die sich ein Friseur würde kümmern müssen, und ein Riss in der obersten Stoffschicht ihres Kleides. Das hauchdünne Material sah aus als ... na ja ...

Und doch lächelte sie immer noch.

Nachdem sie sich etwas Wasser ins Gesicht geworfen hatte, fühlte sie sich vorzeigbarer.

Finn klopfte und bot ihr einen sauberen Trainingsanzug an, der von Dave sein musste. Gekleidet wie Sporty Spice für Arme gesellte sich Susannah wieder zu den anderen und rollte die Augen in Tess' Richtung, die sie neugierig ansah.

»Hast du eine Tüte für das Kleid?« Susannah hielt das zerfetzte Kleidungsstück hoch. »Oder, ach, wenn ich es mir recht überlege, gleich in den Müll damit. Es ist kaputt und Flecken hat es sicher auch.«

»Das kannst du doch nicht machen!«, protestierte Tess. »Ein bisschen sehr dekadent, oder?«

»So sehr ich mir auch ein Souvenir wünsche, ich glaube, das ist fertig. Ich verspreche, dass ich die meisten Kleidungsstücke wie ein normaler Mensch in die Wäsche gebe.«

»Oder sie schickt wenigstens mich damit zur Reinigung«, sagte Finn etwas vorwurfsvoll, mehr als nur an den häufigen Wechsel in Susannahs Kleiderschrank gewöhnt. »Tess, möchtest du auch etwas anderes zum Anziehen haben?«

»Nein, meine Sachen sind ein bisschen bequemer, danke. Außerdem, worüber sollen die Leute im Dorf sonst tratschen?«

»Gutes Argument.«

»Aber ich gehe auch mal kurz ins Badezimmer.« Mit einem schnellen Klaps auf Susannahs Hintern entfernte sie sich.

Finn wartete, bis sie allein waren, bevor ein »O mein Gooooooott!« aus siem herausplatzte, das eine ganze Minute zu dauern schien. »Ich kann nicht glauben, dass du innerhalb von drei Wochen von einem *Ich könnte eventuell ein Date in Betracht ziehen* zu einer Affäre mit dem neuesten heißen lesbischen Feger im Ort gekommen bist!«

»Ich habe die Tage nicht gezählt«, antwortete Susannah, aber sie lachte trotzdem. »Ich wusste, ich kann mich darauf verlassen, dass du ruhig und besonnen reagierst, danke.«

»Ist es was Ernstes? Oder willst du es wieder beenden? Sie scheint nämlich ziemlich hingerissen von dir zu sein.«

»Es ist ernst genug, dass ich mir nicht sicher bin, wie ich das beantworten soll, noch nicht. Aber was soll ich sagen? Es muss an meinem Charme liegen. Übrigens haben wir gestern meine liebe Schwägerin getroffen. Kannst du heute die Verträge für das Pub aufsetzen, nur um sicherzugehen, dass an dieser Front alles wasserdicht ist?«

»Warum interessiert sie sich für den Thistle?« Finn sammelte die leeren Kaffeetassen ein und räumte sie in die Spülmaschine.

»Hauptsächlich aus Boshaftigkeit.«

»Herrje, sie muss ihre Nase auch überall hineinstecken. Ich bin so froh, wenn sie nicht mehr jeden Tag anruft.«

»Sie besitzt die Frechheit, bei Veranstaltungen wie gestern Abend auf ›Unterstützerin des Jahres‹ zu machen. Und das, obwohl beispielsweise ihr erster Impuls, wenn sie sich nicht durchsetzen kann, darin besteht, dich einem falschen Geschlecht zuzuordnen.« Susannah fühlte, wie die Wut in ihr wieder aufflammte, als hätte jemand ein Streichholz angezündet – ein besonders großes, das über einem ganzen See voller Benzin schwebte. »Ich werde dafür sorgen, auch diese Rechnung mit ihr zu begleichen, Finn. Sie kommt nicht ungeschoren davon.«

»Wie ich schon sagte, es stört mich nicht wirklich. Jedenfalls nicht bei ignoranten alten Tussis wie ihr. Die Genugtuung gönne ich ihr nicht. Sorg einfach dafür, dass sie keinen Penny bekommt, und ich bin zufrieden.«

»Oh, das werde ich. Außerdem glaube ich, dass ich meine Stadtratsstimmen diesmal wirklich bekommen habe, dank Tess, die den halben Ausschuss bezirzt hat. Du hättest sie sehen sollen. Endlich sind wir auf dem richtigen Weg. Wenn es so weitergeht, wirst du bald eine ganze Armee von Untergebenen haben, die du herumkommandieren kannst.«

»Genau das, was ich wollte. Übrigens hat Babs gestern Abend eine Nachricht hinterlassen. Irgendwas darüber, dass sie am Donnerstag nicht da ist, wenn der Getränkelieferant kommt, um die großen Alkoholbestellungen anzunehmen. Ich kläre das mit ihr. Natürlich kann ich auf jeden Fall früher hingehen.«

»Oder frag mal, ob der junge Andersen bei uns übernachtet und es nach seiner Schicht macht. Ich bezahle ihn dann für die ganze Zeit.«

»Cool. Ja, mach ich.«

Tess kam zu zurück und sah viel frischer aus. »Schon wieder im Arbeitsmodus? Du bist wirklich eine Maschine.«

»Ja, ist sie«, bestätigte Finn. »Seid ihr zwei dann bereit? Wir bringen dich rechtzeitig zum Dienstbeginn zurück, Doc.«

»Auf geht's«, sagte Susannah.

Tess belohnte sie mit einem minzfrischen Kuss.

༺ ༻

Das Rathaus war in einem der prächtigsten Gebäude des Landes untergebracht. Seine Marmorböden und holzvertäfelten Wände hätten ebenso gut in eine ehrwürdige, alte Universität oder vielleicht sogar einen kleinen Palast gepasst. Außerdem war es darin kalt und zugig und es gab keinerlei bequeme Sitzgelegenheiten. Susannah und Finn warteten vor dem Sitzungssaal des Stadtrates auf der härtesten lederbezogenen Sitzbank der Welt.

»Fühlt sich an wie bei Gericht.« Susannah schauderte. »Ich nehme an, es bestimmt meine Zukunft auch auf ähnliche Weise.«

»Hm?« Finn wurde von sienem Handy abgelenkt. »Babs schreibt, der junge Andersen kann die frühen Lieferungen nicht annehmen. Ich würde ja selbst hinfahren, aber ich muss um acht in Edinburgh sein. Ich sage ihr einfach, sie soll eine Woche aussetzen und sich mit dem begnügen, was sie hat.«

»Nein, wir können nicht zulassen, dass dem Pub der Schnaps ausgeht.« Susannah hielt nachdenklich inne, als Robin sich ihnen näherte, gekleidet in eines ihrer bevorzugten militärisch wirkenden Tweed-Kostüme »Sag Babs, sie ist eine so geschätzte Mitarbeiterin, dass sie unbesorgt heute Abend ausgehen kann. Ich übernachte im Pub und kümmere mich um die Getränkelieferung.«

»Verlegst du dich jetzt endlich aufs Kellnern, so wie ich es dir vorgeschlagen habe?«, fragte Robin mit vorgetäuschter Höflichkeit. Hinter ihr stand Jonathan, der auf sein Tablet starrte und Augenkontakt mit Finn und Susannah vermied. »Wahrscheinlich wäre es klug, etwas Karriereplanung zu betreiben.«

Die schwere Holztür des Sitzungssaals wurde geöffnet und ein kleiner, kahlköpfiger Mann streckte den Kopf heraus: »Lady Karlson? Sie wollten wissen, wenn wir uns Ihrem Antrag zuwenden?«

»Ja, danke.« Susannah nahm Mantel und Handtasche und ging weg, bevor Robin einen weiteren Kommentar abgeben konnte.

Susannah schob Finn vor sich her und stellte sicher, dass sie Robin die Tür vor der Nase zuschlug. Ganz gleich, ob sie gewinnen oder verlieren würde, es hatte ihre Schwägerin nicht zu interessieren. Wenn es nach Susannah ging, hatte sie sich jetzt und für immer aus ihren Angelegenheiten herauszuhalten.

Kapitel 21

Tess war sich nicht sicher, was sie geweckt hatte.

Vielleicht war es das laute Krachen, welches klang, als würde ein Baum auseinanderbrechen. Oder es war der süßlich-stechende Rauchgestank, denn darauf hatte sie schon immer empfindlich reagiert. Nicht zuletzt mochte das flackernde Licht, das mit jeder Sekunde heller wurde, ausgereicht haben, um ihre wohlverdiente Ruhe zu stören. Aber ihr Hirn fühlte sich, wie auch der Rest ihrer schmerzenden Glieder, immer noch träge und wollte, dass sie im Bett blieb. Erst als sie ans Fenster schlurfte und sah, dass das Gebäude auf der anderen Seite des malerischen kleinen Hofes in Flammen stand, setzte der Adrenalinkick endlich ein.

»Der Pub!«, schrie sie, obwohl niemand außer ihr im Raum war, was nicht besonders ungewöhnlich war, aber wo war Waffles? Normalerweise legte er sich beim ersten Anzeichen von Gefahr wie eine riesige flauschige Bandage auf Tess, bereit, sie vor allem zu beschützen.

Noch in ihrem Schlafanzug, dessen Oberteil und Hose nicht zusammenpassten, rannte sie die Treppe hinunter. Fast wäre sie hingefallen, aber das kurze Straucheln half ihr, einen blassgelben Schwanz zu entdecken, der unter dem Esstisch hervorlugte.

»Waffles?«

Bis jetzt hatte er ihre Rufe nie ignoriert, außer ein- oder zweimal, als er mit übermäßiger Begeisterung Eichhörnchen jagte.

Tess blickte wieder in die Flammen und fragte sich, warum zum Teufel sie noch keine Sirenen hören oder blaue Blinklichter sehen konnte. »Komm, mein Junge«, lockte sie den Hund und hob die Tischdecke an. Waffles zitterte und versuchte, sich durch die Holzdielen zu drücken. »Es ist alles in Ordnung, uns wird nichts passieren.«

Ihr erster Instinkt war, sich hinzusetzen und ihren Hund zu beruhigen, vielleicht in ihrer Tasche nach einem Leckerchen für ihn zu suchen. In diesem Moment fiel ihr jedoch wieder ein, dass ihr schlaftrunkenes Hirn in den letzten ein oder zwei Minuten versucht hatte, ihr ein paar Dinge in Erinnerung zu rufen.

Susannah übernachtete heute im Pub!

Etwas war mit Babs, die den Tag frei hatte, und dem Getränkelieferanten. Und etwas anderes war im Lärm des gestrigen Erfolgs im Stadtrat untergegangen.

In der Hoffnung, dass ein Klaps für ihren armen, verängstigten Hund Beruhigung genug war, rappelte sich Tess wieder auf und lief zur Haustür. Dort angekommen schob sie ihre nackten Füße in die Gummistiefel und zog gleichzeitig ihren Parka an. Dann nahm sie ihr Telefon und tat, was sie schon gleich nach dem Aufwachen hätte tun sollen: Sie wählte den Notruf.

Ohne sie richtig zu öffnen, stürmte sie aus der Tür – das würde sicher einen blauen Fleck auf ihrer Schulter hinterlassen. Tess spürte jedoch nichts. Sie musste einfach schnell da rüber.

Immer noch kein Licht. Keine Sirenen. Auf der Hauptstraße bewegten sich einzelne Vorhänge hinter den Fensterscheiben und ein, zwei Leute, die es wie Tess mitten in der Nacht nach draußen gezogen hatte, kamen aus ihren Häusern. Tess schlängelte sich an den robusten Holztischen des Biergartens vorbei und kam dem Hintereingang des Pubs so nahe wie möglich.

Ein Schrei ertönte.

Als sie sich umschaute, sah sie Adam in einem merkwürdig schicken Schlafanzug, der ihn wie einen jüngeren Stephen Fry aussehen ließ, in Sichtweite stolpern. Sein Haar stand in alle Richtungen. Als er sich Tess näherte, beendete er einen Anruf auf dem Handy, das er in der Hand hielt.

»Was zum Teufel machst du da?«, schrie er sie an.

Der Rauch wurde jetzt immer dichter und die Hitze ließ den Schweiß an Tess' Haaransatz kribbeln, so nah war sie dem brennenden Gebäude.

»Wir müssen ... Susannah!« Sie zeigte auf den Pub. Tess' Gedanken rasten so sehr, dass ihr Mund nicht mithalten konnte. Frustriert über den Mangel an Worten stampfte sie mit ihren Gummistiefeln auf.

»Nein, wir müssen auf die Feuerwehr warten. Ich habe gerade den Notruf angerufen. Das hat wahrscheinlich jeder in dieser Straße getan. Komm zurück, Tess!« Er rannte auf sie zu und bedeutete ihr mit einem besorgten Gesichtsausdruck, sich vom Pub zu entfernen.

Tess wusste genau, was passieren würde: Alle würden herumstehen, tatenlos die Hände ringen und zu feige sein, um etwas zu riskieren. Und währenddessen kurvte ein Feuerwehrauto von Gott weiß wo her die endlosen Landstraßen entlang, um ihren abgelegenen Ort zu erreichen.

»Ich gehe rein!«, schrie Tess zurück. Bevor Adam etwas dagegen tun konnte, rammte sie mit der Schulter gegen die Hintertür. Das Schloss daran war so instabil, dass es beim zweiten Stoß nachgab.

Danke, Adrenalin.

Schon jetzt fiel Tess das Atmen schwer. Ihre Brust fühlte sich eng an, ihr Herz hämmerte. Sie hatte auch schreckliche Angst, war aber schon immer ein Mensch gewesen, der sich eher Situationen stellte, als vor ihnen davonzulaufen. Auch wenn es manchmal das Dümmste war, was sie tun konnte.

Die Hitze und das Tosen der Flammen kamen aus dem Hauptraum des Pubs und Tess wollte nicht weiter nachforschen. Von drinnen war leise ein Rauchmelder zu hören, aber als sie sich in Richtung des Korridors bewegte, der zu den Schlafzimmern im oberen Stockwerk führte, wurde das Fehlen von kreischenden oder piepsenden Alarmen schmerzhaft deutlich. Gott sei Dank war sie schon einmal hier gewesen, um Babs zu besuchen, sonst hätte sie sich gar nicht ausgekannt.

Die Sicht war schlecht. Tess traute sich nicht, das Licht einzuschalten. Sie wusste nicht mehr, warum es eine schlechte Idee war, nur noch, dass es eine war.

Im ersten Stock befanden sich auf beiden Seiten des kurzen Flurs Zimmer.

Tess stieß die erste Tür auf, aber der Raum war leer.

Sie hustete. *Verdammter Rauch.*

Hinter der nächsten Tür war ein Badezimmer. Sie schnappte sich ein Handtuch vom Haken, machte es schnell nass, wrang es aus und hielt es vor Mund und Nase. Das erleichterte das Atmen etwas.

Dann kroch sie auf allen vieren weiter, um ihren Kopf aus dem aufsteigenden Rauch herauszuhalten, und tastete sich zur nächsten Tür vor.

Volltreffer! Hier war ein Doppelbett mit jemandem unter der Decke. Tess stürzte sich förmlich auf die Gestalt.

»Susannah! Susannah! Suze!«

Die Gestalt reagierte nicht, sie stöhnte nur ein wenig.

Da bemerkte Tess die Schlafmaske und die Ohrstöpsel. Auf dem Nachttisch stand ein kleines Fläschchen. *Mist!* Anscheinend hatte Susannah etwas genommen, um besser schlafen zu können. *Fantastisch.*

Immer noch keine Blaulichter oder Sirenen von draußen. Der Rauch wurde immer dichter und sank immer tiefer. Er war jetzt auf Höhe ihres Gesichts, selbst als sie sich bückte.

Das konnte nicht warten.

Dass Tess Sport gemacht hatte, war schon eine Weile her. Ihr tägliches Training bestand darin, mit Waffles spazieren zu gehen, und als sie die in einen dunklen, seidigen Schlafanzug gekleidete Susannah packte, konnte sie sie kaum hochheben. Ihre langen Beine waren schrecklich unpraktisch, und alles an Susannah schien absichtlich schlaff zu sein, als Tess versuchte, sie sich über die Schulter zu legen.

Am Ende war es die reine Panik, die den größten Teil der Arbeit übernahm, und Tess versuchte einfach, Susannah so gut es ging festzuhalten, wobei der verdammt rutschige Stoff ihres Schlafanzugs es nur noch schwerer machte.

Jede Bewegung war mühevoll. Tess war bereits außer Atem und Susannahs Gewicht auf ihren Schultern machte es schier unmöglich, sich tief genug zu ducken. Tess entschied sich für Geschwindigkeit und wandte sich zur Tür.

Überall Rauch. *Mist.* Wo war noch mal die Treppe? Tess drehte sich mit dem Gesicht zurück zur Tür, um sich zu orientieren. *Ah, okay,* sie musste nach rechts.

Susannah begann sich zu bewegen, aber Tess hielt sie fest. Selbst wenn sie aufwachte, es war keine Zeit, ihr in ihrem Zustand die Situation zu erklären.

Das Getöse des Feuers wurde lauter. Holz splitterte. Glas zerbrach. Tess machte einen Schritt. Dann den nächsten.

Schritt. Schritt.

Sie hatte einen so heftigen Hustenreiz, dass es sich anfühlte, als jucke ihre Kehle von innen, aber das war eine schlechte Idee. Wenn sie jetzt hustete, würde es nur noch schwerer werden, sich zu bewegen. Nachzudenken. Hier herauszukommen.

Auf halbem Weg die Treppe hinunter begann Susannah zu zappeln und kam langsam zu sich. Tess schrie sie an, in der Hoffnung, ihr beim Aufwachen zu helfen. Schließlich kam sie halbwegs zu Bewusstsein und glitt aus dem ungeschickten Schultergriff. Tess zog sie mit einem beharrlichen Griff um den Oberkörper die restlichen Stufen hinunter.

Tess konnte nicht sagen, welche der Türen im Erdgeschoss sicher zu öffnen waren. Der Schankraum selbst war ein hoffnungsloser Fall. Sie drehte sich um und zog Susannah mit sich. Auf demselben Weg zurückzugehen, auf dem sie gekommen war, schien keine Option, denn durch diese Tür strömte dicker Rauch.

»Wohin?«, schrie sie Susannah ins Ohr, in der Hoffnung, dass sie sich genügend erholt hatte, um eine Art Instinkt zu entwickeln.

Susannah taumelte auf eine der Türen zu. Tess ging mit ihr.

Es war das Hinterzimmer. Babs' Wohnzimmer. Sie taumelten hindurch, beide auf halber Strecke bereits auf den Knien. Tess sah sich um.

Eine Tür. Ein Fenster. Irgendetwas.

Da sah Tess durch den Rauch wie eine Fata Morgana die schwere, graue Feuerschutztür, über der schwach grün etwas leuchtete. Sie schickte ein Stoßgebet zu allem, was ihr heilig war, auch wenn diese fluoreszierenden Schilder zwingend von irgendeinem Gesundheits- und Sicherheitsgesetz vorgeschrieben waren, denn Tess konnte kaum noch die Hand vor Augen sehen.

Sie warf sich mit aller Kraft gegen die Tür. Der darüber liegende Querbalken wurde von Susannahs Schulter eingedrückt, als Tess sie hinter sich herzog.

Die Tür sprang auf. Sie war offen und sie waren draußen.

Tess stolperte noch einige Schritte vorwärts, auf den Parkplatz zu, bis ihre Kräfte sie endgültig verließen.

Es waren Stimmen zu hören, Hände griffen nach Susannah und hoben sie hoch und ließen Tess auf die Knie sinken. Dann, endlich, gab Tess dem Brennen in ihrer Kehle nach. Ein heftiger Hustenanfall drückte ihre Brust zusammen und schüttelte sie. Sie hustete und keuchte, bis sie endlich wieder atmen konnte, und wunderte sich, dass sie dabei nicht ohnmächtig geworden war.

Inzwischen kümmerte sich Adam um Susannah. Das war gut. Adam war ein vernünftiger Kerl und absolvierte regelmäßig Erste-Hilfe-Kurse. Er kniete neben ihr und sprach mit ihr.

Jemand reichte Tess eine Flasche Wasser. Sie trank und musste noch mehr husten.

Tess kroch zu Susannah hinüber, um nach ihr zu sehen, aber sie befand sich in der stabilen Seitenlage und hatte die Augen geschlossen.

Panik überkam Tess.

Nein, sie atmete definitiv! Ihr Brustkorb hob und senkte sich.

Tess drückte ihre Finger an Susannahs Hals, ja, da war ein Puls. Er war weder besonders schnell noch sehr stark, aber er war da.

Adam sagte etwas, aber Tess konnte ihn nicht hören.

Vielleicht hörte Susannah ihn auch nicht.

Dann endlich Blaulicht und Sirenengeheul. Chaos in Form eines großen, roten Feuerwehrautos. Dahinter, mit einem höheren und durchdringender klingenden Martinshorne, kam der Krankenwagen. Hilfe war da.

Tess hatte genug getan, jetzt sollten sie übernehmen. Sie weinte – oder war es nur der Rauch, der ihre Augen reizte? Sie lag auf der Seite, das Gesicht Susannah zugewandt.

Tess war es egal, was die aufgebrachte Menge dachte, als sie die Hand ausstreckte, um Susannahs rußverschmierte Wange zu streicheln. »Sie kommen. Also denk nicht mal daran, dass es dir nicht gut geht. Du bist draußen, das ist alles, was zählt. Und du hast mir versprochen, dass wir deine Baugenehmigung feiern, sobald du das Problem mit dem Pub gelöst hast. Du schuldest mir eine Party, vergiss das nicht.«

Dann waren plötzlich die Sanitäter da mit ihren Neonjacken und den latexbehandschuhten, tüchtigen Händen.

Tess fühlte, wie das letzte Adrenalin verpuffte, und fügte sich in die Untersuchung. Sie beantwortete Fragen und ließ sich in die Augen leuchten und abtasten. Dann drückte man ihr eine Maske auf Mund und Nase. Ein grässliches Gummiding. Es fühlte sich klamm an, als hätte jemand anders sie aufgehabt. Dann holte sie tief Luft und es schien ihr, als würde sie zum ersten Mal seit Stunden wieder atmen können. Gut. Viel besser.

»Wir bringen Sie beide ins Krankenhaus«, sagte der lang aufgeschossene Sanitäter und führte Tess zum wartenden Krankenwagen. Nein, es waren zwei Krankenwagen.

»Ich will mit Susannah fahren!«, rief Tess, oder versuchte es zumindest. Die Anstrengung beim Sprechen fühlte sich an wie ein Dutzend Messer, die ihr die Kehle entlang gezogen wurden.

Susannah lag auf einer Trage und wurde bereits in einen der Krankenwagen gehoben.

»Da ist leider kein Platz und wir müssen sie während der Fahrt überwachen«, antwortete der Sanitäter. »Kommen Sie schon. Je eher Sie einsteigen, desto eher können Sie Ihre Freundin wiedersehen.«

Tess machte sich nicht die Mühe, ihn zu verbessern, war sich auch nicht sicher, was sie hätte verbessern sollen. Sie kletterte die Stufen des Fahrzeugs hinauf, nahm ihren Sitzplatz ein und wartete darauf, dass die Türen geschlossen wurden.

Kapitel 22

Was zum Teufel war das für ein Summen?

Susannah wollte, dass wer auch immer sich gerade in ihrem Schlafzimmer unterhielt, verdammt noch mal die Klappe hielt. Sie versuchte, etwas Dementsprechendes zu sagen, aber ihre Zunge schien aus Sandpapier zu sein und an ihrem Gaumen festzukleben. Dann verstummten die Stimmen und es wurde wieder ruhig.

Aus irgendeinem Grund lag sie auf dem Rücken, obwohl sie eigentlich nie so schlief. War da etwas in ihrem Mund?

Das summende Geräusch war wieder da. Dann wurde alles wieder schwarz.

Susannahs Auge öffnete sich, aber nicht, weil sie es so wollte. Jemand hatte seine Finger in ihrem Gesicht, und dann war da ein helles Licht.

»Was soll das?«, versuchte sie zu fragen. Etwas drückte gegen ihre Zunge. Das war nicht richtig so. Sie fing an, sich dagegen zu wehren, und da kehrten die aufgeregten Stimmen zurück.

»Susannah? Können Sie mich hören?«

Sie öffnete beide Augen. Das Licht war schrecklich, und als sie sich konzentrierte, konnte sie über sich eine Neonröhre erkennen. Vielleicht kam daher das Summen. Dann schob sich ein seltsames Gesicht in ihr Blickfeld. Es lächelte freundlich, als wollte es, dass Susannah bei einem Test gut abschnitt.

»Schön, dass Sie wach sind, Susannah. Ich bin Dr. Gray. Wir haben uns ein bisschen Sorgen um Sie gemacht. Sie wurden zur Sicherheit eine Weile künstlich beatmet. Aber ich entferne den Schlauch jetzt, wenn Sie mir einen Augenblick Zeit geben.«

Die nächsten Sekunden wünschte sich Susannah, sie wäre wieder eingeschlafen.

Dann wurde sie sehr umsorgt, mit Kissen abgestützt und ihre Atmung mit einem Stethoskop abgehört.

»Alles in Ordnung«, erklärte der Arzt und nickte Susannah und einer Krankenschwester kurz zu, bevor er den Raum verließ.

»Was ist passiert?« Susannahs Stimme klang wie die von Kathleen Turner mit einer Stimmbandentzündung. »Moment, ich erinnere mich an Rauch, aber ich konnte nicht richtig aufwachen.«

»Sie sind noch mal glimpflich davongekommen«, sagte die Krankenschwester und tätschelte Susannahs Hand, an der eine Infusion hing. »Aber da draußen wartet eine junge Dame, die Sie unbedingt sehen will, also lasse ich sie Ihnen die Einzelheiten erzählen.«

»Tess?«, versuchte Susannah zu fragen, aber es hörte sich eher wie ein Quaken an. Nichtsdestotrotz kam genau die Person, die sie am meisten sehen wollte, einen Augenblick später in den Raum gestürmt. Obwohl sie ein Privatzimmer hatte, war die Tür einen Spalt offengelassen worden.

»Wie geht es dir?«

Tess sah ziemlich mitgenommen aus. Ihr Gesicht war verrußt, die Augen rot, und einige Haarsträhnen hatten sich aus ihrem Pferdeschwanz gelöst und hingen ihr ins Gesicht. Sie trug einen Arm in einer Schlinge und ihre Kleidung sah schmutzig aus. Als sie näherkam, wurde sich Susannah des rauchigen Geruchs bewusst, der von ihrem eigenen Körper ausging. Aber er war nichts im Vergleich zum Gestank eines gerade erloschenen Grills, den Tess wie eine Staubwolke mit sich brachte.

Nicht, dass es Susannah davon abhielt, nach dem rußverschmierten Schlafanzugoberteil zu greifen und Tess vorsichtig nahe genug heranzuziehen, um sie zu küssen. »Der Pub?«, fragte Susannah.

Tess schüttelte den Kopf.

»Bitte sag mir, dass niemand ...« Sie traute sich nicht, es auszusprechen. Der Gedanke, sie könnte schuld sein, dass jemand gestorben war, war zu viel.

»Nein, du warst als Einzige dort. Babs war weg und die Andersen-Jungs waren alle sicher zu Hause.«

Tess untersuchte Susannah nun selbst, suchte nach Verletzungen und wer weiß nach was sonst noch allem.

Susannah wand sich unter der Aufmerksamkeit. »Falls ich mich nicht plötzlich in einen Pitbull verwandelt haben sollte, kannst du das getrost den Menschenärzten überlassen.«

»Willst du damit sagen, dass ich kein Mensch bin?« Zum ersten Mal, seit sie hereingekommen war, lächelte Tess. Ihr freches Grinsen war ein sofortiges Schmerzmittel.

Susannah setzte sich etwas gerader auf. »Ha, ha. Wie bist du denn so schmutzig geworden? Das Feuer hat sich doch nicht auf die anderen Häuser ausgebreitet, oder? Geht es Waffles gut?«

»Ja. Er ist draußen mit Margo und Adam. Das Feuer hat ihn zwar ein bisschen erschreckt, aber Gott sei Dank kam es nicht in die Nähe meines Hauses.«

»Aber, wie bist du dann …?«

»Möchtest du was trinken? Ich kann die Krankenschwestern fragen, ob du noch mehr trinken darfst als die paar Schlucke Wasser, die du bekommen hast, nachdem der Schlauch herausgenommen wurde.«

»Tess Robinson. Bist du in ein brennendes Gebäude gerannt – in ein echtes Feuer –, nur um mich zu retten?« Susannah starrte Tess verblüfft an und ihr fehlten die Worte. Diese Art von Tapferkeit war Ehrfurcht gebietend und erschreckend zugleich. Wann war Susannah zu jemandem geworden, für den es sich lohnte, sich in eine solche Gefahr zu begeben?

Selbst unter dem Ruß und dem schwachen Brandfleck auf ihrer linken Wange war nicht zu übersehen, dass Tess rot wurde. »Es war Instinkt! Niemand sonst wusste, dass du dort übernachtest, und die Löschfahrzeuge haben viel zu lange gebraucht. Ich musste es tun und ich würde es wieder tun, also denk nicht mal dran, wütend auf mich zu werden!«

»Wütend auf dich?« Susannah bekam eine Handvoll des Schlafanzugstoffes zu fassen. »Ich könnte dich küssen!«

»Oh. Nun, das kannst du ruhig tun.«

Also küsste sie sie. Beide küssten sie sich für ein paar atemlose Momente. Sehr atemlose, denn keine von ihnen hatte sich bis jetzt vollständig erholt.

»Später wollen sie dich noch genauer untersuchen.« Tess zog einen Stuhl neben das Bett und nahm Susannahs Hand in ihre gesunde. »Und sicher hast du noch mehr Fragen. Aber können wir kurz einfach nur so sitzen bleiben? Einfach … froh sein, dass wir beide noch hier sind?«

»Natürlich«, sagte Susannah. »Wir nehmen uns so viel Zeit, wie du brauchst.«

In den nächsten Stunden gaben sich Ärzte, Krankenschwestern und Pfleger in Susannahs Zimmer die Klinke in die Hand. Nachdem Susannahs Versuche, aus eigener Kraft zu gehen, schnell und mit viel Husten endeten, wurde sie in einem Rollstuhl herumgefahren.

»Ich kann dich gerade nicht tragen«, warnte Tess sie. »Möglicherweise habe ich ein gebrochenes Schlüsselbein, also musst du auf den ärztlichen Rat hören und dich schieben lassen.«

Das Krankenhaus war zwar kein sehr großes Krisenzentrum, aber doch die größte Einrichtung in der Gegend. Susannah nahm sich die beruhigenden Worte des Personals, dass es ihr gut gehe, zu Herzen, und trotz der Schmerzen und der allgemeinen Erschöpfung gelobte sie, sich nicht im Unglück des Ganzen zu suhlen. Zumindest hatte sie überlebt und konnte eine Geschichte erzählen.

Als sie wieder in Susannahs Zimmer waren und etwas Automatenkaffee und die Hälfte des Vanillejoghurts, der zu Susannahs ansonsten unberührtem Frühstück gehörte, hinuntergewürgt hatten, sagte Tess:

»Übrigens hat es bereits gebrannt, als ich aufgewacht bin. Ich glaube, das Feuer hat mich geweckt. Ich habe niemanden gesehen. Aber das Ganze hat mir keine Ruhe gelassen und sicher kommt bald die Polizei – oder vielleicht auch ein Brandermittler? Auf jeden Fall werden sie zumindest vermuten, dass der Brand möglicherweise vorsätzlich gelegt wurde.« Tess zählte die Punkte an den Fingern ab. Offensichtlich hatte sie an einer Art Theorie gearbeitet.

Aber eine Theorie worüber? Sie glaubte doch nicht …

»Ich weiß, wahrscheinlich habe ich einfach einen Krimi zu viel gesehen. Aber hat Robin nicht erst letzte Woche den Pub bedroht? Sie sagte, sie würde ihn dir wegnehmen, obwohl sie eigentlich keine Möglichkeit dazu hatte, weil dein Mann ihn ja dir überschrieben hat.«

Susannah fühlte sich ein wenig zu benebelt, um Geschäftliches zu besprechen, versuchte aber, sich zu konzentrieren.

»Damit will ich nicht sagen, dass sie mit einem Benzinkanister und ein paar Streichhölzern im Gebüsch saß«, fuhr Tess fort, »aber jeder mit ihren Verbindungen und etwas Geld könnte einen willigen kleinen Bastard finden, der die Drecksarbeit für sie erledigt.«

»Nein, nein. Auf keinen Fall.« Susannah pikte mit dem Finger in die Banane, die neben ihrem Teller lag und so aussah, als sei sie erst in einer Woche reif. »Schon gar nicht nach unserem Aufeinandertreffen gestern im Rathaus. Sie hat mich doch sagen hören, dass ich im Pub übernachten will. Selbst wenn sie einen hinterhältigen Plan gehabt hätte, sie hätte die Sache abgeblasen. Robin will mein Geld und das Land. Sie ist keine Mörderin …«

»Susannah?«

Beide blickten auf und sahen eine angeschlagene Robin Karlson auf der Türschwelle stehen.

»Was wollen Sie?«, knurrte Tess förmlich, packte Susannahs Decke und war eindeutig bereit, sich in die nächste Schlacht zu werfen. »Ich glaube, zuerst möchte die Polizei mit Ihnen sprechen.«

»Ja, das wollen sie. Ich meine, ich habe schon mit ihnen gesprochen.« Robin zögerte einen Moment, bevor sie ein paar Schritte näher kam. Sie hatte ihre Hände vor sich verschränkt. Anstelle ihres üblichen Landhaus-Tweeds trug sie alte Reitkleidung, die kaum besser als ein Schlafanzug aussah. Ihre Augen waren gerötet und das übliche knallige Make-up hatte sie heute weggelassen. »Susannah, das ist nicht leicht für mich, also hör mich bitte an. Ich bin gekommen, um mich zu entschuldigen.«

Susannah schnaubte ungläubig. »Um was zu tun?«

»Es scheint, dass mein junger Assistent Jonathan … Er hatte wohl seltsame Vorstellungen davon, wie wütend ich auf dich bin. Ich möchte, dass du weißt, dass ich, obwohl wir unsere Differenzen hatten, niemals –niemals – ein solch gefährliches Verhalten dulden würde, Susannah.«

Susannah sah Tess an, dann wieder Robin. Sie war fassungslos.

»Du meinst, Jonathan hat das Feuer gelegt?«, fragte Susannah. »Absichtlich? Wo ist er jetzt?«

»Er wurde von der Polizei festgenommen.« Robin durchquerte den Rest des Raumes und trat näher an Susannahs Bett heran. Sie streckte die Hand aus. Für einen Moment schien es, als wolle sie Susannahs Hand nehmen, bevor sie sich anders besann und nur ziellos die Bettdecke tätschelte. »In dem Moment, als ich ihn mit Ruß bedeckt hereinkommen sah, hatte ich keine andere Wahl. Ich rief sofort die Polizei an. Es scheint, dass er meinen geschäftlichen Streit mit dir sehr persönlich genommen hat. Wenn das Niederbrennen des Pubs nicht funktioniert hätte, wäre Midsummer anscheinend sein nächstes Ziel gewesen.

»Er hätte das Anwesen angezündet?« Susannah verschluckte sich fast vor Schreck.

Robin sah bei dem Gedanken fast genauso erschüttert aus wie sie. Was auch immer ihre Motive gewesen waren, sie liebte Midsummer auf jeden Fall auch.

»Aber wie hätte das dir geholfen, das zu bekommen, was du wolltest?«, fragte Susannah. »Du hättest alles wieder aufbauen müssen. Ging es hier darum, was er für Jimmy empfand? Das verstehe ich nicht.«

»Das passt ja wunderbar«, sagte Tess. »Aber selbst wenn wir Jonathan aus der Gleichung herausnehmen, entlastet Sie das noch lange nicht. Sie könnten Susannah schon nächste Woche erneut belästigen.«

Robin setzte sich auf die Bettkante und spielte abwesend an ihren Fingernägeln herum. »Nein, nein. Damit ist jetzt Schluss. Wenn etwas Schlimmeres passiert wäre, wenn du ... Ich weiß nicht, wie ich mit mir selbst hätte leben können. Es ist schlimm genug, dass ihr beide im Krankenhaus gelandet seid. Jetzt verstehe ich, dass ich mich in etwas verrannt hatte. Eigentlich habe ich einfach nur meinen Bruder vermisst und wollte sein Andenken ehren. Ich hätte besser aufpassen sollen, was ich sage, sobald Jonathan dabei war. Ich wusste ja, dass er seit Jahren in gewisser Weise auf James ... fixiert war und dich deswegen nicht leiden konnte. Aber mir war nicht klar, wie groß seine Verbitterung war. Unsere Auseinandersetzung hat alles noch verschlimmert und ihn zu dem Brandanschlag angestachelt. Wie dem auch sei, ich werde keinen weiteren Streit über Midsummer anzetteln. Es gehört dir, Susannah, was auch immer geschehen ist. Ich habe meine Anwälte bereits abberufen.«

»Wirklich?« Susannah versagte fast die Stimme. Sie nahm sich einen Eiswürfel. »Wenn das ein Trick ist, um mich unvorsichtig werden zu lassen, während ich verletzlich bin, hier im Krankenhaus ...«

»Du hast mein Wort, dass es nicht so ist«, antwortete Robin, stand auf und streckte Susannah ihre Hand entgegen.

Susannah erwiderte ihren Blick ruhig, auf der Suche nach letzten Zeichen der Täuschung. Sie nahm die Hand nicht.

Robin schien es zu verstehen und zog sie zurück. Es war zu viel und zu früh nach all den Monaten des bösen Blutes. Dennoch veränderte sich ihr aufrichtiger Gesichtsausdruck keine Sekunde lang. »Ich wünschte, es hätte nicht so etwas Schreckliches gebraucht, damit ich über meinen Kummer hinaussehe. Bitte lass mich wissen, wenn ich irgendetwas tun kann, um es wiedergutzumachen. Das wollte ich nur persönlich sagen. Ich gehe jetzt.« Sie wandte sich um.

»Robin?«, rief Susannah ihr nach.

»Ja?«

»Ich weiß, wir haben uns so einiges an den Kopf geworfen, aber da ist etwas, das mich immer noch quält, seit du es gesagt hast, und –«

»Über James? Dass er eure Ehe bereut hat?«, fragte Robin mit einem Seufzer. »Ich wusste, ich würde dich damit verletzen. Ob du es glaubst oder nicht, ich habe mich selbst schlecht gefühlt, als ich das damals gesagt habe. Aber diese Behauptung stammt eigentlich von unserem unzuverlässigen ehemaligen Mitarbeiter, also denke ich, dass du aufhören kannst, dir darüber Gedanken zu machen.

Erleichterung breitete sich in Susannah aus. Also war das nur eine von Jonathans finsteren Fantasien gewesen. Sie hätte es wissen müssen.

»Ich sollte gehen, damit du dich ausruhen kannst«, sagte Robin. Und tatsächlich drehte sie sich auf dem Absatz um und marschierte hinaus.

Susannah wusste nicht, was sie mit sich anfangen sollte. War der Albtraum wirklich vorbei? Robin schien das jedenfalls zu glauben.

Tess blickte Robin böse hinterher. »Sie hat Glück, dass ich sie nicht für alles, was sie dir angetan hat, gleich hier rausgeworfen habe. Schön und gut, dass es ihr im Nachhinein leidtut, aber sieh nur, was sie mit ihrem Hass und ihrem Irrsinn angerichtet hat!

»Zügeln Sie Ihr Temperament, Dr. Robinson«, warnte Susannah Tess. Aber im Grunde war sie von Tess' Beschützerinstinkt ebenso gerührt, wie es sie erschütterte, dass sich Jonathan von Robins Schimpftiraden so hatte aufpeitschen lassen, dass er dieses abscheuliche Verbrechen begangen hatte.

»Du hättest sterben können.« Tess' Stimme zitterte. Sie drückte Susannahs Hand ein wenig zu fest. »Wir beide hätten sterben können.«

»Ach, komm schon. Wir sind hier nicht im Fernsehen. Die Lesben haben überlebt! Lass uns das alles nicht so düster sehen.«

»Lady Karlson?« Ein sehr jung wirkender Polizist stand in der Tür. Er sah aus wie neunzehn. »Wir würden Ihnen gerne ein paar Fragen stellen. Wir haben bereits jemanden wegen des Brands in Gewahrsam.«

Susannah unterdrückte ein müdes Seufzen.

Gefolgt von seiner Partnerin betrat der Polizist das Krankenzimmer. An seiner Sicherheitsweste waren jede Menge Ausrüstungsgegenstände befestigt, an seiner Hüfte hing ein glänzend schwarzer Schlagstock. »Wenn Sie sich dazu in der Lage fühlen, würden wir gerne mit Ihnen über die Ereignisse im Zusammenhang mit dem Feuer im Spiky Thistle sprechen.

»Ja, ja. Kommen Sie und bringen wir es hinter uns. Kann Tess bleiben? Sie ist meine …«

»Freundin«, vollendete Tess ihren Satz. «Ich bin diejenige, die sie aus dem Feuer gerettet hat, also ist es einfacher, wenn Sie gleich mit uns beiden sprechen.«

»Oh, Sie sind also die Heldin!«, rief die Polizistin aus, und für einen Moment wirkte ihr Gesichtsausdruck nicht mehr so kühl. »Ich hoffe, Sie wissen, dass es eine Menge Reporter gibt, die unbedingt mit Ihnen sprechen wollen. Vor dem

Krankenhaus geht es zu wie bei einem Rugbyspiel und alles, was die Leute interessiert, ist, dass Sie die Gutsherrin gerettet haben!«

Tess brachten diese Neuigkeiten sichtlich aus der Fassung.

Susannah nahm ihre Hand. »Ich glaube, wir sind noch nicht bereit für die Presse. Aber danke, dass Sie es uns haben wissen lassen. Und Tess hier ist wirklich eine große Heldin.« Eine süße Röte legte sich wieder auf Tess' Wangen, sodass Susannah einen Hustenanfall riskierte, um sich zu ihr hinüberzulehnen und sie auf die Wange zu küssen.

»Sehr gut«, sagte der erste Polizeibeamte und holte sein Notizbuch heraus. »Fangen wir damit an, wo Sie am frühen Abend waren.«

⁂

Susannah ließ ihren Blick über die Abholzone vor dem ruhigen Privateingang des Krankenhauses wandern auf der Suche nach Tess in ihrem viel geschmähten Auto. Susannah hoffte, dass Tess den Reportern hatte entkommen können, ohne von ihnen angehalten worden zu sein. Da die Röntgenaufnahmen gezeigt hatten, dass das Schlüsselbein ihrer Geliebten nur geprellt war, durfte Tess fahren.

Als Tess in Sichtweite kam, atmete sie erleichtert auf. Kaum zwei Minuten später kuschelte sie sich in den Beifahrersitz.

Vom Rücksitz grüßte Waffles aus der Sicherheit seiner Kiste.

»Also Freundin, hm?«, sagte Susannah. »Und dann auch noch eine landesweit bekannte Heldin.«

Tess errötete diesmal nicht, sondern zwinkerte nur und warf Susannah eine Kusshand zu, während sie der komplizierten Route folgte, die zur Ausfahrt des Krankenhausgeländes führte.

»Na ja, für unsere Beziehung brauchte es ein Wort«, sagte Tess. »Und da ich vorhabe, mich mit dir noch öfter zu verabreden, als es uns bisher gelungen ist, dachte ich, dass ›Freundin‹ es gerade noch abdeckt. Hast du irgendwelche Einwände?«

»Überhaupt keine. Übrigens wird die Polizei uns morgen die weiteren Ergebnisse ihrer Ermittlungen mitteilen, aber sie sind ziemlich sicher, dass sie den Schuldigen haben. Alle Beweise scheinen das zu bestätigen.«

»Hast du ihnen von Robin erzählt? War sie wirklich nicht an dem Brandanschlag beteiligt?«

»Die Polizei hat Jonathans Haus durchsucht und einen Haufen Pläne beschlagnahmt. Außerdem haben sie herausgefunden, dass Robin keine Ahnung von seinen kriminellen Aktivitäten hatte«, antwortete Susannah. »Sie hat zwar definitiv einen Streit mit mir vom Zaun gebrochen, aber was Jonathan getan hat, geschah ohne ihr Wissen. Meine Schwägerin hat sich noch nie für Details interessiert.«

»Wie fühlst du dich? Bist du sicher, dass du schon entlassen werden konntest?«

»Mir geht es gut. Falls mir schwindlig wird oder ich Atemnot bekomme, begebe ich mich wieder in Behandlung. Du hast mir das Leben gerettet. Habe ich dir dafür schon gedankt?«

Tess hielt vor einer roten Ampel und tat so, also müsse sie über die Frage ernsthaft nachdenken. »Nein, ich glaube nicht. Sicher, du warst bewusstlos, aber du hast Finn. Hätten dich eine Karte und ein paar Blumen umgebracht?« Sie prustete vor Lachen über ihren Witz.

Anstatt die Augen zu verdrehen, beugte sich Susannah zu ihr und küsste sie: »Ich danke dir.«

»Autsch.« Stöhnte Tess, als sie sich voneinander lösten. Die Autos hinter ihnen hupten bereits, weil die Ampel inzwischen auf Grün gesprungen war. »Diese blauen Flecken sind kein Spaß.«

»Tut mir leid.« Susannah kämpfte mit einer Welle von Schuldgefühlen. »Ich konnte nicht widerstehen. Trotzdem solltest du dich ausruhen.«

»Ich werde heute keine Kälber auf die Welt bringen, das steht fest. Adam wird für mich einspringen müssen.«

»Zufällig kenne ich einen sehr angenehmen Ort, wo du dich heute Nacht ausruhen kannst. Weit weg vom Tatort und dem Geruch von verbranntem Holz«, sagte Susannah. »Mein Bett ist auf jeden Fall groß genug für zwei.«

Waffles bellte.

»Okay, drei, aber er muss am Fußende bleiben.«

»Viel Glück dabei«, antwortete Tess, fuhr in Richtung Midsummer und bemühte sich, ein strahlendes Lächeln zu unterdrücken.

Kapitel 23

Mit einer Tasse Tee in der Hand stand Tess an der Eingangstür der Tierarztpraxis und versuchte, unauffällig das Geschehen vor dem Pub zu beobachten. Offensichtlich gelang ihr das nicht, denn schon wenig später kam Joan vom Café herüber und stellte sich neben Tess, um einen besseren Blick zu bekommen.

»Was sagen sie zu Susannah?«, fragte Joan.

Tess zuckte die Achseln. Sie konnte weder von den Lippen lesen noch hellsehen.

»Ich meine, was haben sie vorher zu ihr gesagt?«

»Woher soll ich das wissen?« Tess versuchte, unschuldig auszusehen.

Joans Antwort war ein vorwurfsvoller Blick.

Toll. Anscheinend wusste das ganze Dorf, wo Tess seit dem Brand die meisten Nächte verbracht hatte.

Sie beobachteten aus der Ferne, wie Susannah mit einem Feuerwehrmann und einem älteren Polizeibeamten sprach. Es wurde viel gedeutet und gestikuliert, aber es war unmöglich zu sagen, ob die Nachricht nur schlecht oder geradezu schrecklich war.

»Haben sie herausgefunden, was die Ursache des Feuers war?«, fragte Babs, die sich aus der entgegengesetzten Richtung näherte. »Susannah kann erst mit dem Wiederaufbau beginnen, wenn sich alles geklärt hat.«

»Das erste Ergebnis war Brandstiftung, ich nehme an, dass es dabei geblieben ist«, antwortete Tess, die sich auf Feindseligkeiten gefasst machte. »Irgendwo muss auch der Versicherungsvertreter sein. Das ist eine Menge Stress für Susannah.«

»Sie wollen Robin Karlson befragen«, sagte Joan.

»Ja, das sollten sie«, stimmte Babs zu. »Und Jonathan hat sowieso keiner von uns mehr vertraut, seit er zu ihr übergelaufen ist.«

Tess hätte sich fast an ihrem Tee verschluckt. Babs und Joan waren sich tatsächlich einmal einig.

»Ich werde zwar bezahlt, aber ich kann es nicht ertragen, untätig zu sein«, schloss Babs.

»Ich bin überrascht, dass du noch nicht selbst Hand angelegt hast, um den Thistle wiederaufzubauen.« Joan deutete auf das ausgebrannte Gebäude.

Es war eigentlich nur Small Talk, aber Tess spürte, dass die Unterhaltung beide Frauen sehr viel Mühe kostete.

»Gib mir noch etwas Zeit«, antwortete Babs. Als sie Joan schließlich ansah, war ihr Blick ganz weich. »Und danke übrigens für die Übernachtungsmöglichkeit. Natürlich hat Susannah mir angeboten, vorübergehend auf Midsummer zu wohnen, aber ich wollte nicht im Weg sein.«

Tess entging nicht, dass Joan sie scharf ansah. »Hör zu«, wehrte sie sich, »auf Midsummer ist viel Platz, und es würde uns überhaupt nicht stören, wenn du bei uns übernachtest. Was ist in euch beide gefahren? Seit ich hier lebe, hat man mich gewarnt, dass ihr die Montagues und Capulets von Hayleith seit, und jetzt übernachtest du bei Joan?« Wenn die beiden ihre Nasen schon in Tess' Angelegenheiten steckten, konnte sie im Gegenzug verdammt noch mal genau dasselbe tun.

»Vielleicht …«, Joan zog das Wort in die Länge und verfiel in ihr normalerweise nicht wahrnehmbares jamaikanisches Näseln, »war das Feuer ein bisschen wie ein Weckruf.«

»Das hättest du sehen müssen.« Babs zwinkerte Joan zu und wirkte dabei mehr als nur ein bisschen selbstgefällig. »Ich war ja nicht hier, aber mir wurde gesagt, dass sie wie verrückt geheult hat, als sie dachte, ich wäre im Thistle. Mir fällt aber auf, dass sie nicht hineingestürmt ist und die Heldin gespielt hat, wie eine andere Idiotin, die wir kennen.«

»Mit dieser Hüfte sollte ich die Heldin spielen?« Joan lachte höhnisch. Sie wandte sich Tess zu. »Jedenfalls ist es beeindruckend, was du für Susannah getan hast. Und wie du jetzt wahrscheinlich weißt: Wenn es sich für jemanden lohnt, in ein brennendes Gebäude zu rennen, dann lässt man ihn nicht gehen.«

»Aber du bist nicht –«, fiel ihr Babs ins Wort.

»Wäre ich aber, wenn man mir nicht gesagt hätte, dass du weg bist. Ich habe nur geweint, weil ich wusste, dass du in Sicherheit bist. Du hast doch keine Ahnung, Mädel.«

Tess schmunzelte über die Zuneigung zwischen den beiden, während sie sich stritten. »Ich wollte schon immer fragen – und vielleicht bekomme ich keine weitere Chance, so wie ihr euch zankt –, worum ging es eigentlich bei eurem großen Streit? Ihr habt seit Jahren nicht mehr miteinander gesprochen, stimmt's?«

Babs und Joan wechselten einen Blick, es war eine dieser stummen Diskussionen, wie Paare sie führen.

»Das war einfach so eine Sache«, sagte Babs und klopfte Joan auf den Oberarm. »Das ist Schnee von gestern.«

»Nein, das ist dir gegenüber nicht fair«, sagte Joan. Sie wandte sich Tess zu. »Ich hatte Angst. Babs hatte so gut wie alles aufgegeben, um mit mir zusammen zu sein, und ich habe mir so viele Sorgen darüber gemacht, was die Leute denken könnten, dass ich weggelaufen bin. Nur bin ich nicht sehr weit gekommen.«

»Und seither habt ihr nicht mehr zusammen im Pub gearbeitet und du hast stattdessen das Café auf der anderen Straßenseite übernommen?«, fragte Tess.

»Lord Karlson hatte uns gerade den Pub für Susannah abgekauft«, erklärte Babs. »Ich sagte zu Joan, wenn sie nicht wolle, dass die Leute wüssten, dass wir mehr als nur Kolleginnen seien, wenn sie sich so sehr für mich schämte, solle sie ihre Hälfte des Geldes nehmen und verschwinden.«

»Für eine Weile war das alles ein bisschen unangenehm«, erzählte Joan weiter. »Also haben wir irgendwann nicht mehr miteinander gesprochen. Ich hasste, wie weh es jedes Mal tat, und so war es leichter. Aber ich glaube, wir haben nie aufgehört, uns zu mögen.«

Babs nahm Joans Hand und drückte ihr einen Kuss auf die Wange. Er hinterließ einen Abdruck aus hellrosa Lippenstift, den Joan nur zögerlich wegwischte.

»Kopf hoch«, tröstete Babs Tess, als sie sah, wie Susannah und die Beamten sich vor dem Pub trennten. »Wir erwarten später ein Update, Doc.«

»Aber —«

»Bis dann!«, flöteten Joan und Babs im Chor und machten sich auf den Weg zum Café.

<hr />

»Bitte sehr.« In der Teeküche der Tierarztpraxis stellte Tess eine Tasse schwarzen Kaffee vor Susannah auf den Tisch. Margo und Adam hatte sie in die Behandlungsräume verbannt. Tess war es gleichgültig, ob sie Termine hatten oder nicht. »Was haben die Ermittler gesagt?«

»Ziemlich genau das, was wir erwartet hatten. Das Feuer wurde absichtlich gelegt und auf der Überwachungskamera ist nichts zu sehen. Aber sie haben eine Art Benzinkanister mit dem Teil eines Fingerabdrucks darauf gefunden, der ein für alle Mal bestätigt, dass es Jonathan war.

»Ist das nicht ein bisschen schlampig?«

»Das fand ich auch. Anscheinend hatte er seit der Trennung von Jimmy eine Riesenwut und gab immer mir die Schuld dafür. Ich fühle mich wirklich besser, wenn ich weiß, dass er eingesperrt ist.«

»Geht mir auch so. Wann kannst du mit dem Wiederaufbau beginnen?«

»Das dauert noch eine Weile.« Susannah machte eine Pause. »Habe ich dich vorhin mit Joan sprechen sehen?«

Tess nickte.

»Ich werde sie fragen, ob sie eine befristete Schankerlaubnis im Café für die Abende bekommen kann. Die Leute hier brauchen einen Ort, an dem sie nach einem harten Arbeitstag Dampf ablassen können. Über das Geld, das mir entgeht, mache ich mir keine Sorgen, aber über die möglichen Auswirkungen, wenn es im Dorf kein Pub mehr gibt.«

Tess griff über den Tisch, nahm Susannahs Hand und streichelte mit dem Daumen ihre Fingerknöchel. »Du bist nicht für das ganze Dorf verantwortlich, weißt du.«

»Ja, aber dennoch –«

»Ganz zu schweigen davon, dass du grünes Licht für den Ausbau von Midsummer bekommen hast. Vielleicht bist du sogar irgendwann so gnädig und lässt deine Schwägerin dir über die Schulter schauen und ›hilfreiche‹ Vorschläge machen.«

»Ich fange an zu glauben, dass du eine rachsüchtige Ader hast, Tess. Aber wir sind bereit, die Bauarbeiten beginnen nächste Woche. Und Robin kommt wirklich zu sich. Schuldgefühle machen alle Leute gleich.«

»Habe ich schon erwähnt, wie sexy es ist, wenn du ganz in der Rolle der Geschäftsfrau des Jahres aufgehst?«

Tess sah zur Tür hinüber, vor der es auf einmal laut geworden war.

»Klingt ein bisschen heftig für einen kastrierten Schäferhund«, bemerkte Susannah, als die Tür auch schon aufgerissen wurde.

»Tessie! Da bist du ja!«

Tess sprang auf und warf dabei fast ihre halb leere Tasse über den Tisch.

»Caroline?«

»Kannst du deinen Freunden sagen, dass ich weiß, wie man sich in einer Tierarztpraxis benimmt?«

Adam und Margo hatten wohl versucht, sie zurückzuhalten, aber ihr bloßer Wille schien ausgereicht zu haben, um die beiden zu überwältigen. Caroline hatte schon immer eine starke »Ich will den Manager sprechen«-Ausstrahlung an sich gehabt, dazu den passenden Haarschnitt.

»Es ist okay, Leute. Caroline, was machst du hier?«

»Nun steh nicht einfach da, Heldin der Stunde, umarme mich!« Caroline stürmte herein, aber Tess duckte sich vor ihren offenen Armen weg.

»Nein danke.« Der blumige Duft ihres Parfums war noch aufdringlicher, als Tess ihn in Erinnerung hatte.

»Oh, hast du etwa schlechte Laune? Na ja ... Ich war gerade auf dem Weg nach Edinburgh zu meinem Junggesellinnenabschied. Wir fahren also den ganzen Weg nach Berwick und die Züge halten einfach an ... totales Chaos. Die Mädchen wollten abwarten, bis es weitergeht, aber als ich sah, wie nah Hayleith ist ... also schnell einen Mietwagen geholt und hier bin ich! Ich dachte, ich sollte nachsehen, ob du immer noch klarkommst, jetzt, wo du dich auch noch darauf verlegt hast, in brennende Gebäude zu rennen.«

»Oh, sie kommt sehr gut klar, keine Sorge!«, antwortete Margo.

Tess winkte ab. »Wie kommst du darauf, dass es mir nicht gut geht? Es ist mehr als ein Jahr her, dass wir uns getrennt haben, und wie du siehst, habe ich eine wunderschöne kleine Praxis.«

»Oh, Tessie, du weißt doch genau, was ich meine. Du hast mir vorgeflunkert, dass du jemanden kennengelernt hast, und als ich mit Barb sprach –«

»Babs«, korrigierte Tess.

»Babs, ja. Nun, sie war nicht wirklich überzeugend. Also dachte ich mir, warum hole ich dich nicht einfach ab und nehme dich mit zu meinem Junggesellinnenabschied, damit du ein für alle Mal über mich hinwegkommst?«

Das machte alle erst einmal sprachlos.

»Äh ...« Tess fragte sich, auf wie viele verschiedene Arten sie Nein sagen sollte.

Caroline hatte sich so richtig in Fahrt geredet. Sie zupfte den Blazer zurecht, den sie über einem ihrer endlos vielen blau-weiß gestreiften Tops trug, komplettiert von den obligatorischen Röhrenjeans und Stöckelschuhen. »Ich glaube nicht, dass wir uns schon mal begegnet sind.« Sie warf Susannah einen hochnäsigen Blick zu. »Für eine Tierarzthelferin sind Sie ein bisschen overdressed, oder? Oh, Sie waren doch nicht etwa vor Gericht?«

Andere Leute hätte Carolines Geplapper vielleicht nervös gemacht, aber Susannah nahm es ganz gelassen hin. Sie machte sich nicht die Mühe aufzustehen, sondern inspizierte in aller Ruhe ihre Fingernägel. »Diese Woche nicht, nein. Caroline, richtig?«

»Das stimmt. Dr. Caroline Goddard, aber ich bin sicher, hier ist alles sehr informell.«

»Ganz im Gegenteil«, antwortete Susannah und klang genau wie eine gelangweilte Dame vom Lande. »Titel sollte man wirklich respektieren, finden Sie nicht auch?«

»Nun, ja, ja, das tue ich!«

Tess hätte fast laut losgeprustet. Susannah hatte in Caroline genau den Snob erkannt, der sie war.

»Dann ist es mir ein Vergnügen, Sie kennenzulernen, Dr. Goddard. Ich bin Lady Karlson, und diese wunderbaren Tierärzte hier kümmern sich um die Pferde auf meinem Anwesen.«

Caroline strahlte, als befände sie sich endlich unter ihresgleichen. »Nun, in meiner Praxis führen wir unsere wichtigen Kunden zum Mittagessen aus, aber ich nehme an, Kaffee im Personalraum ist besser als nichts. Sie haben nicht vielleicht Lust auf ein bisschen Spaß in Edinburgh? Das würde meinen Mädels gefallen.« Sie winkte aus dem Fenster in Richtung eines kompakten, mit Schlamm besprizten Mietwagens, der draußen geparkt war, als wolle sie sie sofort mitnehmen.

»Großartiges Angebot.« Susannah stand mit ihren langen Beinen schließlich doch von ihrem Stuhl auf und trat neben Tess. »Aber wir haben Pläne für dieses Wochenende. Und das, was wir vorhaben, lässt sich besser drinnen tun, wenn Sie verstehen, was ich meine. Obwohl, eine Runde im Whirlpool geht natürlich immer.«

Carolines Blick wanderte zwischen den beiden hin und her, als Susannah ganz selbstverständlich ihren Arm um Tess' Taille legte und ihn dort ruhen ließ.

Tess nahm sich zusammen, legte ebenfalls den Arm um Susannah und schenkte ihrer Ex ein strahlendes Lächeln.

»Das ... das ist Susan?«

»Susannah«, verbesserte Tess. »Lady Susannah Karlson. Lass dich von uns nicht aufhalten. Es ist eine ziemlich lange Fahrt bis in die Stadt.«

»Besonders in einem schrecklichen kleinen Mietwagen«, sagte Susannah mit einem perlenden, unecht klingenden Lachen. »Solche Autovermietungen geben einem immer die letzten Karren. Es sei denn, man hat jemanden wie Tess an seiner Seite – sie hat einen wunderbaren Geschmack, was Autos anbelangt.«

Margo schnitt Grimassen in Tess' Richtung. Die traute sich gar nicht, richtig hinzusehen, weil sie sonst laut losgeprustet hätte.

»Hat sie das inzwischen? Trotzdem, schön zu sehen, dass es dir gut geht, Tessie.«

»Sie hat es lieber, wenn man sie Tess nennt«, antwortete Susannah für sie. »Oder ist das nur bei mir so, Schatz?« Sie baute mehrere affektierte A's und H's in die Betonung des letzten Wortes ein, sodass es zu einem Schaaa-haaatz wurde.

Tess hätte sie dafür küssen können, was sie dann auch tat. Das wurde langsam zur Gewohnheit.

»Tja, dann gehe ich jetzt wohl besser«, sagte Caroline, als wäre es ihre Idee gewesen. »Sag mir Bescheid, falls du zur Hochzeit kommen willst, sie ist sehr bald.«

Dann war sie weg. Sobald sich die Tür hinter ihr geschlossen hatte, konnte keiner mehr an sich halten.

Adam fasste sich als Erster. »O Mann, jetzt habt ihr es ihr aber gezeigt! Gut gemacht, Lady K.«

»Ich glaube, da war jemand auf dem Weg zum Junggesellinnenabschied hinter einem One-Night-Stand her«, sagte Margo.

Susannah nickte. »Ganz klar. Sie dachte, Tess würde nur darauf warten, wieder in ihre Arme zu fallen. Nun, jetzt weiß sie, dass du definitiv nicht mehr zu haben bist, nicht wahr?«

»Bin ich das nicht mehr?«

»Nein.«

»Dann weiß sie jetzt Bescheid«, antwortete Tess und strahlte über die Bestätigung dessen, worüber sie sich bereits ziemlich sicher gewesen war. »Und kannst du aufhören, so schockiert zu gucken, Adam? Hast du gedacht, dass wir die ganze Zeit, die wir zusammen verbracht haben, Monopoly gespielt haben?«

»Das wird, äh, unseren Vertrag doch nicht beeinflussen?«, fragte er, was natürlich eine naheliegende Frage war, wie Tess einräumen musste.

»Auf keinen Fall«, antwortete Susannah. »Und wenn Tess mich aus irgendeinem Grund nie wieder sehen will, muss eben einer von Ihnen beiden meine Pferde behandeln. Da wir gerade davon sprechen, heute werden zwei wunderbare Tiere nach Midsummer gebracht. Bei all dem, was passiert ist, musste ich ihre Ankunft verschieben. Tess?«

Tess griff nach ihrer Jacke und der Tierarzttasche. »Hast du dir schon neue Namen für sie ausgesucht?«

Susannah stöhnte.

»Was?«, fragte Tess.

»Es ist nur, seit du Andy und Jamie vorgeschlagen hast, nun … die Namen sind mir irgendwie nicht mehr aus dem Kopf gegangen.«

»Andy und Jamie?«, wiederholte Margo. »Warum ist das so schlimm? Nicht die tollsten Namen, aber sie gehen.«

»Ich wollte eigentlich noch mehr Namen von Tennisspielern vermeiden und mir etwas Neues einfallen lassen. Aber jetzt sind eben die Murray-Brüder an der Reihe.«

»Das passt zu den beiden«, sagte Tess. »Los, fahren wir nach Midsummer und helfen wir ihnen, sich einzuleben.«

Kapitel 24

Heute war der Tag. Der große Tag. Vielleicht der wichtigste Tag überhaupt.

Susannah hätte sich gewünscht, dass Tess bei ihr wäre, aber sie würde sie ja schon bald sehen. Das war es, was zählte. Jetzt ging es nur noch um die letzten Details.

Die Nägel? Makellos manikürt. *Die Haare?* Perfekt gestylt. *Das Kleid?* Saß tadellos, dank des wunderbaren Schneiders in Glasgow. *Die Rede?* Auf Karteikarten, falls ihr doch die Nerven durchgehen sollten. Ansonsten hatte Susannah alles im Kopf, zusammen mit hundert anderen Details, die sie wieder vergessen konnte, sobald der Tag vorbei war. *Wäre das nicht eine Erleichterung?*

»Tess ist gerade angekommen«, sagte Finn und steckte den Kopf zur Tür herein. In siener karmesinroten Weste, die zu den Blumenarrangements passte, die den Saal und den Sitzbereich schmückten, hatte sie die Messlatte wirklich hochgelegt, was das Styling anging. »Soll ich sie für einen schnellen Motivationsschub hier hereinschmuggeln oder lieber zu ihrem Platz führen?«

»Nein, nein, lass sie sich setzen«, sagte Susannah, obwohl sie es verlockend gefunden hätte, Tess jetzt hier zu haben. »Die Musik ist bereit?«

»Tipp einfach den Knopf auf deinem Handy an und warte zehn Sekunden, bevor du hineingehst«, sagte Finn. »Du wirst die da draußen umhauen, Chefin. Das hat lange auf sich warten lassen, was?«

»Ohne dich hätte ich es nicht geschafft. Sag deinem hübschen Partner, wir wollen später alle mit ihm tanzen.«

»Wenn ich es ihm jetzt sage, taucht er unter«, antwortete Finn. »Aber ich sorge dafür, dass er hierbleibt. Wir sehen uns im Saal!«

Dann war Susannah wieder allein in dem kleinen Raum, der in den Ballsaal von Midsummer führte. Ursprünglich war es ein Speisesaal gewesen, aber Susannah hatte selten Gelegenheit gehabt, ihn als solchen zu nutzen. Das letzte dort stattfindende Event war jenes gewesen, bei dem die Stadträte ihr gesagt hatten, dass sie Susannahs Pläne nicht unterstützten.

Aber dank der charmanten und entzückenden Tess hatten dieselben Stadträte trotzdem mit Ja gestimmt. Nun war Susannah auf dem besten Weg, Midsummer zu dem Ort zu machen, den sie sich immer gewünscht hatte. Noch vor ein paar Monaten schien dies nicht möglich gewesen zu sein.

Mithilfe ihres Handys startete Susannah die Musik und wartete die erforderlichen zehn Sekunden. Dann öffnete sie die Tür und schritt hinaus. Alle Blicke im Raum richteten sich auf sie. Sie jedoch suchte nur ein einziges Gesicht.

Und da war es, ganz vorne. Tess klatschte am lautesten, als sei sie Zuschauerin einer Show von Beyoncé, Madonna und Lady Gaga, aber die Begeisterung im Raum folgte schnell der ihren. Am wichtigsten war, dass Susannah in ihrem marineblauen Anzug und ihrer blassrosa Bluse und mit offenem Haar zu diesem besonderen Anlass umwerfend aussah.

Susannah erreichte das gläserne Podest und hob die Hände, um die Menge um Ruhe zu bitten. Sie würde sich nie ganz an diesen Teil der Veranstaltung gewöhnen. »Ich danke Ihnen allen, dass Sie heute hierhergekommen sind. Wenn Sie bitte Ihre Plätze einnehmen wollen, ich würde gern noch ein paar Worte sagen.«

Etwas mehr als hundert Gäste taten genau das und im Saal breitete sich eine erwartungsvolle Stille aus.

Susannah schluckte, um ihre trockene Kehle zu bekämpfen. »Viele Menschen haben geglaubt, dass dieser Tag niemals kommen würde«, begann sie, und sie spürte Robins Blick vom hinteren Teil des Raumes her auf sich gerichtet. Sie sah auf und ihre Augen trafen sich. Robin nickte ihr zu und bestätigte, dass der Waffenstillstand noch galt und alles in Ordnung war. »Es gab viele Tage, an denen ich einer dieser Zweifler war. Aber nach Jahren der Planung und Monaten wirklich harter Arbeit ist es endlich soweit.«

Eine weitere Welle des Applauses brach aus.

»Und obwohl es noch viel zu tun gibt, können wir Phase eins für abgeschlossen erklären. Ich heiße Sie alle herzlich willkommen zu einem neuen Zeitalter auf Midsummer. Der Midsummer-Gnadenhof ist hiermit offiziell eröffnet!«

Tess war aufgesprungen, Robin klatschte so laut wie alle anderen. Diesmal war der Applaus im ganzen Raum laut und selbstbewusst, unterstützt von all den neuen Mitarbeitern, die froh wirkten, hier zu sein. In der kommenden Woche würde auch der Pub wieder öffnen, was für die Menschen in Hayleith möglicherweise der größte Höhepunkt von allen war.

Babs und Joan saßen nebeneinander. Das war immer noch ein Wunder, eines, für das Susannah sehr dankbar war.

»Bitte, nehmen Sie sich einen Drink und lassen Sie sich von unserer fabelhaften Köchin verwöhnen. Ich erwarte Sie alle auf der Tanzfläche, bevor der Abend zu Ende geht!«

Erleichtert, dass ihre Rede zu Ende war, nahm Susannah die wirklich riesige Schere von Finn entgegen und zerschnitt das lila Samtband, das hinter ihr über dem Türrahmen hing. Sie wusste den weiteren Applaus sehr wohl zu würdigen, aber als er verebbt war, ging sie sofort hinüber, um sich zu Tess zu gesellen.

»Hey, du«, sagte Susannah und sie fielen einander in die Arme. »Ich war mir nicht sicher, ob du es schaffen würdest.«

»Es stand auf Messers Schneide, aber vor zwei Stunden hat sie endlich entbunden.«

Bevor sie weiterreden konnten, kamen mehrere Leute zu Susannah, um ihr die Hand zu schütteln und zu gratulieren, was Susannah wohlwollend entgegennahm. Die Gespräche mit Einzelnen fielen ihr etwas leichter, wenn auch nicht viel. Mit Tess an ihrer Seite war alles etwas weniger schrecklich. »Wenn du normalerweise die ganze Nacht weg bist, weil jemand entbindet, kommst du nach Hause und erzählst mir von einem Kalb namens Narzisse«, sagte Susannah. »Hoffentlich waren Margo und Adam bei den Babynamen nicht genauso abenteuerlustig?«

»Ich bleibe vorerst bei Baby Elliot. Aber es gab eine heftige Debatte«, antwortete Tess, nahm zwei Gläser Champagner von einem vorbeikommenden Kellner entgegen und gab eines an Susannah weiter. »Ich glaube, Margo sagte, wenn Adam ihren Sohn nach ihm benennen wolle, müsse er ... Nun, es ging irgendwie um eine Bowlingkugel und sein Nasenloch, aber mit viel mehr Schimpfwörtern. «

»Aha. Soll ich ihr etwas ins Krankenhaus schicken?«

»Sie darf heute Abend nach Hause. Aber ich habe schon ein paar Sachen ausgesucht. Von, äh, von uns beiden.«

Susannah lächelte, als sie einen weiteren schnellen Kuss forderte. »Das gefällt mir. Eine weitere offizielle Ebene. Obwohl es chaotisch war, läufst du immer noch nicht weg. Weder vor dem hier noch vor uns.«

»Ich war noch nie eine große Läuferin«, antwortete Tess. »Nicht, wenn hier alles gut ist. Toller Job, tolle Frau, meine besten Freunde, schönes Haus ... wovor genau soll ich weglaufen?«

»Gutes Argument. Ich muss noch eine Weile die Runde machen. Meinst du, du kannst mich so lange entbehren?«

»Nur, wenn du ab und zu wiederkommst«, sagte Tess. »Schließlich bin ich ein häufiger Gast auf Midsummer, wie du weißt. Und deshalb erwarte ich eine gewisse Vorzugsbehandlung.«

»Ich denke, das lässt sich arrangieren.« Während Susannah Tess' Hand hielt, überlegte sie einen Moment lang, die Party abzusagen und sich mit ihr nach oben zu stehlen. Da jedoch gerade sämtliche Aufmerksamkeit auf sie gerichtet war, war das schier unmöglich. »Und ich möchte dich irgendwann im Lauf des Abends auf der Tanzfläche sehen. Die Welt hat es verdient, deine Mamma Mia-Choreografie zu sehen, Tess.«

»Das war ein einziges Mal!«, rief Tess ihr nach.

Susannah war schon unterwegs und bahnte sich einen Weg durch die Menge. Midsummer fühlte sich nicht mehr leer an. Einen Moment lang blieb sie stehen und betrachtete den Raum. Dann wanderte ihr Blick zurück zu Tess.

Das Haus fühlte sich nicht nur nicht mehr leer an, vor allem fühlte es sich endlich wie ein Zuhause an.

Ebenfalls im Ylva Verlag erschienen

www.ylva-verlag.de

Skalpell, Tupfer, Liebe
Lola Keeley

ISBN: 978-3-96324-433-9
Umfang: 211 Seiten (72.000 Wörter)

Die Chirurgin Veronica leitet ihre Krankenhausabteilung mit eiserner Hand, bis ihre Welt durch eine neue Unfallchirurgin auf den Kopf gestellt wird. Cassie ist Militärchirurgin und interessiert sich wenig für verkrampfte Bürokratie. Als Cassie in schmutzige Geldgeschäfte verstrickt wird, kommen sich die beiden auf der Suche nach der Wahrheit näher.

Von wegen versprochen
G Benson

ISBN: 978-3-96324-141-3
Umfang: 400 Seiten (130.000 Wörter)

Die Krankenschwester Hayden Pérez stößt auf das Angebot, die komplizierte und unfreundliche Neurochirurgin Samantha Thomson für eine Vergütung von 200.000 Dollar zu heiraten. Sie muss bloß ein Jahr lang alle in ihrem Umfeld davon überzeugen, heillos in die frostige Samantha verliebt zu sein – was kann dabei schon schief gehen?

Perfect Rhythm – Herzen im Einklang

Jae

ISBN: 978-3-95533-906-7
Umfang: 306 Seiten (108.000 Wörter)

Popstar Leontyne Blake glaubt nicht mehr an die Liebe. Frauen geht es bloß um Leos Image. Als sie in ihre Heimatstadt zurückkehrt, lernt sie Krankenschwester Holly kennen.
    Holly ist asexuell und hat kein Interesse an Sex oder Leos Berühmtheit.
    Kann aus ihrer Freundschaft trotzdem mehr werden?

Perfect Rhythm – Herzen im Einklang ist ein lesbischer Liebesroman über die Suche nach dem harmonischen Einklang zwischen zwei sehr verschiedenen Menschen.

Happy End am Ende der Welt

Lee Winter

ISBN: 978-3-96324-437-7
Umfang: 361 Seiten (113.000 Wörter)

Die Indie-Regisseurin Alex reist widerwillig nach Neuseeland, um den schlimmsten Film aller Zeiten zu retten. Senior Constable Sam ist nicht davon begeistert, dass eine Hollywood-Crew in ihre Stadt eingefallen ist. Doch als mysteriöse Vorfälle die Dreharbeiten gefährden, müssen die beiden Frauen sich zusammenraufen, um den Saboteur am Set zu finden.

Eine humorvolle Lesben-Romanze über den Mut, auch ohne Drehbuch große Träume zu haben.

Über Lola Keeley

Lola Keeley ist Autorin und Programmiererin. Nachdem sie nach London gezogen war, um ihrer Liebe zum Theater nachzugehen, lebte sie später den Traum eines jeden Fünfjährigen und wurde Zugführer in der Londoner U-Bahn. Sie lebt und schreibt nun in Edinburgh, Schottland, zusammen mit ihrer Frau und vier Katzen.

Bibliografische Information der Deutschen Bibliothek
Die Deutsche Bibliothek verzeichnet diese Publikation in der Deutschen Nationalbibliografie; detaillierte bibliografische Daten sind im Internet über www.dnb.de abrufbar.

1. Auflage
Taschenbuchausgabe Mai 2021 bei Ylva Verlag, e.Kfr.

ISBN: 978-3-96324-498-8

Dieser Titel ist auch als E-Book erschienen.

Copyright © der Originalausgabe 2020 bei Ylva Publishing

Copyright © der deutschsprachigen Ausgabe 2021 bei Ylva Verlag
Übersetzung: Anja Keller
Lektorat: Kati Krüger
Korrektorat: Andrea Fries
Coverdesign: Caroline Manchoulas

Kontakt:
Ylva Verlag, e.Kfr.
Inhaberin: Astrid Ohletz
Am Kirschgarten 2
65830 Kriftel
Tel: 06192/9615540
Fax: 06192/8076010
www.ylva-verlag.de
info@ylva-verlag.de
Amtsgericht Frankfurt am Main HRA 46713

Printed in Poland
by Amazon Fulfillment
Poland Sp. z o.o., Wrocław

81509769R00127